푸른 날개를 펼친 밤

푸른 날개를 펼친 밤

초판 1쇄 발행 2019년 5월 28일

지은이 김재국
펴낸이 김종욱
마케팅 이경숙, 송이솔
영업 박준현, 김진태, 이예지
디자인 Dotori
표지 일러스트 허지선
주소 경기도 파주시 회동길 325-22 세화빌딩
펴낸 곳 미문사
출판등록 신고번호 제 382-2010-000016호
대표전화 032-326-5036
내용문의 010-4455-3513(jerse@hanmail.net)
구입문의 010-6471-2550 | 070-8749-3550
팩스번호 031-360-6376
전자우편 mimunsa@naver.com

ISBN 979-11-87812-21-0 03810

푸른 날개를 펼친 밤

김재국 장편소설

미문사

머리말

정말 삶이란 고통스럽기만 한 것일까?

존재를 포기할 만큼 괴로운 고통이 정말 있는 걸까?

사랑하는 고양이가 죽었다고 따라 죽는 사람도 있는 반면에, 눈앞에서 부모와 자식이 죽는 것을 지켜보면서도 살아가는 사람이 있다.

고통은 상대적이다. 이 말은 당신이 현재 죽을 만큼 고통스럽게 느껴지는 상황이 다른 누구에게는 괴롭지만 견딜 만한 상황이 될 수도 있는 것이다.

게임이 있다. 그 게임의 최고 레벨에 올라서기 위해서는 게임의 난이도를 극복해야만 한다. 그 게임을 포기하지 않는 한 난이도는 계속 높아질 것이고, 그 난이도를 모두 극복하는 순간 당신은 정복자가 된다.

인생이라는 게임을 생각해 보자.

인생이라는 게임에서 난이도는 고통이다. 인간은 태어나면서부터 숱한 고통을 겪으며 성장한다.

물론 사람마다 선택한 난이도에 따라 고통의 크기는 다를 것이다. 하지만 자신이라는 존재를 스스로 포기할 만큼 엄청난 고통은 없다. 당신이 당신의 삶을 선택했기 때문이다.

원하지 않았는데 왜 나를 낳았느냐고 원망하는 사람이 있다면 그야말로 난센스이다. 태어나고자 하는 수억 마리의 정자 중에서 가장 치열하게 경쟁해 승리한 결과로 태어난 것이 당신이기 때문이다.

대다수의 사람들은 자신들의 게임을 끝마치고 자연스럽게 죽음에 이른다. 죽는 순간 삶이라는 게임의 최고 레벨에 이르게 되는 것이다.

그리고 말한다. "삶을 알 만하니까 죽음에 가까워졌노라고."

온갖 험한 코스를 극복하고, 정상에 올라 아래를 내려다보는 등산가와 같이 고통스러웠던 삶의 과정은 그대로 깨달음이 되고 희열이 된다.

이것이 인생이다.

게임의 난이도가 높을수록 정복했을 때의 쾌감이 큰 것과 같이 삶의 아픔이 클수록 죽음에 이르렀을 때 깨달음이 더 통쾌할 수도 있다.

당장의 고통이 견딜 수 없어서 스스로 삶이라는 게임을 로그아웃하는 것은 반칙이다. 그렇다면 내생이라는 또 다른 삶을 마주했을 때 역시 포기하게 될 것이다.

이 세상에 태어난 순간부터 당신은 존재할 권리가 있다.

이 책은 삶의 고통을 극복하고, 고통을 환희로 변환시키고자 하는 사람들을 위해 탄생되었다.

이 책에는 많은 메시지가 담겨 있으나 모두 이해하려고 할 필요는 없다. 각자 내면의 그릇에 담을 만큼의 메시지만 취하면 충분하다. 그것만으로도 자신이 얼마나 강하고 소중하며 사랑받을 값어치가 있는지를 깨닫게 될 것이다. 원제는 '게이머'이지만, 제목을 '푸른 날개를 펼친 밤'으로 바꾸고 약간의 수정을 가하여 다시 출간하였다. 현실에서 자기 스스로를 구차하게 여기던 주인공이 가상현실의 도움을 받아 자아와 자신감을 찾아가는 내용이다.

아무쪼록 이 책을 대하는 독자들이 현실의 고통을 극복하고, 삶의 철학과 그 속에 담긴 아름다움을 찾는 계기가 되기를 바란다.

차례

자기가 하나의 안전한 우주에 살고 있으며,
자기가 자기의 현실을 지어내는
절대적 창조자임을 그대가 알 때,
무수한 우주들에서
가장 강한 힘이 사랑이고,
자기가 어떤 사람,
어떤 것과도 떨어져 있지 않으며,
자기가 보는 모든 것 — 참으로
기지(旣知), 미지(未知)의 현실들 속의
모든 것 — 이 바로 '있는 모든 것'의
한 표현임을 그대가 알 때,
그대는 이 세계를 향한 빛이 되어,
그대들 모두가 바라는
변화를 창조하리라.*

* 《프타아테이프》〈상〉2쪽

비욘드월드

존재의 고통

하나

분홍빛 꽃잎들이 나폴나폴 내린다. 꽃잎마다 작은 햇살 한 줌씩 실어 보석처럼 반짝인다. 쪼로롱 쫑, 쪼로롱 쫑. 청량하게 울려 퍼지는 종달새의 노래에 맞춰 꽃잎이 한들한들 춤을 춘다.

계곡은 복숭아나무 천지이다. 흐드러지게 핀 복숭아꽃이 미풍에 분분히 흩날리고, 속살거리는 시냇물은 아롱아롱 꽃배를 싣고 경쾌하게 흐른다.

꽃비 속에 한 젊은이가 여유롭게 쥘부채를 부치며 계곡을 오른다. 늘씬한 키에 떡 벌어진 어깨, 분을 바른 듯 흰 얼굴, 길게 뻗은 짙은 눈썹, 쌍꺼풀진 커다란 눈, 우뚝한 코, 붉은 입술…….

가슴이 싸해진다. 화면을 확대시킨다. 젊은이의 모습이 점차 커지더니 얼굴이 화면에 가득 찬다. 자랑스럽다. 저 멋진 젊은이가 내 분신이라니, 다시 한번 벅찬 행복감을 느낀다.

이름 옥기린(玉麒麟). 서열 787위. 102전 102승. 내가 창조한 캐릭터의 프로필이다.

비욘드월드의 인구 1만 명 중에서 서열이 1000위 이내이면 일류무사로 분류된다. 무패의 전적이니 실제 실력으로는 몇 위가 될지 아무도 모른다. 이 세계에서는 고수인 상대에게 결투를 신청하여 승리하면 그의 서열로 올라선다. 서열 100위 안에 드는 게 올해의 목표이다. 서열 100위 이내라면 절정고수이다. 그 누구라도 경시할 수 없는 실력자들이다. 그렇지만 이미 피안(彼岸)을 보았다고 자부하는 터, 결코 불가능한 목표가 아니다.

지금도 옥기린은 비무(比武)를 하러 가는 길이다. 겉으로는 여유롭게 보이지만 내심으로는 팽팽한 긴장에 싸여 있다.

상대는 일수무정(一手無情) 좌백(佐栢). 좌백은 이름이고, 일수무정은 한 번 손을 섞으면 상대를 조금도 봐주지 않는 그의 냉혹한 심성을 빗대어 무림동도들이 붙인 별호이다.

둥근 호수가 나타난다. 수면의 가장자리는 복숭아꽃 빛깔이 반사되어 분홍이고, 가운데는 하늘이 담겨 푸르디푸르다. 호숫가에 날아갈 듯 경쾌하게 솟아 있는 누각이 도원루(桃源樓)이다.

누각 안에서 남녀 한 쌍이 난간에 기대어 밀어를 나눈다. 옥기린은 천천히 누각을 오른다. 누각에서 바라보는 풍경은 도원화우(桃源花雨)라 하여 서국 8경 중 하나로 치는 절경이다. 눈송이처럼 날리는 복숭아꽃잎, 기암괴석이 즐비한 계곡, 시간의 흐름에 따라 색이 변하는 호수, 바다가 떠오른 듯한 짙은 하늘…….

옥기린은 부채를 너울거리며 잠시 상념에 빠진다. 주위에 노을이 내리면 어디론가 떠나고픈 시절이 있었다. 체로 친 가루같이 입자 고운 노을은 아련한 꿈을 뿌려 주었다. 폐로 스며드는 것은 공기가 아닌 노을가루 같았다.

분홍빛 가득한 풍경은 노을 속에 있는 듯한 착각에 빠지게 한다. 이 아름다운 천지자연에서 그깟 명예가 뭐 그리 대단한 것인가 하는 감상적인 생각도 든다.

밀어를 나누던 남녀가 신경이 쓰이는지 옥기린을 돌아본다. 중년남자의 얼굴은 말끔하나 눈이 가늘고 하관이 좁게 빠진 게 날카로운 느낌이다. 일수무정 좌백이 틀림없으리라.

여자는 삼십대의 미인으로 처음 보는 얼굴이다. 분위기로 미루어 좌백과 연인 사이인 모양이다. 번거로운 상황이 연출될지 모른다. 정체가 궁금하다. 클릭을 하여 프로필을 알아볼 수 있지만, 싸울 상대가 아닌 자의 프로필을 살피는 것은 실례이다. 더구나 여성이 아닌가.

좌백의 눈이 날카롭게 빛을 발한다. 대화창이 열린다.

좌백: 내게 볼일이 있는가.

옥기린: 비무를 하러 왔소.

대화창이 열려 자연히 이름이 밝혀진 이후에는 프로필을 살펴도 실례가 아니다. 이름 좌백, 213전 213승, 서열 642위.

좌백: 창천신룡(蒼天新龍) 옥기린, 무리하는 것 아닌가.

옥기린: 무패라는 점이 맘에 들었소.

좌백: 기백이 좋군.

운목련: 옥기린, 싸움을 포기할 수는 없나요?

여자가 나선다. 이름 운목련(雲木蓮), 85전 80승 3패 2무, 서열 2233위. 여성으로서는 대단한 기록이다. 그러고 보니 도화선자(桃花仙子) 운목련이라는 이름을 들은 듯도 하다. 여성 절정고수의 하나인 서열

57위 비천신녀(飛天神女) 예설란(藝雪蘭)의 제자였던가.

옥기린: 이유는?

운목련: 좌랑은 은퇴하여 나와 함께 하기로 약조했어요.

옥기린: 모처럼 흥미로운 싸움을 놓치는 것은 아쉽지만, 패배를 인정하면 그리 하겠소.

좌백: 연매는 나서지 마시오. 설마 내가 질까 걱정하는 것이오?

운목련: 하지만 상대가…….

좌백: 더 이상 나를 욕되게 하지 마시오. 옥기린, 시작합시다.

역시 소문처럼 시원시원한 면이 맘에 든다. 결투 모드로 전환한다. 순간 휙 공기를 가르는 소리와 함께 좌백의 검이 날아든다. 쾌검의 달인이라는 명성에 걸맞게 눈부신 속도이다. 무의식적으로 검을 들어 막았으나 완전히 막지는 못하고 가슴이 옅게 갈라지며 피가 튄다. 순식간에 공력이 0.5성 줄어든다.

그것을 시초로 좌백의 검은 연이어 급소를 노리며 날아온다. 아무 기교도 없이 가장 단거리에서 가장 효과적으로 공격하는 실용적인 검법이다. 겉멋에 빠진 검법보다 이런 실용적인 검이 훨씬 무섭다. 게다가 빠르기는 왜 이리 빠른가. 순식간에 대여섯 군데에 상처를 입으며 공력은 7.1성으로 줄어든다. 상대의 공력은 9.2성.

바짝 긴장을 한 나의 열 손가락이 좌판 위를 춤추듯이 찍어댄다. 옥기린의 몸이 허공으로 솟구친다. 높이 날아올랐다가 번뜩 몸을 뒤채며 거꾸로 내리꽂힌다. 창천신룡이란 별호가 생기게 된 옥기린의 절기이다.

좌백도 지지 않고 허공으로 솟구친다. 둘이 스치는 순간 척 하는 효과음과 함께 허공에 피가 솟는다. 두 사람 중 하나가 급소에 맞았다는 신호이다.

옥기린이 내려선다. 비틀거리다가 검을 땅에 짚으며 중심을 잡는다. 어깨에서 가슴까지 갈라져 피가 흐른다. 남은 공력은 4.8성.

퍼덕. 효과음도 생생하게 좌백의 몸이 바닥에 힘없이 떨어진다. 정수리에서 피가 솟구친다. 공력이 급격히 사라진다.

운목련이 달려가 좌백의 몸을 안는다.

좌백: 연매, 약속을 지키지 못하여 미안하오.

운목련: 좌랑…….

좌백의 몸이 점점 희미해진다. 스르르 바람에 날리는 모래처럼 사라진다.

빌어먹을. 너무 사실적이어서 울적해진다. 생명을 없앴다는 죄책감이 드는 것은 싫다. 현실보다 더 충실한 감정이다. 섬뜩할 정도로.

돌아서는 옥기린의 앞을 운목련이 가로막는다. 눈물을 머금은 얼굴이 가을서리처럼 차갑다.

운목련: 비무를 청한다.

옥기린은 가만히 그녀를 바라본다. 가슴이 아프다. 두 사람은 진정으로 사랑하고 있었나 보다. 그녀는 복수를 하려 한다. 어쩌면 비욘드월드에서 좌백이 없이 사느니 차라리 자신도 목숨을 내던져 아래 세상인 언더월드로 떨어지기를 바라고 있는지도 모른다. 그곳에서 다시 좌백을 만날 수 있으리라 생각하겠지.

하지만 언더월드의 인구는 이미 수십만 명이 넘는다. 또한 한번 생명을 잃었으므로, 좌백은 똑같은 이름을 쓰지 못한다. 외모도 같은 형태로 조합할 수 없다. 어떻게 그를 찾을 수 있단 말인가. 그리는 마음이 크면 실낱같은 희망에도 목숨을 걸 수 있는 것인가.

운목련이 이미 결투 모드로 바꾸어 놓았으므로, 옥기린은 그녀의 도전을 받아들여야 한다.

어쩔 수 없다. 옥기린은 검을 뽑아 든다. 기다렸다는 듯이 운목련의 검이 날아든다. 자신의 안위는 생각지 않는 살벌한 공격 위주이다.

옥기린은 그녀를 해치고 싶지 않다. 비욘드월드에는 좌백보다 멋진 사나이가 얼마든지 있다. 언젠가는 그를 잊고 좋은 짝을 만날 수 있을 것이다.

하지만 매번 동귀어진(同歸於盡)의 수법으로 달려드는 그녀의 공격을 피할 수만은 없는 노릇이다. 벌써 두 군데에 상처를 입었다. 운목련의 입술은 꽉 닫혀 있고 그렁그렁한 눈에는 살기가 가득하다. 사랑하는 낭군을 죽인 원수에게 복수하겠다는 일념으로 제 몸은 돌보지 않고 살수만을 사용한다.

어느덧 100여 수가 지나자 슬슬 짜증이 나기 시작한다. 운목련의 공세는 날카로워져만 간다. 서열 2233위의 이류무사지만, 절정고수 비천신녀 예설란의 제자답게 간간히 섬뜩한 수가 섞여 있다.

똑바로 뻗어오던 검이 뱀처럼 휘어지며 얼굴을 노린다. 본능적으로 고개를 젖혀 피했으나 뺨에 긴 상처가 나고 만다. 순간 옥기린의 얼굴이 차갑게 굳어지며 상대의 빈틈 속으로 빠르게 검을 꽂는다.

척. 섬뜩한 소리와 함께 운목련의 심장에서 피가 솟는다.

옥기린은 냉정히 돌아선다. 뺨의 상처로 잘생긴 얼굴이 험상궂어 보인다. 깨끗이 나으려면 제법 시일이 걸릴 것이다. 얼굴에 짜증이 가득하다.

로그아웃을 하고 의자를 길게 뒤로 민다.

울적하다. 무림인이라고는 하나 까마득한 하수인 아녀자를 홧김에 죽이다니. 강호의 풍류협객을 자처하는 옥기린과는 전혀 어울리지 않는 행동이다.

어두운 홀을 빠져나와 화장실로 향한다. 얼굴에 찬물을 끼얹고는 거울을 바라본다. 거울에는 아무리 보아도 정이 안 가는 한 사내가 마주 보고 있다. 얼굴은 거무튀튀하고 눈, 코, 입은 가운데로 오종종 몰렸다. 키는 왜 이토록 난쟁이 똥자루만하며, 서른도 안 된 놈이 이마는 왜 이리 기어 올라갔는가.

못마땅한 듯이 인상을 써 본다. 보기에도 역겹게 얼굴거죽이 휴지처럼 구겨진다. 배를 쥐고 헛구역질을 한다. 속이 느글대며 신물이 울컥 역류한다. 사래가 들려 가슴을 치며 캑캑댄다. 언뜻 거울에 비친 얼굴은 눈물, 콧물로 범벅이 되어 추접하기 이를 때 없다. 옥기린이 이 모습을 봤다면 기겁을 했으리라. 점심 겸 저녁을 먹고 담배 연기 자욱한 게임방에 파묻혀 있었으니, 폐허가 되다시피 한 밥통이 발작을 하는 것도 당연하다. 어느덧 시계는 자정에 가깝다.

어둠 속에 현실의 나는 용해되고, 밝은 화면 속의 캐릭터에 몰입하다 보면 시간을 잊는다. 시간뿐만 아니라 공간의 감각마저 사라진다. 나는 또 다른 내가 되어 사이버상의 또 다른 삶에 빠지는데, 어느 내가 진짜 나인지 헷갈린다. 마치 장자의 나비처럼 2차원의 옥기린이 나인지 3차원의 김기림(金起林)이 나인지 혼동된다.

어쨌든 위가 빈 것은 감각이 일깨워 주고, 이대로 계속 굶는다면 공력 부족으로 죽을 테니 배는 채워야 한다.

건물 1층의 24시간 편의점에는 고딩처럼 보이는 남학생 세 명이 컵라면을 후루룩대고 있다. 젊음을 주체할 수 없어 서로 치고 도망가며 장난질이다.

계산대 앞에는 언제나처럼 그녀가 앉아 책을 읽는다. 단정한 단발머리는 새까맣고, 정숙한 긴 목은 눈부시다.

공연히 주눅이 들어 엉거주춤 사발면을 내민다.

"700원입니다."

또박또박한 목소리도 지적으로 들린다.

구석으로 가서 사발면을 재빨리 먹어치운다. 국물까지 싹 비운 후 부리나케 2층 게임방으로 달려 올라간다.

실내의 어둠 속에 스며들며 스르르 용해된다. 지정석이 되다시피

한 의자에 앉자, 비로소 안도감이 몰려온다. 현실의 나는 정말 싫다. 사이버상의 옥기린이 현실의 김기림이라는 추악한 꿈을 꾸고 있다면 얼마나 좋을까.

앞에 놓인 모니터의 화면에는 거대한 비욘드월드의 지도가 펼쳐진 초기화면이 떠 있다.

비욘드월드.

5년 전 등장한 이 가상현실 3D성인게임은 무협의 세계를 가장 완벽하고도 극사실적으로 재현해 냈다는 평을 받는다. 이 게임을 만든 사람은 무협광이자 천재라는 사실 외에 모든 것이 베일에 싸여 있다. 그는 '무예의 궁극을 통하여 깨달음을 얻는다'는 이념으로 비욘드월드를 창조했다. 비욘드월드의 시민들은 그를 창조주(創造主)라고 부른다.

창조주에게는 많은 추종자들이 있다. 그 가운데서도 최측근인 추종자들을 사도(使徒)라고 부르는데, 그들의 수가 얼마나 되는지는 알 수 없다. 사도들은 프로그램, 일러스트, 스토리 등등의 전문가로서 그들의 손에 의해 비욘드월드는 쉬지 않고 업그레이드된다.

한편 비욘드월드에서 자기 대신 활동하는 캐릭터, 곧 아바타를 만든 사람을 창조자(創造者)라고 부른다. 나는 옥기린의 창조자이자 게이머가 되는 셈이다.

처음 비욘드월드가 등장했을 때, 사람들은 기존 게임의 상식을 벗어난 획기적인 발상에 열광했다. 비욘드월드에서는 캐릭터 개개인이 주인공이 되어 삶을 이끌어 간다. 3차원의 삶을 사는 인간처럼 2차원

세계 속에서 자기 운명을 스스로 개척하며 살아간다. 인간세계와 다른 것은 부모에게서 아기로 태어나는 것이 아니라 터미네이터가 지구에 출현하듯이 완성된 개체로 등장한다는 것뿐이다. 태어난 이후부터의 삶은 정해져 있지 않다. 스스로가 주연이자 감독이자 스토리 작가가 되는 것이다. 이런 면에서는 게임이라기보다 세컨드라이프 같은 가상현실 세계에 가깝다. 하지만 결투를 하고 서열을 높이는 등의 여러 룰이 있으므로 게임은 게임이다.

싸움에 자신이 있으면 등장한 직후부터 비무행(比武行)을 떠나 상대를 꺾으며 서열을 높여도 되고, 싸움에 자신이 없으면 이름난 문파 또는 고수의 제자로 들어가 무예를 익혀도 된다. 물론 홀로 깊은 산속에 들어가 무예를 닦는다고 해서 뭐라고 할 사람은 없다.

마음에 맞는 친구를 사귈 수도 있고, 이성과 사랑을 나눌 수도 있다. 싸움이 싫으면 아름다운 자연을 벗 삼아 유유자적하며 지낼 수도 있다. 인간처럼 병들어 죽는 경우는 없지만, 공력이 떨어지거나 상처가 깊으면 삶을 마감한다. 죽은 자는 아래 세상인 언더월드로 내려간다.

원래는 비욘드월드만으로 시작하였으나 가입자가 늘자 언더월드를 창조하였다. 비욘드월드는 정원이 1만 명이지만, 언더월드는 정원이 없으므로 인구가 폭발적으로 느는 추세이다. 좌백이나 운목련처럼 목숨을 잃게 되면 언더월드로 떨어진다. 대신 언더월드에서 가장 서열이 높은 자가 비욘드월드의 시민으로 태어나 1만 명을 채운다.

비욘드월드에서 생명을 잃고 언더월드로 떨어졌다가 다시 비욘드월드로 돌아온 사람을 환생하였다고 하고, 그러한 일을 윤회라고 부른다. 순수하게 언더월드에서 태어나 비욘드월드로 올라온 사람은 현생하였다고 한다. 반면 언더월드 사람들은 비욘드월드로 올라간 사람을 승천하였다고 하여 부러워한다.

비욘드월드는 언더월드에 비해 한 단계 높은 세상으로 훨씬 아름답고 정교하다. 시민들 또한 무예가 강할 뿐 아니라 무협에 대한 지식도 해박하다. 그들은 무협을 사랑하는 자들로서 진정한 무협의 세계를 구현하고자 노력한다. 말투도 무협지에 등장하는 인물들의 말투를 사용한다. 경박한 채팅용어 따위는 쓰지 않는다. 자칫 신파조의 어색한 말투가 되기도 하지만, 그들 나름으로는 진정 어린 절절한 감정의 표현이다.

비욘드월드에는 성녀(聖女) 가인(佳人)이 있다. 사실 비욘드월드의 가장 큰 메리트는 가인이라고 할 수 있다. 가인은 비욘드월드의 절대선이자 절대미이다. 가인의 모습을 본 사람은 극소수의 행운아뿐이다. 가인은 구원의 여신으로, 죽어가는 사람 앞에 드물게 나타나 생명을 구해준다고 한다.

가인을 본 사람들의 표현을 종합하면, 문자 그대로 필설로 형용하기 어려운 아름다움을 지니고 있는 것 같다. 그녀의 형용에 대한 사람들의 표현이 모두 중구난방 제각각이기 때문이다. 다만 확실한 것은 한번 가인의 모습을 본 사람은 그녀의 숭배자가 된다는 사실이다. 따라서 그들 대부분은 비욘드월드의 절대강자 무성(武聖)이 되기 위하여 무예 연습에 매진한다.

비욘드월드에서 가장 무예가 뛰어난 사람을 무예의 성인이란 뜻으로 무성이라 칭하는데, 그만이 공식적으로 가인과 함께 할 수 있다. 그것도 한 달에 한 번 만월이 뜰 동안만.

이 밖에 비욘드월드의 특징을 간단히 소개하면 다음과 같다.

— 눈, 코 , 입, 팔, 다리 등 신체 모든 부위의 샘플을 조합해 자신만의 캐릭터를 만든다. (처음 게임이 등장했을 때는 각 부위별로 샘플이 수천 개에 불과했으나, 사도들의 노력으로 수만 개로 늘어났으며 지금도 계속 만들어지고 있다.)

— 얼굴을 비롯하여 신체의 동일한 조합을 허용하지 않음으로써 모든 캐릭터가 개성을 지니도록 한다.

— 감각에 따른 캐릭터를 만들기 위하여 캐릭터 조합에 걸리는 시간을 제한한다.

— 캐릭터는 인간과 흡사한 관절과 힘줄이 구현되어 있어 인간의 모든 행동은 물론 표정까지 지을 수 있다. 그것들의 움직임은 키의 조합으로 한다. 많은 키를 조합할수록 행동이나 표정이 자연스러우며, 키보드의 모든 키를 사용할 수 있다.

— 한번 창조한 캐릭터는 임의로 바꿀 수 없다. 다만 신체를 제외한 의상이나 액세서리, 무기 따위는 가능하다.

— 일반적인 부상은 공력회복제로 원상복구가 가능하지만, 절단된 신체는 회복할 수 없다.

— 상대의 서열에 관계없이 결투를 청할 수 있다. 결투를 신청받았을 때는 응해야 한다.

— 결투 중 항복을 하면 싸움을 그친다. 다만 상대편에 대한 생사는 승리한 자의 아량에 따른다.

— 두 사람이 동의하면 결투를 그칠 수 있다. 이 경우는 무승부로 기록된다.

— 결투는 일 대 일이 원칙이나, 일 대 다수, 다수 대 다수의 싸움도 가능하다.

둘

옥기린은 주루의 창가에 앉아 술잔을 기울인다. 창밖에는 서국에서 가장 드넓은 호수인 서호(西湖)가 남실남실 펼쳐진다.

바야흐로 봄철이라 주루는 꽃놀이 나온 사람들로 북적인다. 건너편 두 아가씨 중 키 큰 아가씨가 옥기린과 눈이 마주치자 수줍게 웃으며 고개를 숙인다. 옥기린은 그녀가 무안하지 않게 자못 점잖은 웃음을 보내준다.

옥기린을 보며 수군대는 사람들도 있다. 모두가 경외하는 표정이다. 풍류협객인 창천신룡 옥기린의 명성이 확인되는 순간이다. 못 본 척 쥘부채를 너울거린다. 그래, 바로 이것이다. 이게 사람이 사는 맛이다. 자긍심으로 뿌듯한 행복을 느낀다.

화려한 궁장차림의 여인이 들어선다. 실내에 경탄이 섞인 작은 술렁임이 인다. 서국삼미(西國三美) 중 하나인 설부용(雪芙蓉) 아정(娥

井)이다. 자연스럽게 앞자리에 앉는다.

아정: 늦어서 죄송해요.

옥기린: 그리 오랜 시간은 아니었소.

아정: 서열이 오른 걸 축하드려요. 상대가 누군지 물어봐도 될까요?

옥기린: 일수무정 좌백.

아정: 아, 상대의 목숨은 반드시 거두고 만다는 쾌검의 달인.

옥기린: 어려운 싸움이었소.

아정: 은퇴한다는 소문을 얼핏 들은 거 같은데…….

옥기린의 가슴이 뜨끔 한다. 도화선자 운목련의 일이 떠올랐기 때문이다. 마음이 좋지 않다. 두 사람은 언더월드에서 다시 태어났을 터이다. 서로를 안타깝게 찾겠지. 이름도 모습도 다를 텐데 수십만 명의 사람 가운데 찾을 수 있을까.

정말로 좌백은 운목련과 사랑에 빠져 은퇴하려고 했는지도 모른다. 약간의 인내심만 더 있었다면 운목련을 죽이지 않을 수도 있었다. 소문이 퍼지면 사람들은 어떻게 생각할까? 불의를 미워하는 협객으로 알려진 옥기린의 명성에 흠이 가겠지. 그를 군자라고 믿는 아정도 돌아설지 모른다. 이럴 땐 말을 돌리는 게 상책이다.

옥기린: 급히 보자고 한 이유는?

아정: 칠지도(七支刀)가 나타났다는 소문이에요.

옥기린: 정말이오?

아정: 서국과 북국의 경계에 있는 광목산(廣目山)에 백발공자(白髮公子) 수(秀)가 지니고 나타났다고 하는군요.

칠지도는 초대 무성인 광도(狂刀) 괴수수(怪首鬚)의 독문병기(獨門兵器)이다. 백제왕이 왜왕에게 하사한 일본의 국보 칠지도를 본떠 만들었다고 한다. 괴수수는 칠지도를 무기로 하여 1002전 1001승이라는 경이적인 기록을 남겼다.

비욘드월드에는 싸움의 능력을 배가시키는 신병이기(神兵利器)라든가 공력을 높여 주는 영약(靈藥) 따위의 아이템은 존재하지 않는다. 그것은 창조주의 의지이다. 철두철미하게 실력이 모든 것을 판가름하는 공정한 세계의 구현, 이것이 바로 비욘드월드의 이념이다.

그러나 사람들의 욕망은 스스로 전설을 만들고 신화를 창조한다. 초월적인 그 어떤 것에 기댐으로써 원하는 것을 쉽게 이루고자 하는, 불완전한 자들의 공통된 심리인지 모른다.

칠지도는 초대 무성인 괴수수가 3년 전 검치존자(劍痴尊者)에게 패한 후 사라졌다가 지난해에 다시 나타났다. 우연히 칠지도를 발견한 자는 강호초출(江湖初出)인 서열 9335위의 비연(飛燕)이란 자였다. 그는 8전 6승 2패의 하류무사였는데, 칠지도를 얻은 후로 연달아 25승을 하여 단숨에 서열을 7000위대로 올려놓았다. 그 후 비연과 함께 칠지도는 홀연히 사라졌다가 또 다른 자에 의해 세상에 나타났고, 그도 자신의 능력을 뛰어넘는 연승의 기록을 세웠다. 사라졌다가 나타나기를 몇 번 거듭하는 동안 칠지도는 점점 전설이 되어 갔다.

옥기린 또한 칠지도의 소문을 듣고 은근히 욕심을 내던 참이다. 그 소문이 진실이라면 서열 100위 이내의 절정고수가 되는 것은 시간 문제이다. 옥기린은 절정고수가 되면 설부용 아정에게 청혼할 예정이다.

백발공자 수는 일류고수이다. 서열 456위, 342전 338승 2무 2패. 비록 옥기린보다 서열은 높지만 그에게는 2패의 뼈아픈 과거가 있다.

옥기린은 수에게 경쟁의식을 지니고 있다. 그는 옥기린 못지않은 미남으로 많은 여인들이 따른다. 기분 나쁜 것은 자신을 따르는 여인들에게 눈길도 주지 않아 여인들의 방심(芳心)을 더욱 애타게 한다는 점이다. 항상 외로운 얼굴로 고독을 즐겨 여인들의 모성애를 자극하여 관심을 끄는 이상한 놈이다.

옥기린은 작년에 그를 본 적이 있다. 옥기린은 당시 강호초출이었는데, 수는 이미 일류고수의 반열에 들어 있었다.

갈대가 우거진 과룡강 가에 노란 달빛이 흐드러지게 쏟아져 내렸다. 바람에 갈대가 사그락사그락 속삭일 때면, 갈잎 그림자가 달빛을 잘게 가르며 기하학적 무늬를 그렸다.

하얀 머리털을 바람에 펄펄 날리는 미소년이 4명의 삿갓 쓴 괴인들과 마주 서 있었다. 미소년이라 했지만 소년기에서 청년기로 넘어가는 시기라 묘한 매력이 풍겼다. 커다란 눈동자는 속눈썹이 길어 수줍어 보이면서도 짙은 고독이 배어 있었다. 창백하도록 하얀 얼굴에 유난히 빨간 입술이 퇴폐적인 미를 발했다. 등에는 기다란 도를 메고 있었다.

미소년의 모습이 너무 멋있어서 클릭해 보니, 서열 923위의 수라는 프로필이 떴다. 전적은 278전 274승 2무 2패. 미소년의 눈이 옥기린을 향했다. 반짝 이채를 띠는가 싶더니 눈길을 돌렸다.

상대는 공동서열 1786위인 염라사귀(閻羅四鬼)라는 무리로, 싸울 때 자신들이 한 형제임을 강조하여 떼로 덤비는 것이 장기였다. 합격술에 능했는데, 자칭 무간검진(無間劍陣)이라는 이름을 붙였다. 아마도 무간지옥에서 따온 이름인 모양인데, 제법 위력은 매서워서 숱한 고수들이 그 검진에 고혼이 되었다. 웬만한 고수는 그들의 이름을 듣기만 해도 고개를 설레설레 흔들 정도였다.

수가 염라사귀의 도전을 받아들였는지 결투 모드 상태였다. 주위에는 구경꾼들이 웅성거리며 둘러싸고 있었다.

차르릉. 염라사귀가 동시에 검을 빼들자 날카로운 쇠붙이의 울음소리가 신경을 건드렸다. 그들의 검은 연철로 만들어 끊임없이 경련하였는데, 날름거리는 뱀의 혀처럼 기분이 나빴다.

미소년의 아름다운 눈이 살짝 찌푸려지는가 싶더니 몸이 튀어 올랐다. 정면의 일귀 쪽으로 향하다가 갑자기 왼쪽으로 틀며 사귀를 향해 도를 날렸다. 사귀가 엉겁결에 검을 들어 막으려 하자 검을 밟으며 뒤로 재주를 넘었다. 미소년의 후방을 공격하던 이귀가 놀라는 순간 미소년의 도가 이귀의 목을 날렸다. 달빛에 피가 점점이 피어났다. 미소년은 공간을 흐르듯이 옆으로 이동했다. 도가 번쩍했다. 붉은 꽃이 피어났다. 다시 옆으로 흘렀다. 연이어 2개의 붉은 꽃이 동시에 피어났다. 처연하고도 아름다운 광경이었다.

싸움이 끝난 뒤에도 사람들은 넋을 잃고 있었다. 소년은 강물에 도의 피를 닦았다. 커다란 눈에는 다시 짙은 고독이 배어 있었다. 소년이 걸음을 옮겼다. 사람들이 물살이 갈라지듯 길을 내주었다. 소년은 달빛을 어깨에 받으며 사라져 갔다. 어깨 위에 달빛이 달콤한 그리움처럼 찰랑찰랑 부서졌다. 사람들의 탄성이 들렸다. 옥기린이 처음이자 마지막으로 본 백발공자 수의 모습이었다.

옥기린: 광목산이면 제법 먼 거리이니 서둘러야겠소.

아정: 저도 함께 가겠어요.

옥기린: 정매, 그건…….

옥기린은 망설인다. 마음이 급하다. 칠지도도 갖고 싶고, 수와 비무도 해보고 싶다. 1년 전에는 감히 도전할 엄두를 못 냈지만 지금이라면 해볼 만하다. 설부용 아정은 3157위의 이류무사이다. 경공술에서 차이가 난다.

사이버 세계에서 무슨 경공술? 하고 웃는 사람이 있을지 모른다. 하지만 모르시는 말씀, 결단코 말하는데 비욘드월드의 오묘함은 인간이 만든 최고의 지적 오락이라는 바둑을 능가한다. 피창조물이 창조자를 넘어설 때가 종종 있다.

바둑을 처음 누가 만들었는지는 모르나, 오늘날의 갖가지 오묘한 수를 다 통달하고 만들지는 못 했을 터이다. 지금도 바둑은 신수가 계속 창안되고 있으며, 아마도 바둑이 존재하는 한 영원히 지속될 것은 불문가지이다.

마찬가지로 비욘드월드도 창조주의 예상을 넘어 진화하고 있다. 초창기 캐릭터의 단순했던 행동이나 표정은 키의 조합의 경우가 복잡해짐에 따라 점점 더 정교해졌다. 무공비급이 공공연히 떠돌고, 문파가 생겨나 세를 불렸다. 뛰어난 무공비급을 얻거나 훌륭한 스승을 만나면 무공 수위를 단기간에 높일 수도 있다.

물론 가장 중요한 것은 자질이다. 서열 30위 이내의 초절정고수들은 검기(劍氣)니 도강(刀罡)이니 하는 것을 펼칠 수도 있다고 하는데, 본 적도 없고 믿고 싶지도 않다.

경공술은 말 그대로 몸을 가볍게 하여 빨리 달리는 무공이다. 순간순간 키를 조합하는 적절성과 속도에 따라 캐릭터의 달리는 속도를 높이는 것은 얼마든지 가능하다. 개인마다 속도의 차이가 나는 것도 당연하다.

광목산은 옥기린이 최고의 경공술을 펼쳐서 달린다 해도 2시진은 걸리는 거리이다. 아정의 경공술로는 얼마나 더 시간을 끌지 모른다. 늦으면 다른 자가 수를 꺾고 칠지도를 가로챌 위험이 있다.

옥기린: 화급을 다투는 일이니, 정매는 뒤따라오는 것이 좋겠소.

아정은 섭섭한 표정이지만 순순히 고개를 끄덕인다. 옥기린은 아정의 이런 순종적인 면이 좋다. 손을 한 번 꼭 잡아주고는 서둘러 주루를 빠져나간다.

비욘드월드는 광활하다. 넓은 들이 펼쳐지고 푸른 강이 가로막는가 하면, 깊은 산의 계곡으로 꺾여 들어가기도 한다. 풍경 하나하나가 극사실적이어서 실제의 자연 속을 달리는 것 같다.

비욘드월드는 동국, 서국, 남국, 북국으로 나뉜다. 그 밖에 새외(塞外)라 하여 변경 밖으로 드넓은 세계가 펼쳐진다. 아직도 사도들에 의해 계속 확장되고 있는 중이다. 마치 우주가 빅뱅에 의해 무한대로 늘어나듯이 사도들의 영토에 대한 욕심은 끝이 없다.

옥기린은 정신없이 달리고 또 달린다. 갑자기 칠지도를 갖고 싶은 욕망이 점점 커져 그 자신을 집어삼킨 것 같다. 웅장한 산봉우리가 나타난다. 꼭대기에 흰 구름이 걸려 유유히 맴돈다. 흰 구름 사이로 언뜻언뜻 봉우리가 보이는데, 커다란 눈동자 같다. 광목산이란 이름이 붙게 된 연유이다.

옥기린의 얼굴이 어두워진다. 무려 2시진이나 달려와서 지칠 대로 지친 상태이다. 공력도 5성으로 떨어지고, 날도 저문다. 내일을 기약하는 것이 현명하다.

비욘드월드에 어둠이 내리면, 현실 세계는 동이 튼다.

아침을 컵라면으로 간단히 해결하고 자리에 눕는다. 남들이 출근할 때 잠을 청한다. 햇살이 슬금슬금 들어와 얼굴을 비춘다. 해라는 놈이 창밖에서 느물느물 웃는다. 비웃는 것이다.

거칠게 창문을 닫고는 커튼을 친다. 비로소 방안이 고즈넉해진다.

눈을 감고 잠을 청한다. 피로에 지친 몸이 까무룩 내려앉는다. 영혼이 4차원을 향해 실타래처럼 풀려 나간다. 현실과 꿈의 경계 속으로 지치고 상처받은 하나의 개체가 아늑히 침잠되어 간다. 이제 또 다른 먼 여행을 떠날 것이다. 익숙한, 그러나 단편적으로밖에 기억나지 않는 4차원의 여행. 시간과 공간이 휘어지며 흘러간다.

기분이 이상하다. 누군가가 지켜보는 느낌. 잠에서 깨어나려고 노력해도 눈이 떠지지 않는다. 현실로 돌아오려면 눈을 떠야 하는데, 안타깝게도 눈이 떠지지 않는다.

이럴 수가. 모든 의지력을 동원해 눈을 뜨려고 노력한다. 마침내 틱 하는 소리와 함께 오른쪽 눈이 순간적으로 떠졌다가 다시 닫힌다. 다시 안간힘을 쓰자 틱 왼쪽 눈이 떠진다. 천장이 언뜻 비친다. 다시 눈이 닫히려다가 섬뜩한 기분이 들며 두 눈이 번쩍 뜨인다.

천장에 커다란 눈동자가 박혀 있다. 아까 화면에서 본 광목산의 눈동자를 닮았다. 속눈썹이 긴 게 꼭 말의 선량한 눈동자 같다. 찡긋 윙크를 하며 웃는다. 너무 다정하여 오래전부터 아는 사이라는 느낌이 든다.

그토록 다정한 눈빛에도 불구하고 왈칵 노여움이 솟는다. 꺼져. 베개를 던진다. 눈동자에 슬픔이 어린다. 그래, 네가 보는 그대로이다. 이게 내 모습이다. 바로 네가 원하던 모습 그대로이지. 폐인, 패배자라고? 천만에. 미안하지만, 이게 나의 모든 것은 아니야. 또 다른 내가 있거든. 흐흐흐, 아주 멋진……, 내개 봐도 반할 정도의……. 지금 매우 피곤하니 사라져 줄래. 휴식을 취해야 해. 먼 여행을 떠나야 하거든.

잠을 청한다. 영혼이 다시 실타래처럼 풀리며 시공 속을 헤엄쳐 들어간다. 머리 위에 반짝이는 등대를 단 심해어처럼 천천히 우아하게.

눈을 뜬다. 햇살의 각도만으로 오후 4시를 조금 지난 시각임을 알 수 있다. 침대에 누워 천장을 멍하니 바라본다. 커다란 눈을 본 것도 같은데, 그게 꿈이었는지 현실이었는지 알 수가 없다.

밥 생각은 조금도 없지만, 공력을 보충해 놓지 않으면 안 된다. 이제 어둠이 내리면 다시 먼 여정을 떠나야 한다. 어떤 위험이 닥칠지 어떤 고수를 만날지 모른다.

이불을 젖히며 벌떡 일어난다. 냉장고에서 인스턴트밥을 꺼내 레인지에 덥힌다. 이런 간편한 밥이 나오다니 고마운 일이다. 이게 없었다면 사발면으로만 연명했을 터이다.

간단히 배를 채우고는 이를 닦고 세수를 하고 머리를 빗는다. 출정을 앞둔 병사처럼 얼굴에는 비장감이 감돌고 눈에서는 광채가 난다. 심호흡을 하고는 문을 열고 복도로 나선다. 낯선 사내가 옆방으로 들어가려다 눈이 마주치자 고개를 꺼덕 움직여 인사를 한다. 나는 고개를 숙이는 듯 마는 듯 하며 스쳐 지나간다.

그의 눈에 불쾌감이 어린다. 바라는 바다. 나는 그에게 거부의사를 밝혔고, 그는 그것을 인지하였다. 이제 그는 나와 마주쳐도 아는 체하지 않을 것이다. 이 좁은 공간에 아는 자가 있어 번거롭게 한다면 얼마나 끔찍한 일인가.

이 5층 건물은 1층과 2층은 상가이고, 3층부터는 소위 고시텔이다. 나는 이곳에 4년째 거주하고 있지만 안면 튼 사람은 꼭 필요한 극소수에 불과하다.

시골 어머님은 못난 둘째아들에게 희망을 끈을 놓지 않고 계신다. 부쳐 주시는 돈은 4년 전이나 지금이나 같다. 4년 전에도 빠듯한 액수였는데, 물가가 오른 지금은 턱도 없이 부족하다. 그마나 제때에 송금되지 않는 걸로 보아 시골의 형편이 어떤지 알 수 있다. 내가 할 수 있는 일은 덜 먹고 덜 쓰는 일뿐이다. 공부는 손을 놓은 지 오래이다. 저녁이면 게임방으로 출근하고, 아침이면 고시텔로 퇴근한다. 해가 떠 있는 동안은 기나긴 잠에 빠진다.

현실이 싫다. 그래서 사이버 세계와 꿈의 세계를 최대한으로 늘리고 현실의 세계를 최소한으로 줄였다. 가능하면 현실의 나는 없어졌으면 하는 바람이다. 불가능하다는 것을 알기에 더욱 절실히 소망한다.

게임방으로 들어서며 나는 다시 스르르 어둠 속에 용해된다.

⚔ 셋

광목산은 기암괴석으로 이루어진 명산이다. 부벽준(斧劈皴)의 질감이 뚜렷한 벼랑이 곳곳에 펼쳐지고, 괴이하게 뒤틀린 소나무들이 바위를 뚫고 솟아 있다. 보기 드문 호쾌한 절경으로, 바라보고 있노라면 천하를 발아래 둔 듯한 호연지기가 저절로 일어난다. 하지만 경치에 혹하여 자칫 발을 헛디뎠다간 수백 길 벼랑 아래로 떨어져 뼈도 못

추릴 판이다.

수는 보이지 않는다. 절벽 사이를 건너뛰는 산양 무리만 간간히 눈에 띈다. 혹시 아정의 정보가 잘못된 것일까. 그럴 리는 없다. 아정은 정보 수집을 전문으로 하는 비응문(飛鷹門)의 문주 천리안(千里眼) 장학규(張學圭)의 수양딸이다. 정보가 틀릴 리가 없다.

짙은 안개가 낀다. 아니, 안개가 아니다. 산 아래서 보았을 때 봉우리를 감싸고 있던 구름 속으로 들어온 것이다. 하얀 어둠. 보이지만 보이지 않는다. 인생이 이런 게 아니겠는가. 한 치 앞도 보지 못하는 불확실성을 향해 나아가는 몽매함. 그런데도 자아인 '나'가 우주의 주인이라고 우기는 자들이 있다. 큰 비밀을 깨달은 양 으스대는 그들을 보면 구역질이 치민다.

이크, 미끄러질 뻔했다. 바위마다 이끼가 끼어 위험하다. 이토록 세심한 곳까지 신경을 쓴 사도들의 섬세함이 놀랍다. 그들은 비욘드월드를 실제의 세계와 똑같이 재창조하고 있다. 무릇 어떤 대상에 자신의 혼(魂)을 담았을 때 그 대상은 예술이 된다. 혼은 염원이며 꿈이며 사랑이고 이상이다. 육체를 초월한 신에의 지향이다. 그들은 비욘드월드를 통하여 신이 되려고 하는 걸까.

하늘이 보인다. 구름층을 통과한 것이다. 눈 아래로 구름의 바다가 망망히 펼쳐진다. 신선이라도 된 기분이다. 잠시 바위에 앉아 전망을 즐긴다. 해가 서쪽으로 기울며 하늘이 붉게 변한다. 노을빛이 스민 구름은 거대한 솜사탕 같다. 노을이 진해짐에 따라 구름의 빛도 황홀하게 짙어 간다. 갖가지 빛들이 뒤섞이고 흩어지고 피어오른다. 왜 절정의 아름다움은 가슴을 아리게 하는 걸까. 최고조에 이른 아름다움은 생명력이 짧기 때문에 슬프다. 구름은 온갖 색조로 활활 타오르는가 싶더니 잿빛으로 변해 간다.

이런, 경치에 팔려 시간 가는 줄 몰랐다. 서둘러 정상을 향해 오른다. 사각사각 눈이 밟힌다. 금세 내린 듯 만년설이 탐스럽다. 둥근 달이 떠올라 눈이 노란빛으로 흐드러지게 빛난다. 나뭇가지에는 설화가 기기묘묘한 형태로 탐스럽게 피어 있다.

정상에 이른다. 수는 보이지 않는다. 아정의 정보가 틀린 걸까. 이미 수가 이 산을 떠난 걸까. 다른 자가 수를 쓰러뜨리고 칠지검을 가져간 것은 아닐까. 어쩌면 이곳에 있는 수를 못 찾는 것일지도 모른다. 진실은 한 가지인데, 경우의 수는 네 가지나 된다. 불확실성의 시대이다.

느닷없이 대화창이 열린다.

수: 나를 찾고 있나?

옥기린이 흠칫 놀라며 검을 잡는다. 상대는 화면 안에 있다. 그런데도 눈치채지 못하다니. 수의 내력(內力)이 예상 외로 뛰어나다는 증거이다.

저 앞쪽 소나무 아래에서 흰 그림자가 일어선다. 천천히 고개를 돌린다. 흰 머리털과 흰 얼굴, 흰 옷은 설광에 흡수되고 까만 눈과 빨간 입술만이 공중에 떠 있다. 가슴이 싸하게 아리다. 조금 전 노을에 물든 구름을 봤을 때처럼.

수의 까만 눈이 갈매기 날개처럼 휘어지고, 빨간 입술이 꽃잎처럼 피어난다. 웃는 것이다. '아름답다'와 '슬프다'라는 말이 같은 의미를 지녔음을 오늘에야 분명히 알았다.

수: 창천신룡 옥기린, 그대를 기다리고 있었다.

옥기린: 기다렸다니, 뜻밖이군.

수: 설부용 아정을 이용했지.

옥기린: 아정에게 거짓 정보를 흘렸군.

수: 거짓 정보라고는 하지 않았어.

옥기린: 칠지도는 어디 있나?

수: 그건 차차 이야기해 주기로 하지.

옥기린: 나를 이곳에 오게 한 이유가 있을 텐데?

수: 그대와 겨루고 싶다.

옥기린: 영광이군. 굳이 나를 지정한 까닭은?

수: 이유는……그냥 싸워주면 안 되겠나?

옥기린: 칠지도를 건다면 기꺼이.

수: 나를 꺾으면 자연히 칠지도는 그대 것이 될 거야.

옥기린은 잠시 망설인다. 수의 말이 진심일 것이다. 수는 담담히 웃는다. 긴장의 빛이 조금도 보이지 않는다. 자신 있다는 의미겠지. 처음 수를 보았을 때의 광경이 떠오른다. 염라사귀를 베던 군더더기 없는 깔끔하고도 정교한 솜씨. 등골에 짜르르 전류가 흐른다.

수의 실력은 훨씬 늘었을 터이다. 당시 923위였던 서열이 456위로 무려 467위나 뛰어오른 것이 그 사실을 말해 준다. 당시의 전적은 278전 274승 2무 2패이고 현재는 342전 338승 2무 2패이니, 1년 동안 그는 64연승을 거두고 있는 셈이다. 64연승 자체가 중요한 것이 아니라 그 상대가 모두 1000위 이내의 일류고수들이라는 사실이 중요하다. 1000위 이내라면 무예에서 일가를 이룬 강자들이라고 할 수 있다.

좌백에게서는 느낄 수 없던 긴장감에 휩싸인다. 수는 지금껏 싸운 어느 누구보다도 강자이다. 자칫 생명을 잃을지도 모른다.

뭐야, 두려워하는 건가. 두려움 따윈 개한테나 줘 버리라고 해. 나는 천하의 창천신룡 옥기린이야. 나도 1년에 100번이 넘게 결투를 하여 전승을 올렸다고. 좋은 상대를 만나 약간 긴장을 한 것뿐이야.

네 적은 상대가 아니라 바로 너다. 스승이 말했다. 흔한 말이지만 진리였다. 강호에 처음 출도했을 때는 자신이 없었다. 스스로의 두려움에 사로잡혀 위기를 겪기도 하였다.

너 자신이 스스로를 믿고 자랑스러워할 때 비로소 강해지리라. 이 말 또한 진리였다. 몇 번의 승리로 자신이 붙음에 따라 실력은 급상승하였다. 이제는 누구와도 싸워볼 만하다고 자신한다. 검의 궁극적인 경지가 손만 뻗으면 잡힐 곳에 있다. 옥기린은 가슴을 편다.

옥기린: 나도 자네 솜씨를 맛보고 싶었지. 자, 시작할까.

결투 모드로 바뀌고, 두 사람은 마주 선다.

수의 도는 가늘고 길다. 그는 오른손에 도의 손잡이를 쥐고는 도신을 왼쪽 어깨에 비스듬히 걸친 채 달을 바라본다. 건방지기 이를 데 없는 자세이지만 너무 허허로워 빈틈을 찾을 수 없다.

옥기린은 냉정히 기회를 엿본다. 한 줄기 바람에 수의 긴 머리털이 얼굴을 팔랑 가린다. 순간 옥기린은 앞으로 튀어나가며 검을 뽑아 수의 허리를 벤다. 수는 옥기린의 검을 도로 막으며 빙글 몸을 돌린다. 도가 날카롭게 심장을 찔러 온다. 옥기린은 몸을 숙여 도를 머리 위로 흘려보내는 한편 검으로 다리를 베어 간다. 수가 몸을 날려 옥기린의 머리 위를 가볍게 넘는다.

두 사람은 떨어졌다가 붙고 붙었다가 떨어지며 격렬히 싸운다. 두 사람의 움직임은 물 흐르듯 유연하면서도 아름답다. 그림 같은 동작 가운데는 상대의 급소를 노리는 살벌함이 숨어 있다. 실력이 엇비슷하여 치명적인 상처는 입지 않는다. 대신 자잘한 상처가 늘어난다.

시간이 흐를수록 두 사람은 피투성이가 되어 헐떡인다. 옥기린의 공력은 3.8성, 수의 공력은 4.5성. 두 사람의 몸이 동시에 하늘로 솟는다. 까마득히 솟은 두 그림자가 휘어지며 커다란 달 속에 잠시 박혔다가 선으로 교차된다. 땅으로 내려선 수의 왼쪽 이마에 빨간 꽃이 피어나더니 스르르 가지를 뻗는다. 검을 쥔 옥기린의 손에선 피가 뚝뚝 떨어진다.

두 사람은 돌아서서 상대를 응시하며 거친 숨을 고른다. 이마에 흐르는 피가 수의 얼굴을 더욱 돋보이게 한다. 관능적 퇴폐미가 물씬 흐른다.

수: 후후, 역시 내 눈이 틀리지 않았군.

옥기린: 자네 솜씨도 쓸 만해.

수: 좋은 스승에 좋은 제자라…… 부러워.

옥기린: 자넨 스승이 안 계신가.

수: 스승 따윈 내게 과분하지. 후후.

옥기린: 홀로 터득한 솜씨라…… 대단하군.

수: 웬만큼 쉬었으니 시작해 볼까.

옥기린: 좋지.

두 사람의 검과 도가 부딪히며 불꽃이 튄다. 끝장을 보려는 듯이 수의 움직임이 한층 빨라진다. 챙챙챙. 쉴 틈 없이 날아오는 도를 막느라 옥기린이 주르륵 밀려난다.

조금만 더 밀리면 벼랑 끝이다. 옥기린의 몸이 훌쩍 위로 솟는다. 기다렸다는 듯이 수도 솟아오르며 힘껏 몸을 부딪쳐 온다. 퍽! 검과 도는 물론 몸과 몸이 부딪치며 둘 다 벼랑 밖으로 튕겨나간다. 수가 손바닥으로 옥기린의 가슴을 민다. 옥기린은 벼랑 위로, 수는 벼랑 아래로 떨어진다.

이건 말이 안 돼. 수가 왜 나를……. 옥기린은 비틀거리며 일어선다. 벼랑 아래로 쓰러져 있는 수의 몸이 작게 보인다. 옥기린은 급히 내려가 수의 몸을 살핀다. 수의 남은 공력은 0.4성. 다행히 벼랑 바위틈으로 자란 나무들이 완충역할을 해주어 즉사하지는 않았지만 중상이다. 0.4성이면 겨우 움직일 수는 있으나 걷지는 못한다.

옥기린: 어서 공력회복제를 먹게.

수: 후후, 그럴 필요 없어. 마지막을 장식해 줘서 고맙네.

옥기린: 자네 맘을 알 수 없군.

수: 작년 과룡강 가에서 그대를 처음 만났지.

옥기린: 기억하는가.

수: 그때 이후로 관심을 가지고 지켜보았어.

옥기린: 그런 줄 몰랐네.

수: 멋진 남자라고 생각했어. 그대 손에 죽고 싶었네.

수의 얼굴이 살짝 붉어진다. 심한 상처로 공력은 0.3성으로 줄어든다. 이대로 두면 죽는다. 시간이 없다.

옥기린: 공력회복제는 어디 있나?

수: 가지고 오지 않았어.

옥기린: 무슨 소린가.

옥기린은 수의 몸을 뒤진다. 아무것도 없다.

옥기린: 자네 공력회복제는 무엇인가?

수: 쓸데없는 짓이야.

공력회복제의 종류는 여러 가지이다. 과일도 있고, 알약도 있으며,

음식도 있다. 취향에 맞는 하나를 자신의 공력회복제로 삼는다.

당황하던 옥기린은 불현듯 자신이 지닌 술에 생각이 미친다. 술은 강호인들이 가장 애호하는 공력회복제이다. 자신의 허리에 찬 호리병을 내민다.

옥기린: 이걸 마시게.

수: 틀렸어. 내 공력회복제는 술이 아니야.

옥기린: 그 날 자네 허리춤에 호리병이 있었어.

수: 기억력이 좋군. 하지만 마시지 않겠어.

옥기린: 안 마시겠다면 나도 마시지 않겠네.

옥기린은 호리병을 기울여 술을 땅에 쏟는다.

수: 무슨 짓이야. 그대도 공력을 보충하지 않으면 죽어.

옥기린: 신세를 지며 사느니 죽는 게 낫네.

옥기린의 공력도 1성 남짓이다. 상처도 깊다. 공력을 보충하지 않으면 산을 내려가기 전에 죽을지도 모른다. 호리병에서 술은 계속 쏟아진다. 수가 잡아챈다.

수: 그대가 죽는 것은 바라지 않아.

옥기린: 그럼 마시게.

수: 어쩔 수 없군.

수가 체념한 듯 술을 마신다. 공력이 점차 회복된다. 5성 정도 회복되자, 옥기린에게 호리병을 넘긴다. 수는 팔베개를 하고 누워 하늘의 별을 바라본다. 옥기린도 공력을 보충하고는 수 곁에 나란히 눕는다. 남빛 하늘에 별들이 총총히 떠 있다. 선명히 빛나는 별들은 서로 부딪혀 달가닥 달가닥 소리를 낼 것만 같다.

옥기린: 별이 밝군.

수: 내가 죽도록 놔두었어야 했어.

옥기린: 언젠가는 겪을 일, 서두를 필요 없지 않나.

수: 후후, 나름대로 이유가 있겠지.

두 사람은 나란히 누워 밤하늘을 바라본다. 말없는 가운데 많은 감정이 교류한다. 두 사람의 영혼이 남빛 밤하늘 위로 풀려나가 너울너울 얽혀지는 것 같다. 옥기린은 왠지 훈훈해지는 느낌을 받으며 마음이 편안해진다. 별이 바람에 깜박이고, 밤이 깊어간다.

깜박 잠이 들었나 보다. 수는 보이지 않는다. 대신 곁에 장대한 도 하나가 놓여 있다. 곧은 칼몸의 끝에 날이 솟고 그 좌우로 가지 모양의 칼날이 각각 3개씩 나 있는 신비한 모양새이다. 백제왕이 왜왕에게 하사하였다는 바로 그 칠지도이다. 허공을 향해 휘두르자 바람을 가르는 소리가 호쾌하다. 수가 써놓고 간 편지를 읽는다.

역시 죽는다는 것은 사는 것보다 힘들군. 칠지도는 그대가 갖게. 약한 자를 돕는 풍류협객 옥기린, 그대가 마음에 들어. 건투를 비네.

추신: 그대 덕에 삶이란 괴물에 조금 미련이 가네. 신의 동정으로 생명이 연장된다면 또 보게 되겠지.

옥기린의 입가에 미소가 흐른다. 수가 옥기린과 싸운 이유는 죽기 위함이었다. 왜 죽으려 했는지, 하필이면 자신을 상대로 택했는지는 중요하지 않다. 중요한 것은 삶에 의욕을 잃었다가 다시 미련을 갖게 되었다는 사실이다. 아무리 게임이 어렵고 힘들더라도 스스로 게임 오버 시키는 것은 반칙이요 금기이다.

수. 언젠가는 다시 만날 것 같은 예감이 든다. 아름다운 그의 얼굴이 떠오르며 그리움 비슷한 야릇한 감정을 느낀다. 매혹적인 청년이다.

칠지도를 한 번 휘둘러 본다. 묵직한 게 알지 못할 자신감이 차오른다. 원대했던 목표가 한 발 앞으로 다가온 것 같다. 동쪽 하늘에 샛별이 반짝인다. 슬슬 내려갈 시간이다.

게임방을 나서며 빛 속에 노출된 나는 다시 육체를 지닌 3차원의 인간이 된다. 바깥은 오후이다. 오랜 공복을 유지한 배가 그제야 시장기를 호소한다.

편의점에는 젊은 청년이 카운터를 보고 있다. 낮에 편의점을 들를 경우는 거의 없다. 밤과는 달리 손님이 많아 활기차게 돌아간다. 남빛 어둠이 스며들어 파란 물속에 잠긴 듯 고요한 밤의 풍경에 익숙한 내겐 낯설다. 그 파란 물속에 인어공주처럼 앉아 책을 읽던 그녀. 갑자기 그녀가 그립다.

그녀는 밤에만 카운터를 보는 모양이다. 낮에는 여자가, 밤에는 남자가 보는 게 정상이 아닐까 하는 생각이 얼핏 든다. 밤이 아무래도 위험할 테니까. 그녀는 겁이 없거나, 남자를 제압할 만한 무술 솜씨를 지녔거나, 위험 따위는 고려할 여유가 없는 절박한 처지에 있는지 모른다.

언젠가부터 경우의 수를 따지는 버릇이 생겼다. 비욘드월드의 폐인이 되기 전, 세상일에 무관심했던 때는 없던 버릇이다. 권태롭고 밍밍하게 흘러가는 현실과는 달리 비욘드월드에서의 삶은 치열하다. 하수의 도전을 이겨 내고 상수를 꺾어야만 존재가치가 있는 곳이 비욘드월드이다. 자칫 생명을 잃고 언더월드로 떨어지면 다시 비욘드월드로 승천하기란 보통 어려운 일이 아니다. 처절한 경쟁 속에서 살아남으려면 사소한 일에도 모든 경우를 고려하여 움직이지 않으면 안 된다. 2차원의 옥기린의 버릇에 3차원의 김기림까지 물든 것이다.

창가에 앉아 사발면을 후루룩대다가 예상 밖의 경우의 수가 있음을 깨닫는다. 길 건너편에 파출소가 있다. 그렇다면 안전 문제는 해결이 된다. 아무리 간이 큰 강도라도 파출소 눈앞의 가게를 털지는 않을 테니까. 그럼 그녀는 그냥 편하기 때문에 밤에 아르바이트를 하는 것일지도 모른다.

그건 그렇고 저 파출소가 왜 이제야 눈에 띄는 걸까. 자신에게 의미가 없는 것은 존재하지 않는 것과 마찬가지일지 모른다. 창밖을 지나가는 행인들도 관심을 가지고 지켜볼 때에만 존재한다. 지금 이 시간에도 남극의 얼음 위에서는 펭귄이 뒤뚱거리고, 중동에서는 인간폭탄이 터지고 있을지 모른다. 우주 한가운데서는 별들의 전쟁이 벌어지고, 남산의 어느 소나무 아래에서는 개미들이 전쟁을 벌이고 있을지도 모르는 것이다. 하지만 그게 나랑 무슨 상관인가.

반면에 그녀는 지금 보이지 않지만 분명히 존재한다. 그녀는 내게 의미를 지니고 있기 때문에 보이든 보이지 아니하든 존재하는 것이다.

인식의 문제이다. 인식하느냐 않느냐에 따라 존재하기도 하고 존재하지 않기도 한다. 때문에 석가모니께서도 '공즉시색 색즉시공(空卽是色 色卽是空)'이라고 설파하셨던 게 아닌가.

흐흐흐, 개똥이다. 평상시라면 꿈나라를 아늑히 헤매고 있을 백주대낮에 앉아 있으려니, 정신이 어떻게 된 모양이다. 잠이 마렵다. 빨리 돌아가서 쉬어야 한다.

옥기린이 얻은 칠지도를 생각하니 가슴이 뿌듯하다. 한편으로는 그녀의 얼굴이 떠오르며 아릿한 감정이 가슴을 베고 지나간다.

나의 2차원의 세계는 뿌듯하고, 3차원의 세계는 아릿하며, 4차원의 세계는 포근하다. 그래서 3차원의 세계가 가장 싫다.

넷

다리 위에 옥기린이 나타나자, 사람들이 웅성거림을 멈추고 길을 비켜 준다. 다리를 건너 강기슭으로 내려간다. 모래톱에는 흰 옷을 입은 댓 명의 사나이들이 서 있다. 등 쪽에 태극무늬가 선명하다. 태극문의 문도(門徒)들이다.

태극문은 대문파는 아니지만 동국(東國)에서 열 손가락 안에 꼽히는 명문이다. 전대 문주인 태극검제(太極劍帝) 필립(泌立)은 서열 75위까지 올랐던 절정고수였다. 그러나 장강의 앞 물결은 뒤 물결에 밀리는 법, 그도 2년 전에 중검(重劍)의 달인 사마달(司馬達)이라는 떠돌이 무사에게 패하여 사라졌다.

지금은 태극검제의 양아들 오행검 독고휘(獨孤輝)가 문주로 있다. 태극검제가 한눈에 무재(武才)를 알아보고 양아들로 삼은 만큼, 독고휘의 천재성은 빛을 발했다. 태극검제가 자신의 절기를 반도 못 전하고 세상을 떠났지만, 양부의 미흡한 가르침에 자신의 이론을 더하여 오행검이란 검법을 창안했다.

비무행에서 숱한 고수를 꺾어 자신이 붙자, 한동안 스승이자 양부의 원수인 떠돌이 무사 사마달을 찾아 돌아다녔지만 찾지 못했다. 서열 98위, 전적 245전 244승 1패. 1패는 태극검제를 처음 만났을 때 그에게 진 것이다.

옥기린이 독고휘에게 도전장을 던진 것은 어제 오후의 일이다. 사실 서열 백 위 이내의 절정고수들을 만나기는 어렵다. 그들은 무예에 미친 자들이라 어느 한 집단에 소속되기를 꺼린다.

하나같이 득검(得劍)의 경지에 이른 고수로서 바람처럼 구름처럼 자유롭게 떠돌아다닌다. 저잣거리에서 술 취한 주정뱅이로, 낚싯대를 드리우고 깜박깜박 조는 어부로, 흉년을 걱정하며 곰방대를 빠는 농군으로 신분을 숨기고 산다. 물론 개중에는 대문파의 종사(宗師)로 위엄을 떨치거나, 독고휘처럼 많은 제자를 거느린 존경받는 스승으로 지내는 사람도 있다.

오늘은 생애에서 역사적인 날이 된다. 옥기린은 가슴 벅찬 긴장감을 느낀다. 칠지도를 얻은 후, 옥기린은 2번의 도전을 물리치고 4번의 도전에 성공했다. 전적 111전 111승, 서열 132위. 강호출도 1년 만에 이룬 화려한 전적이다.

칠지도를 손에 쥐면 자신감이 생긴다. 서열 387위, 321위, 216위, 132위를 차례로 꺾으면서 자신은 확신으로 굳었다. 반드시 이길 수 있다는 확신, 자기최면이라 할지라도 좋다. 스승 말대로 스스로 자신을 믿고 자랑스러워하는 경지에 이른 것이다.

독고휘는 한 차원 높은 상대이다. 100위 안쪽이냐 바깥쪽이냐는 단순한 숫자의 차이가 아니다. 그것은 하늘을 날아오른 용이냐 아직도 물속에 잠긴 이무기냐 하는 차이이다. 100이라는 숫자에는 권위, 실력, 자부심, 명예, 존경 등등이 함축되어 있다.

옥기린은 가슴을 펴고는 중후한 인상의 독고휘를 정면으로 바라본다.

독고휘: 자네가 도전장을 보낸 창천신룡 옥기린이군.

옥기린: 독고문주의 명성은 오래전부터 흠모하고 있었소.

독고휘: 스승께선 안녕하신가.

옥기린: 못 뵌 지 1년이 넘었소.

독고휘 ; 그렇군. 이만 본론으로 들어갈까.

옥기린: 한 수 가르침을 받겠소.

독고휘: 만일 내게 무슨 일이 있더라도 나서지 마라.

독고휘가 뒤에 선 제자들에게 당부하자, 그들은 무겁게 고개를 끄덕인다. 그중 한 제자가 두 손으로 검을 독고휘에게 공손히 바친다. 독고휘가 검을 빼어 허공에 몇 번 긋는다. 예사롭지 않은 푸른빛이 잔영을 남기며 공기를 벤다.

독고휘: 청룡검일세. 칠지도에겐 못 미치겠지만 제법 명검이라네.

옥기린: 덕분에 편안한 마음으로 이 도를 쓸 수 있을 것 같소.

옥기린이 천에 감아 등에 메었던 칠지도를 내린다. 천을 풀자 일곱 날을 지닌 장대한 도가 나타난다. 그것을 보는 독고휘의 눈이 순간적으로 번쩍 빛을 발한다.

옥기린은 칠지도를 정면으로 겨눈다. 심장이 차가워지고 온몸에 짜르르 전류가 흐른다. 마음과 몸이 팽팽한 선으로 연결되어 언제든지 반응할 준비가 된다.

독고휘는 참선에 든 고승처럼 눈을 반개(半開)한 채 양손으로 쥔 검을 비스듬히 내려뜨리고 있다. 반면 청룡검은 파랗게 살아 차가운 살기를 내뿜는다. 마치 독고휘의 몸은 비어버리고, 그의 영혼이 검 속에 스며든 것 같다.

심검(心劍)의 경지에 이르렀단 말인가. 옥기린의 가슴에 찬바람이 스친다. 심검은 마음이 곧 검이요 검이 곧 마음인 경지로, 무예인들이 추구하는 궁극의 경지이다.

옥기린의 작은 동요를 눈치챈 것일까, 청룡검의 끝이 살짝 움직인다. 옥기린은 따라서 칠지도를 움직이며 마음을 강하게 다잡는다. 검에 욕심이 묻어 있으니, 아직 심검의 경지는 아니다. 나와 그의 실력은 종이 한 장 차이이다. 자신을 이기는 자가 승리한다.

시간이 흐른다. 길던 그림자가 점점 짧아져 작은 원이 된다. 청룡검의 날이 비틀리며 햇빛이 하얗게 반사된다. 순간 옥기린의 몸이 본능적으로 솟고, 발밑을 청룡검이 스치듯 가른다. 옥기린의 두 발이 땅에 닿는가 싶더니 다시 공중제비를 돈다. 그 그림자를 따라 청룡검이 예리하게 파고든다. 공중에 뜬 옥기린은 몸을 뒤채어 나무줄기를 발로 차고는 독고휘에게 날아가며 칠지도를 휘두른다. 일곱 개의 칼날이 따로 덤비듯 급소를 파고든다. 독고휘는 몸을 교묘히 비틀어 칠지도를 흘려보낸다.

땅에 내려서는가 싶던 옥기린이 독고휘에게 튕겨지듯 날아가고, 독고휘 또한 옥기린에게 빛살처럼 덤벼든다. 청룡검이 옥기린의 왼쪽 가슴을 꿰뚫고, 칠지도가 청룡검을 잡은 독고휘의 오른팔을 잘라버린다.

적막이 흐른다. 옥기린의 가슴에는 청룡검이 꽂혀 있고, 팔목만 남은 독고휘의 손이 그 손잡이를 꽉 쥐고 있다. 옥기린이 비틀하며 땅에 칠지도를 꽂아 몸을 지탱한다. 공력이 급격히 줄어들다 2.3성에서 멈춘다. 아슬아슬하게 심장을 비켜 갔다.

독고휘는 잘려진 자신의 오른팔을 내려다보고는 다시 청룡검을 쥐고 있는 자신의 오른손을 멍청히 바라본다. 눈에는 불신의 빛이 가득하다. 그의 공력은 4.1성이 남았으나 오른팔 없이 싸우는 것은 자살행위이다. 독고휘는 그 자리에 털썩 주저앉으며 눈을 감는다. 패배를 인정한다는 의사표시이다.

독고휘: 졌네.

옥기린: 운이 좋았을 뿐이오.

옥기린은 가슴에 꽂힌 청룡검을 빼내어 독고휘 앞에 던지고는 돌아선다. 풍류협객 옥기린의 진가가 다시 한번 확인되는 순간이다.

구경꾼들이 웅성거린다. 모두 존경하는 눈빛으로 길을 비켜 준다.

옥기린의 얼굴은 표정관리를 하느라 무표정하지만, 속으로는 환희에 벅차오른다. 드디어 꿈에도 그리던 100위 이내의 절정고수에 오르는 순간이다.

설부용 아정의 고운 자태가 떠오른다. 까다롭던 천리안 장학규도 이제는 양딸과의 혼인을 허락하겠지. 사람들의 눈길을 뒤로 한 옥기린의 입가에 비로소 미소가 감돈다.

숲속에 들어가 소나무 둥치에 기대어 앉는다. 독고휘의 검은 예상외로 빨랐다. 꼼짝없이 세상을 하직하는 줄 알았다. 천운으로 칼날이 약간 비켜난 것뿐이다. 독고휘의 팔을 자를 수 있었던 것도 운이다. 칠지도가 아닌 평범한 검이었다면 불가능했다. 독고휘는 칠지도의 일곱째 날을 피하지 못하는 실수를 저질렀다. 결국 독고휘의 실력이 자신보다 뛰어났음을 인정하지 않을 수 없다.

옥기린의 얼굴이 어두워진다. 무슨 소리, 운도 실력이야. 애써 자기 변명을 해보지만 개운치가 않다. 실력을 보완해야 한다. 이제 절정고수가 되었으니 그에 걸맞은 실력을 갖추지 못하면 도전자에게 당하는 것은 시간문제이다.

가슴의 상처가 커다랗게 입을 벌리고 있다. 공력은 1.8성으로 줄어든 상태이다. 아까는 사람들 눈이 있어 인기관리를 하느라 의연한 척했지만, 서둘러 공력을 보충하지 않으면 목숨을 잃는다.

옥기린은 허리춤에 찬 호리병을 빼들어 술을 마신다. 공력이 조금씩 올라간다. 바람이 불어 옷깃을 날린다. 잘생긴 얼굴에 한 줄기 우수가 어린다. 바야흐로 계절은 봄, 춘심이 동한 아가씨가 본다면 오줌을 찔끔 지릴 정도로 멋진 모습이다.

게임방에서 나와 편의점 문을 활짝 열고 들어선다. 뭔가 이루어냈다는 성취감에 행동이 과감해진다.

눈을 마주친 그녀가 당황한 듯 고개를 숙여 아는 체 한다. 언제나 정물처럼 고요하던 눈빛이 흔들리고 있다. 편의점에 그녀가 나타난 지 3개월 만에 생긴 이변이다.

의젓하게 고개를 끄덕이고는 여유로운 걸음으로 걸어간다. 내 뒤를 쫓는 그녀의 눈길을 느낀다. 짐짓 느긋하게 사발면을 고른다. 즐겨 먹던 싸구려 사발면보다 무려 5백 원이나 비싼 왕뚜껑사발면을 집어 든다. 호주머니에 손을 넣어 천 원짜리 지폐 한 장과 백 원짜리 동전 몇 개가 있는 것을 확인한다. 그녀 앞으로 가 카운터 위에 왕뚜껑사발면을 호기롭게 올려놓는다.

"천사백 원입니다."

인식기로 바코드를 찍은 그녀가 말한다. 평상시의 또박또박한 말투가 아니다. 왠지 허둥대고 있다.

지폐와 동전을 내민다. 지폐가 때에 절어 꼬질꼬질해서 조금 창피하다. 그렇지만 대범한 표정으로 정수기 앞으로 가 라면의 뚜껑을 뜯고 온수를 받는다. 등으로 그녀의 눈길을 다시 한번 느낀다.

가슴이 두근거린다. 마치 옥기린이라도 된 듯한 착각에 빠진다. 후루룩 쩝쩝대던 평상시와 달리 우아하게 젓가락질을 하여 라면가닥을 입 속으로 옮겨 넣는다.

그래, 난 이제야 본모습을 찾았다. 옥기린이 진정한 내 모습을 되찾아 주었다. 볼품없는 외모와 빈곤한 경제력, 어머니의 기대 따위 사소한 외적 조건들이 나를 졸아들게 하고 짜부라뜨렸다. 스스로를 불신하게 만들어 소심한 사나이로 전락시켰다. 하지만 오늘로 나를 되찾은 것이다. 보라, 우아한 내 모습에 그녀조차 흔들리고 있지 않은가.

가슴이 뜨거워지며 눈물이 물색없이 불쑥 흐른다. 커어. 매운 라면을 먹어 흐른 땀인 듯 옷소매로 얼굴을 문지른다.

초등학교 4학년 때 잠시 지냈던 반장시절이 기억난다. 호랑이 담임

선생님이셨는데, 반장에게 떠든 아이 이름을 적어 내는 막강한 권한을 주었다. 권력을 쥔 나는 아이들에게 거인이었다. 아이들은 내 눈치를 보고 아부를 하였으며 절대복종하였다. 외적인 조건이 그 인간의 크기를 결정한다.

하지만 깨달은 자는 외적인 조건에 관계없이 저절로 그릇의 크기가 드러난다. 그게 군자이고 대인이다. 이 사소한 자각이 감격에 젖어들게 한다. 또다시 뜨거운 눈물이 나오려고 한다. 사발면으로 얼굴을 가리고 국물을 단번에 마신다.

"저기요."

그녀의 목소리가 실내의 공기를 감미롭게 진동시키며 귀에 도달한다. 찌릿한 느낌이 발끝에서 정수리를 재빠르게 훑으며 통과한다. 드디어 올 게 왔다. 흥분해선 안 돼. 자연스럽게 고개를 들어 그녀를 바라본다. 깊은 밤이라 실내에는 그녀와 나밖에 없다. 마치 비췻빛 연못에 다정한 두 마리 은어가 헤엄치듯이.

그녀는 뭔가 말할 듯 말 듯 망설인다. 나는 다 먹은 사발면을 쓰레기통에 넣고는 여유롭게 그녀 앞으로 간다. 그녀가 일어선다. 나보다 키가 훨씬 크지만, 기죽지 않고 눈을 마주 바라본다. 무엇이든 다 포용할 수 있다는, 인자하고도 그윽한 눈빛으로.

"급한 일이 생겨 그러는데, 가게 좀 봐주시겠어요?"

부풀어 오르던 가슴에 시베리아 한풍이 휑하니 분다. 부탁이 있어서 평소와 다른 행동을 보인 거구나.

"죄송해요. 너무 급해서 실례했습니다."

떨떠름한 표정을 거절의 의미로 읽었나 보다. 그녀가 급히 고개를 숙이며 사과한다.

"아닙니다. 그렇게 하죠."

그녀는 고맙다는 인사와 함께 얼른 가방을 들고 나선다. 그러면서 새벽 6시가 되면 교대할 파트타이머가 올 것이라고 말한다. 고개를 다시 한번 까닥여 고맙다는 표시를 하곤 급히 나간다.

휑한 가게에 홀로 남는다.

시계는 새벽 2시를 가리킨다. 서랍 속에는 지폐가 그대로 있다. 난감하다. 뭘 보고 날 믿은 것일까. 혹시 안 좋은 일에 휩쓸려 누명을 쓰는 것은 아닐까. 소인배 같은 생각에 스스로를 꾸짖는다. 어찌 이런 밴댕이 같은 소갈머리를 지니고도 군자라 할 수 있단 말인가. 그녀는 너를 믿고 모든 걸 두고 떠났는데 너는 근거 없이 의심이나 하다니, 아녀자보다도 못 하구나. 조금 전의 깨달음은 다 허세였단 말이냐.

넓은 실내에 혼자 앉아 있노라니 낯설고 약간 으스스하기도 하다. 창밖은 남빛 어둠이 밀려와 찰랑인다. 건너편 파출소 불빛이 아늑해 보인다. 여기는 외로운 무인도이고, 거기는 사람들이 살갗을 부비고 사는 유인도 같다.

깊은 밤이라 찾아오는 손님이 없다. 문득 손님이 오면 어떡하나 걱정된다. 그녀의 동작을 떠올린다. 인식기로 상품의 코드를 찍고 가격을 말하고 돈을 받고 거스름돈을 내주고……. 그것뿐이다. 별로 어려운 일이 아니다.

그녀에게 무슨 일이 생긴 걸까. 단정하고도 흐트러짐 없던 그녀가 허둥댄 데에는 까닭이 있을 터이다. 제일 가능성 있는 시나리오는 가까운 사람의 사고 소식이다. 누굴까? 친구? 친구는 아닐 것이다. 친구라면 고작 몇 시간을 지체하지 못할 리가 없다. 그럼 가족? 그냥 느낌인데, 그녀에게는 가까운 가족이 없을 것만 같다. 따뜻한 가정이 있는 여자라면 얼굴이 그토록 무표정할 리도 없고, 밤근무도 하지 않을 거란 말이다. 그럼 애인? 생각만으로 가슴에 면도날이 박혀 스르르 움직인다. 설마 애인이 있다면 이런 밤근무를 하도록 놔두었을까. 그녀 혼자서 짝사랑하는 남자라면……? 이건 가능성이 있다. 정말 그녀가 모든 걸 팽개치고 사랑하는 남자에게 파랑새처럼 날아가기라도 한 듯 질투에 사로잡힌다.

뭔가, 이 마음은. 시간을 거슬러 올라가 보자. 옥기린이 절정고수가 되었을 때에는 행복하고 자랑스러웠다. 또 그녀가 내게 눈길을 주었을 때에는 설레고 기뻤다. 그런데 지금은 질투심으로 불안해하고 괴로워한다. 전이나 지금이나 마음은 그대로 하나인데, 이놈이 가만히 있지 못하고 잔나비처럼 이 가지 저 가지로 옮겨 다니는구나. 허, 어찌 이렇게 잔망스러운가.

제법 뭔가 깨달은 도사인 양 혀를 찬다. 하지만 개뿔이다. 한 번 심란해진 마음은 가라앉지 않는다.

주위에서 그녀의 흔적을 찾는다. 옆 선반 위에 책이 놓여 있다. 그녀가 읽던 책이다. 제목이 '프타아테이프'이다.

호기심으로 앞부분을 읽어 본다. 플레아디스 성단으로부터 온 프타아란 외계인이 오스트레일리아의 시골부인 자니 킹이라는 여인의 몸에 들어가 사람들에게 베푼 가르침을 받아 적은 책이라고 설명되어 있다.

허망한 생각에 집어치우려다가 달리 할 일도 없고 해서 들추어 본다. 본문에는 그녀가 군데군데 형광펜으로 칠한 부분이 있다. 일부분을 옮겨 적으면 다음과 같다.

당신이 수많은 환생을 거듭하며 다시 태어날 때마다, 당신은 전반적인 게임플랜을 가지고 옵니다. 당신이 이룩해야 할 일은 당신의 경험들이 조화에 이르도록 하는 겁니다. 그보다 큰 틀 안에, 매 생애마다 당신은 순간순간 당신의 현실을 창조합니다. 그래서 진실로 미래는 없다고 말씀드린 겁니다. '오직 지금'만이 있을 뿐입니다.*

벗이여, 당신은 이미 물질로 환생한 정신입니다. 당신이 무엇이라고 생각하십니까? 당신은 위대한 정신적 존재로서 환생을 선택했고, 3차원 현실을 경험하기로 선택했습니다. 당신은 이미 위대한 정신적 존재입니다. 할 일은 아무것도 없습니다. 당신이 이미 도달해 있는 곳으로 가는 빠른 길은 없습니다. 당신이 잊어버린 것뿐입니다.**

* 《프타아테이프》〈하〉 85쪽

** 《프타아테이프》〈하〉 147쪽

외계인이 한 말치고는 의미가 깊다. 수많은 환생을 거듭한다는 것은 불교에서 말하는 윤회를 가리킨다. 또한 이미 우리가 위대한 정신적 존재인데 그 사실을 잊어버린 것이라는 말도 불교에서의 누구든지 깨달으면 부처라고 하는 가르침과 유사하다. 태어날 때마다 게임플랜을 지니고 온다는 이야기도 흥미롭다. 현실 세계가 일종의 게임이라는 말 같은데, 내가 게임의 캐릭터라면 나를 플레이하는 게이머는 누구인가.

아리송송 골치 아프지만 은근히 흥미가 간다. 처음부터 정독을 하기 시작한다. 공감이 가는 부분은 메모지에 옮겨 적는다. 그다지 두꺼운 책이 아니라서 새벽 6시가 조금 못 되어 교대할 파트타이머가 왔을 때는 읽기를 끝낸다.

파트타이머는 둥근 얼굴에 인상이 수더분한 젊은이다. 술이 덜 깼는지 눈이 빨갛고 술냄새가 난다. 미안하다고 하며, 연락을 조금 전에야 받았다고 한다.

"손님도 세 명뿐이 없던데, 바쁜 일이면 문을 닫고 가도 됐을 텐데요."

혹시나 하는 미련이 남아 슬쩍 묻는다.

"아, 이 가게는 회사 직영이라서 잠시도 문 닫는 걸 싫어해요."

젊은이는 돈을 계산하며 건성으로 대답한다.

"여기 아가씨에게 안 좋은 일이라도 생긴 모양이지요?"

"시골에 계신 어머니가 위독하시데요."

"저런, 그랬구나."

더 이상 묻는 것도 눈치가 보인다.

계산을 마친 젊은이는 자리에 길게 앉는다. 그냥 쉬고 싶다는 표정이 역력하다. 나는 하릴없이 인사를 하고는 밖으로 나온다.

Chapter 2

성녀 가인

존재의 이유

하나

동그란 연잎 사이로 봉오리들이 봉긋봉긋 솟아 있다. 이따금 가느다란 "폭" 하는 소리와 함께 봉오리가 입을 벌린다. 하얀 꽃잎 속에서 노란 꽃술이 부끄럽게 얼굴을 내민다. 새벽녘 파르스름한 여명 속에서 등불처럼 빛난다.

기슭에 세워진 아담한 정자는 두 기둥이 연못 안에 있어 땅에 엉덩이를 대고 앉아 두 발을 물속에 담근 형상이다. 정자의 현판에는 부용정(芙蓉亭)이라 운치 있게 쓰여 있다. 양딸 설부용 아정을 위하여 천리안 장학규가 손수 지어 준 정자이다.

부용정에는 네 사람이 앉아 연꽃차를 마신다. 사방은 고요한데, 연꽃 봉오리 터지는 소리만이 들려온다.

장학규는 눈을 지그시 감은 채 코로는 연꽃 향을 맡고, 입으로는 연꽃차 맛을 음미하고, 귀로는 연꽃 터지는 소리를 들으며 삼매경에 빠져 있다. 강호의 거친 사나이에게 이런 풍류가 있는 줄 몰랐다. 아정과 아정의 양오빠 철주각(鐵柱脚) 양용(楊勇)도 삼매경에 빠지기는 마찬가지이다.

이름 하여 청련회(聽蓮會), 연꽃이 터지는 소리를 듣는 모임이라는 뜻이다. 연꽃 피는 계절이면 도진다는 장학량의 고상한 풍류인데, 귀한 손님이 오면 반강압적으로 함께 듣는 것이 취미라고 한다.

어지간히 시간이 흘러 아침 햇살이 연잎에 반사되자, 장학량은 비로소 눈을 뜨며 미소를 짓는다.

장학량: 연꽃 피는 소리가 어떠하던가.

옥기린: 마치 우주가 깨어나는 소리인양 청량하였습니다.

장학량: 찰나의 작은 소리에서 무한대의 우주를 느꼈다. 허허, 자네가 큰 그릇임을 새삼 깨닫는구먼.

옥기린: 과찬의 말씀 몸둘 바를 모르겠습니다.

장학량: 연꽃은 우리 인간에게 여러 가지 교훈을 준다네. 그중 세 가지만 든다면 종자불실(種子不失), 처염상정(處染常淨), 화과동시(花果同時)라고 할 수 있네. 들어 보았는가?

옥기린: 삼가 세이경청(洗耳傾聽)하겠습니다.

장학량: 자넨 너무 겸손한 게 탈이군. 그럼 모른다 치고 이야기함세. 우선 종자불실이라 연의 씨앗은 썩지 않고 오랜 시간이 흘러도 다시 싹이 튼다는 뜻이니, 곧 우리가 자신도 모르게 짓는 인연과 결과를 말함이네. 처염상정은 더러운 것에 접해 있어도 맑음을 잃지 않는다는 의미로, 세상의 악을 정화시키는 깨끗함을 말한다네. 마지막으로 화과동시는 꽃이 핌과 동시에 열매를 맺는다는 의미이니, 부처가 특별히 중생과 다른 것이 아니라 중생 속에 이미 부처의 성품이 있다는 뜻일세.

옥기린: 저 작은 꽃에 그런 깊은 의미가 있는 줄 처음 알았습니다.

장학량: 송나라 때의 유학자 주돈이는 "연꽃은 진흙 속에서 났지만 더러움에 물들지 않으며, 맑은 물결에 씻겨도 요염하지 않으며, 속이 비고 밖이 곧으며 덩굴지지 않고 가지도 없다. 향기는 멀리 갈수록 맑으며, 우뚝 선 모습은 멀리서 보아야 참맛을 느끼게 한다. 참으로 연

꽃은 꽃 가운데 군자이다."라고 예찬했다네.

옥기린: 연이 아무리 고결하다 해도 그 깊이를 더하는 것은 사람의 품성이니, 오늘 스승님 이래 제2의 개안(開眼)을 하였습니다.

장학량: 허허, 내가 조금 운치를 즐긴다 하나 어찌 자네 스승께 비기겠나. 그래, 오늘 스승을 뵈러 떠난다고?

옥기린: 못 뵌 지 1년이 넘고 해서 혼인 승낙도 받을 겸 돌아가려고 합니다.

장학량: 아무렴, 가 뵈어야지. 품에서 떠난 지 1년 만에 절정고수의 반열에 올랐으니, 스승께서도 기뻐하실 걸세.

양용: 절정고수를 매제로 삼게 되어 나도 기쁘기 그지없네. 아정아, 매제는 미남에다 무예 또한 뛰어나니, 네 근심이 크겠구나.

아정: 무슨 말이에요?

양용: 천하의 미녀들이 이 멋진 영웅을 가만 두겠느냐는 말이다.

장학량과 양용이 큰 소리로 웃자, 아정은 목덜미까지 붉어지며 고개를 숙인다. 옥기린은 겸연쩍은 미소를 짓는다. 행복하다. 사람과 사람 사이를 흐르는 따뜻하고 끈끈한 정, 사랑하는 이성과 나누는 달콤한 감정, 성취감에서 비롯되는 뿌듯한 자부심. 얼마나 아름다운 세상인가. 살맛이란 바로 이런 게 아니겠는가.

네 사람이 담소를 나누고 있을 때, 총관인 허적(許蹟)이 급한 표정으로 나타난다.

장학량: 허 총관, 무슨 일인가?

허적: 한 젊은이가 문 앞에 쓰러져 있어 알아보았더니, 백발공자 수였습니다. 워낙 중상을 입어 생명이 위태한데, 정신을 잃기 전 옥기린 공자를 찾았기에 알려드리러 왔습니다.

옥기린은 이야기가 끝나기도 전에 자리를 박차고 달려간다. 조금 전 세상의 이치를 깨달은 듯 군자연하던 옥기린이 아니다. 가슴이 벌렁거리고 다리가 허둥댄다. 그날 밤 짧은 순간이었지만 둘은 교감했고, 동질의식을 느꼈다. 마음 한편이 든든했고 그립기도 했다. 그런 수가 생사불명이라니…….

생사불명이라 함은 공력이 0.1성 이하일 때를 말한다. 의식이 없어 그냥 두면 자연히 공력이 줄어 생명을 잃는다. 외부 사람이 재빨리 공력을 보충해 주면 회복되기도 하지만, 공력을 받아들일 힘마저 부족하여 죽는 경우가 더 많다.

누워 있는 수의 모습을 대하자 참았던 눈물이 쏟아진다. 온몸이 상처투성이이다. 아랫배가 깊게 베였고, 오른쪽 눈을 세로로 가른 긴 칼자국이 있다. 다행히 공력은 더 줄지 않는다. 비응문에 용한 의원이 있어 적절한 처방을 한 덕분이다. 수의 공력회복제가 가장 흔한 술이라는 점도 도움이 되었다.

수는 창백한 얼굴로 거칠게 호흡한다. 아름다운 얼굴에 흉하게 난 칼자국이 마음을 아프게 한다. 옥기린은 수의 손을 꼭 잡는다.

허적: 어제 저녁부터 오늘 새벽까지 연이어 세 번이나 결투를 했다고 합니다. 하나같이 굉장한 고수들이어서 살아 있는 게 신기할 따름입니다.

허적이 수집한 정보를 종합하여 들려 준 이야기는 다음과 같다.

어제 파르스름한 이내가 산 아래 피어날 무렵, 성내의 주루인 은하각(銀河閣)에 백발공자 수가 나타나 한 무사에게 도전했다. 그 무사는 서열 286위인 철혈쌍검(鐵血雙劍) 이무력(李武力)이었다. 두 사람은 주루 옆 공터에서 싸움을 시작했는데, 100여 수 만에 수의 승리로 끝났다. 가까스로 이기긴 했어도 수의 부상도 심각했다.

수는 상처도 제대로 치료하지 않고 어디론가 떠났는데, 얼마 뒤 강가에서 또다시 싸우는 모습이 목격되었다. 상대는 서열 175위인 무영소수(無影素手) 오기(吳基). 두 사람의 싸움은 처참하기 이를 데 없어 강물이 피로 붉게 물들 정도였다고 한다. 이 싸움도 수의 승리로 끝났는데, 대신 수는 오른쪽 눈을 잃어버렸다.

마지막 싸움은 새벽녘에 벌어졌다. 장소는 이곳 비응문이 있는 미산(美山) 기슭이었다. 상대는 서열 102위인 묵검(墨劍) 야설광(夜雪光). 의외로 이 싸움은 순식간에 끝났다. 수가 동귀어진의 수법을 썼기 때문이다. 단 3수 만에 야설광은 목이 베어졌고, 수는 아랫배가 갈라졌다. 야설광은 절명했으나, 수는 중상의 몸으로 비응산장의 대문까지 와 쓰러졌다. 다행히 문지기가 일찍 발견한 탓으로 목숨은 건졌다는 이야기였다.

옥기린: 이상하군요. 그런 고수들이 이곳에 모였다는 것도 드문 일이거니와 왜 수가 그들과 무리를 하며 싸웠을까요?

허적: 아직도 모르시겠습니까? 세 사람이 여기에 온 목적은 똑같았습니다. 바로 칠지도.

옥기린은 바위를 냅다 들이받은 듯 멍해진다. 왜 그 생각을 못했을까? 지금쯤 자신이 칠지도를 지니고 있다는 사실은 온 강호에 퍼졌을 터였다. 칠지도를 탐낸 고수들이 전국에서 찾아오는 것은 뻔한 이치이다. 이제 절정고수가 되었으니 도전하는 자도 드물 것이라는 자만심으로 안일하게 생각했다. 수가 싸운 자들만 해도 승부를 예측할 수 없는 고수들이다. 특히 묵객 야설광 같은 경우는 전문적인 자객 출신으로 4백 명 이상의 목숨을 앗아가는 동안 단 1패도 하지 않았다는 전설의 살수이다.

그런데 수가 왜 나섰을까? 갑자기 느낌이 야릇해진다. 연정. 그것으로밖에 설명할 수가 없다. 그제야 광목산에서의 수의 행동도 이해가 간다. 왜 이쪽은 살리고 자신은 죽으려 했는지, 왜 칠지도를 두고 떠났는지.

바보 녀석. 나 같은 걸 좋아하다니……. 콧등이 찡해진다. 눈물을 보이지 않으려고 밖으로 나간다.

멀리 산은 첩첩이 겹쳐 있으매, 앞산은 짙은 반면 뒤로 갈수록 산색은 희미해진다. 하지만 뒤의 옅어 보이는 산이 실상은 더욱 울창하다는 사실을 그제야 깨닫는다.

몸은 깊숙이 까부라지는데, 영혼은 4차원의 세계로 여행을 떠나지 않고 머리 위를 빙빙 돈다. 쉽게 말해 비몽사몽의 연속이다. 현실도 아니고 꿈도 아닌 기묘한 현상이 머릿속에서 파노라마처럼 펼쳐진다.

이틀째 의식을 되찾지 못하는 수를 생각하며 우울한 감정에 빠져 있노라면, 수가 갑자기 화사한 얼굴로 나타나 "삶은 역시 드라마틱해야 재미가 있는 거야." 하고 말한다. 또는 편의점 그녀가 나타나 "그날은 정말 고마웠어요. 사례를 하고 싶은데, 제가 끝날 때까지만 기다려 주시겠어요?" 하며 웃어서 기쁜 마음에 고개를 끄덕이다 보면 허전한 베개를 끌어안고 있다. 수와 그녀가 연인이 되어 손을 잡고 거니는 모습에 화들짝 놀라 보니 벽에 걸린 시계의 시침과 분침이 손을 잡고 있질 않나, 황야를 헤매다 추위와 굶주림에 쓰러져 고통스러워하다간 이불을 걷어찬 자신을 발견하기도 한다.

모든 게 엉망진창 뒤죽박죽인데, 이 상태가 그다지 나쁘진 않다. 2차원인 비욘드월드에서 게임을 하듯 4차원의 세계 속에서 게임을 하는 기분이 든다. 내가 맘속으로 상상을 하면 꿈속에서 좀 더 구체적이고 생생한 형태로 재연이 되기도 한다.

눈을 감고 그녀의 얼굴을 떠올린다. 두 사람은 지금 사랑의 감정에 빠진 채 벤치에 앉아 있다. 그녀의 향기가 코끝을 맴돈다. 참, 그녀의 어머니는 어떻게 되었을까. 안 보인 지 4일째인데, 돌아가신 건 아닐까. 아니 아니. 자, 다시. 그래, 내가 담배를 꺼내 문다. 바람이 불어 라이터불이 꺼진다. 다시 시도한다. 또 꺼진다. 그녀가 점퍼의 지퍼를 내리고 옷깃을 벌려 준다. 나는 그 속에 얼굴을 들이밀고 불을 붙인다.

봉긋한 가슴이 눈앞에 있다. 가만, 담뱃불 붙이기에는 조금 위험한 설정이 아닐까. 아무리 상상이지만 너무 유치해. 넌 담배도 못 피우잖아. 그녀가 다시 오긴 할까. 그녀를 시집보내기 위해 어머니가 거짓 연락을 한 것은 아닐까. 왜, 그런 연속극 많잖아. 어머니가 위독하다는 소식에 허겁지겁 내려가 보니, 어머니는 팔팔하고 옆의 삼촌이 선볼 날짜 잡아놨다고 하며 사진을 내미는 장면 같은 거. 허허, 이러다간 날 새겠군. 그래, 우린 바닷가 파라솔 아래에서 시원한 맥주를 마시는 거야. 붉은 태양이 바다를 황홀하게 물들이고 음악도 흐르지. 사이먼 앤 가펑클의 '스카브로의 추억' 같은 고전적이면서도 감미로운 멜로디로. 술김에 그녀의 어깨에 손을 얹는다. 의외로 그녀는 가만히 있다. 용기를 내어 슬쩍 당긴다. 그녀의 머리가 스르르 어깨에 닿는다. 바람이 불어 그녀의 머리털이 코를 간질인다. 재채기하면 안 돼. 손바닥으로 볼을 쓰다듬다가 얼굴을 이쪽으로 슬쩍 민다. 그 순간 나도 얼굴을 돌린다. 입술이 짜릿 닿는다. 놀래서 떼었다가 다시 갖다 댄다. 부드럽다. 입술을 벌린다. 침과 침이 섞인다. 달콤하다. 혀를 넣는다. 그녀의 혀가 내 혀를 맞이한다. 두 혀가 조갯살처럼 유연하게 서로를 탐닉한다. 아, 키스가 이토록 황홀할 수도 있구나.

누군가 보고 있다는 느낌에 퍼떡 눈을 뜬다. 천장에서 커다란 눈이 지켜본다. 얼마 전 나타났던 그 눈이다. 깜박 윙크를 한다. 딴에는 친밀감을 나타내는 제스처인 모양이다. 선량하게 생긴 눈인데, 그 모습을 볼 때면 왜 이리 화가 나는지 모르겠다. 더구나 절호의 키스 찬스까지 방해하지 않았는가.

왜 또 나타났어, 꺼져. 눈과의 대화는 텔레파시로 이루어진다.

나한테 불만이 많군. 모든 게 너의 선택이라는 생각은 안 드나. 눈은 다소 뻔뻔스럽게 느물거린다.

난 지금 너와 이야기하고 싶은 기분이 아니야. 제발 사라져 줘.

오호, 달콤한 시간을 방해했다 이거로군. 어떡하나, 그건 실제 상황이 아닌데.

부끄럽다. 이 녀석은 내 모든 걸 알고 있는 것 같다. 상상이나 꿈속까지도 들여다본다. 마치 나와 영혼이 가느다란 줄로 연결되어 있는 것 같다. 정체가 뭐든 굉장히 기분 나쁜 놈이다.

이봐, 그건 네가 상관할 일이 아니거든. 난 예행연습을 했을 뿐이야.

예행연습치고는 꽤 껄떡거리더군.

껄떡거리다니, 말을 함부로 하지 마.

3차원 존재면 3차원답게 놀아. 아무리 자신을 2차원이나 4차원에 숨기려 해도 넌 3차원을 벗어날 수 없어. 비겁하게 숨으려 하지만 말고 떳떳하게 게임에 임하란 말이야.

나는 할 말을 잊는다. 아무것도 뜻대로 되지 않는 현실이 싫었을 뿐인데, 그게 비겁하다고 말하고 있다. 나는 소리친다. 네가 뭔데, 네가 뭔데 참견하는 거야!

화가 나서 견딜 수가 없다. 벌떡 일어나 눈통이를 밤퉁이로 만들고 싶다. 움직일 수가 없다. 뒤집어 놓은 무당벌레처럼 버둥버둥 힘만 쓴다. 그런 나를 눈이 비웃듯이 바라보더니 차차 희미해진다.

따르릉.

무음(無音)의 공간을 경련시키는 전화 벨소리. 놀라서 누운 채로 펄쩍 뛰어오른다. 천장에는 아무것도 없다.

뭐야, 꿈인가. 어리둥절할 때 또다시 따르릉 전화벨이 울린다. 원시적인 벨소리다. 가끔 오는 전화지만 꼭 낮에 잠잘 때만 울리기에 그때마다 기겁을 해서 깬다.

한동안 전화 코드를 빼 버린 적도 있는데, 덕분에 불길한 일이 일어났는가 하고 어머니가 형을 대동하고 울면서 새벽에 들이닥치는 소동이 벌어졌다.

금속성의 벨소리 대신 듣기 좋은 선율이 울리는 전화기로 바꾸려고 마음만 몇 년째 먹고 있다.

여하튼 누워서 벨소리가 그치기만을 기다린다. 평상시라면 벨소리에 굉장히 짜증이 났을 터지만, 기분 나쁜 꿈을 깨게 해주었으므로 꾹 참는다. 헌데 벨소리도 끈질기다. 인내의 한계를 시험하듯 그치지 않는다. 백수인 내게 이토록 애타게 정성을 기울일 사람은 온 우주에 한 분밖에 없다. 바로 어머니.

"기림이냐?"

"예."

"왜 이리 전화를 안 받냐?"

"화장실에 있었어요."

"몸은 건강하제. 밥도 잘 먹고?"

"예."

"오늘 돈 부쳤다. 늦어서 미안혀."

"아뇨, 괜찮아요."

잠시 침묵이 흐른다. 어머니가 가장 궁금해 하는 일, 그 말을 가장 힘들어하신다.

"공부는 잘 돼 가고 있제."

조심스러운 물음.

"그럼요."

자신 있어 보이는 가증스러운 답변.

"시험이 며칠 안 남았다 하던디."

형이 말해 주었을 테지. 시험이란 공무원 시험을 말한다. 원래의 목표는 사법고시였으나 언젠가부터 꿈을 낮췄다.

"너무 열심히 하느라 몸 축내진 말어. 건강이 최고니께."

"알았어요."

어머니는 더 하고 싶은 말이 많지만 더 해야 할지 말아야 할지 망설이신다. 짜증 많고 신경질적인 둘째아들의 더러운 성격을 잘 아시기 때문이다. 그래도 오늘은 단답형이지만 고분고분 대답을 해준 게 고마워서 한마디 덧붙이신다.

"아버지를 꿈에서 뵈었다. 벙실벙실 웃으시더구나. 좋은 일이 생길 징조여."

"예에."

대답에 묻어 있는 짜증을 금세 알아차리신다.

"그럼 바쁠 텐디 어여 들어가거라."

"어머니도 건강하세요."

마음이 씁쓸하다. 시험 생각은 까마득히 잊은 지 오래이다.

비겁하게 숨으려 하지만 말고 떳떳하게 게임에 임하란 말이야. 눈의 외침이 들린다.

정말 짜증스럽다. 이래서 난 3차원이 싫다. 내게 능력 이상의 것만 요구한다.

둘

늘씬한 미인송(美人松)이 쭉쭉 뻗어 있는 숲속으로 오솔길이 아늑히 휘어져 흐른다. 미인송은 미인의 곧은 다리를 닮았다는 의미로 이름이 붙었다고 한다. 잔가지가 별로 없어 하늘을 가리지 않기에 바닥에는 파란 잔디가 융단처럼 보드랍다.

오솔길을 두 젊은이가 다정히 걷는다. 옥기린과 수이다. 수는 공력을 완전히 회복한 상태이다. 비록 눈 하나를 잃었지만. 오히려 한쪽 눈을 가로지른 긴 상처가 묘한 매력을 더한다.

수: 왜 미인송은 보통 소나무처럼 구부러지지 않고 곧게 뻗는 줄 아나?

옥기린: 생각해 보지 않았네.

수: 미인송이 자라는 지역은 겨울에 눈이 많이 오는 곳이지. 곁가지

에 눈이 쌓이게 되면 그 무게로 인해 제대로 자랄 수가 없어. 그래서 곁가지의 생명을 포기하게 된 거야.

옥기린: 그렇군.

수: 작별한 시간이야. 한동안 못 보게 될 것 같네.

옥기린: 쾌차하기 비네.

수의 눈에 언뜻 놀라움이 비친다.

옥기린은 안다. 수의 창조자의 심신이 정상이 아니라는 것을. 그래서 수도 괴로워한다. 죽음을 생각할 정도로.

수와 헤어진 옥기린은 들녘을 걷는다. 생각에 잠긴 얼굴이다. 수는 미인송에 빗대어 버림의 미학을 말했다. 버려라, 버려라…….

옥기린은 멈추어 서서 등에 멘 칠지도를 끌러 내린다. 어쩌면 이 칠지도를 버리라는 뜻인지 모른다. 진정으로 강한 자는 신병이기에 의지하지 않는다.

옥기린은 칠지도를 들고 망설인다. 사실 내심의 진짜 갈등은 칠지도를 지님으로써 더 강해지고 싶은 욕망과 칠지도를 호시탐탐 노리는 고수들에 대한 두려움과의 갈등이다. 수가 옥기린을 대신하여 싸운 자들은 결코 실력이 옥기린의 아래가 아니다. 수는 거의 죽음 직전까지 갔었다. 더 강한 자가 나타나지 말라는 법도 없다. 그러나 칠지도가 없다면 절정고수의 실력에 턱없이 부족하다는 걸 잘 안다. 독고휘와의 결투도 칠지도의 도움으로 가까스로 승리할 수 있었다.

결국 옥기린은 실력을 조금 더 쌓을 때까지만 칠지도를 지니기로 마음먹는다. 그러자 마음이 평온해지며 낙천적이 된다.

투명한 비단처럼 감겨드는 햇살 아래 아지랑이가 일렁인다. 뻘건 황토와 파란 보리밭이 대비되어 눈이 시리다. 훈풍에 보리이삭이 유연하게 물결친다.

스승님은 어떻게 변하셨을까. 스승의 인자한 모습을 떠올리며 미소 짓는다. 절정고수의 반열에 든 나를 칭찬해 주시겠지. 옥기린의 걸음이 가볍다. 스승이 있기에 오늘의 옥기린이 있고, 스승이 있기에 두려울 것이 없다.

산모퉁이를 돌아서자, 맑은 강이 나타난다. 저 멀리 다리가 보이긴 하는데, 그곳까지 돌아가기가 싫다. 등평도수(登萍渡水)라는 최상의 경공술을 쓰면 수면을 밟고 달릴 수가 있다고 하나, 그것은 무협지에서나 등장하는 허풍에 불과하다.

강 건너편에 한 노인이 나타난다. 풀어헤친 흰 머리가 바람에 흩날리고, 누더기 옷이 터져 땟국에 절은 뱃살이 피둥피둥 드러난다. 손에 쥔 술병은 연신 입으로 오르내리고, 등에는 날 빠진 커다란 도끼를 메고 있다.

제정신이 아닌 듯 거침없이 물에 들어서더니 이쪽을 향해 건너온다. 퍼런 물속에 무릎이, 허리가, 가슴이 사라지더니 마침내 머리까지 쏙 잠긴다. 안타까운 시간이 흘러 저런 죽었구나 생각할 즈음 머리가 볼쏙 솟더니 가슴이, 허리가, 무릎이 차차 나타난다. 왕무식하게도 강을 그대로 걸어서 건넌 것이다. 기슭으로 올라온 노인은 물벼락을 맞은 개처럼 몸을 후루룩 떨어 물기를 털어낸다.

노인을 지켜보던 옥기린의 마음은 처음에는 의아했고, 이어 걱정되다가 지금은 웃음이 터진다. 노인의 프로필을 본 옥기린의 웃음은 한층 짙어진다. 이름 백수광부(白首狂斧), 2전 2승, 서열 4444위.

옥기린은 경망스러움을 참지 못하고 톡 농을 던진다.

옥기린: 그대는 공무도하가(公無渡河歌)란 고대가요에 나오는 미친 노인이 아니오?

백수광부: 네 놈은 도끼 부(斧)와 지아비 부(夫)도 구별 못 하느냐?

옥기린: 그 미친 노인이 아니라면 어찌 푸른 물에 대책 없이 뛰어든단 말이오. 서열도 죽을 사가 넷인 걸 보니 죽음을 꽤나 좋아하는 모양이오.

백수광부: 네 스승이 너를 잘못 가르쳤구나. 네놈은 죽는 게 싫으냐?

옥기린: 이미 피안을 보았는데, 어찌 죽음을 두려워하겠소.

백수광부: 창해일속(滄海一粟) 같은 제 마음도 못 본 녀석이 피안을 보았다고? 허허허, 오늘 네 스승을 대신하여 하늘 밖에 하늘이 있음을 가르쳐 주마.

백수광부가 다짜고짜 도끼를 휘두르며 덤벼든다.

옥기린은 어처구니가 없어 픽 웃는다. 전적으로 보나 서열로 보나 무모하기 그지없는 도전이다. 아무리 세상 물정에 귀 막히고 눈 어두운 노인네라고 하나, 뻔히 절정고수임을 알면서도 덤벼들다니. 나이를 먹으면 어린애가 된다고 하더니, 이건 노망난 노인네의 억지 아니면 응석에 다름없으렷다.

옥기린은 약간 혼을 내주어 절정고수의 무서움을 알려 주리라고 생각한다. 교훈을 주어야만 나이만 믿고 아무에게나 대들다가 외로운 들녘의 고혼이 되는 일은 없으리라는 자비심도 한몫하고.

날아오는 도끼를 검으로 가볍게 막는다. 순간 쾅 하는 요란한 쇳소리와 함께 옥기린이 비틀비틀 서너 걸음 물러선다. 눈은 화등잔만 하게 부릅떠지고, 검을 쥔 손아귀는 터져 피가 흐른다. 도끼의 힘은 상상을 초월한다.

옥기린의 경악하는 모습을 본 백수광부는 기묘한 웃음을 흘리며 성큼성큼 다가온다. 옥기린은 저도 모르게 다급히 손을 젓는다. 하도 급하니까 말조차 제대로 나오지 않는다.

백수광부: 왜, 이제야 죽는 게 두려워졌느냐?

옥기린: 자, 잠깐. 내 진짜 무기를 꺼내지 않았소.

옥기린은 허겁지겁 등에 멘 칠지도를 내려 두 손에 쥔다. 용기를 내어 백수광부에게 향한다. 마음과 달리 검 끝이 가늘게 떨린다. 백수광부의 쭈글쭈글한 입가에 비웃음이 매달린다.

백수광부: 그따위 신병이기에 의지하는 나약한 놈이로구나. 도대체 네 스승이 뭘 가르친 거냐?

옥기린: 스, 스승님을…… 욕되게 하지 마시오.

백수광부: 네 꼴을 보니 내 자신이 한심스럽구나. 에라이, 똥물에 튀길 놈아!

백수광부가 소리를 버럭 지르며 다시 달려든다.

결과는 아까와 마찬가지이다. 무지막지한 공격에 옥기린은 변변히 대항도 못하고 물러선다. 도끼의 힘도 힘이거니와 어찌나 날래고 예리한지 몇 수만에 온몸이 피투성이가 된다. 피안이고 나발이고 시꺼먼 저승의 아가리만이 눈앞에 어른거린다. 더욱 기가 막힌 것은 도끼의 서슬에 칠지도의 일곱 날이 하나하나 엿가락처럼 뎅겅뎅겅 부러진다는 사실이다.

겁에 질린 옥기린은 비틀비틀 물러서기 바쁘다. 그 와중에도 무지막지한 도끼날에 가슴이 패어 나가는가 하면 어깨 살덩이가 한 움큼 튀어나가고 옆구리가 갈라지기도 한다. 공력이 급격히 바닥을 향한다.

마침내 손에 칠지도의 손잡이만 남은 것을 본 옥기린은 뒤돌아 냅다 도망치기 시작한다. 하하하. 웃음소리가 들린다. 천지를 뒤흔드는 호탕한 웃음소리이다. 옥기린은 귀를 막고 눈물, 콧물을 흩뿌리며 달리고 또 달린다.

숨이 풀무처럼 헐떡이고, 심장이 터질 것 같다. 그래도 얼이 나간 옥기린은 속도를 늦추지 않는다. 당장이라도 미친 노인이 쫓아와 도끼로 정수리를 내려칠 것만 같다. 죽음에 대한 두려움으로 마지막 힘까지 짜낸다. 나무가 휙휙 지나가고, 나란히 달리던 강이 멀리 사라진다.

어디까지 왔을까, 휘청거리며 뒹군다. 하늘을 바라보며 헉헉 숨을 몰아쉰다. 도끼에 맞은 자리는 살점이 떨어져 나가고 뼈가 덜렁거린다. 온몸이 만신창이다. 술이 담긴 호리병도 어디론가 날아가 버리고 없다. 남은 공력은 0.3성. 워낙 부상이 심해 공력이 쉬지 않고 줄어든다.

색색의 꽃이 만발한 초원 한가운데이다. 석양은 단장한 새색시가 되어 수줍게 서쪽으로 내려앉고, 하늘은 지상의 꽃송이가 모두 올라간 듯 곱디곱다. 공기는 노을 가루가 뒤섞이어 반짝인다. 갑자기 자신이 부끄럽고, 죽음이 두려워진다. 훌쩍훌쩍 울기 시작한다. 온 우주에 혼자 남아 이제 낯선 곳으로 떠나야 한다는 원초적 고독이 눈물을 그칠 수 없게 한다.

꽃 속에서 한 여인이 나타난다. 하얀 옷을 입었는데, 움직일 때마다 노을빛에 아른아른 물든다. 웃으며 다가와 옥기린을 아기처럼 품에 안는다. 하얀 손으로 눈물을 닦아 준다. 품속은 폭신하고 아늑하고 향기롭다. 그냥 안아 주었을 뿐인데, 상처가 아물고 공력도 보충된다. 여인이 작은 소리로 노래를 부른다. 긴장이 풀리며 스르르 잠이 온다.

평온한 잠에 빠진 옥기린을 내려놓고 여인이 일어선다. 문득 정신을 차린 옥기린이 멀어져 가는 여인을 향해 외친다. 이름을 알려 주시오. 맑은 메아리처럼 대답이 들려온다. 제 이름은 가인, 가인입니다. 하늘 가득 아름다운 얼굴이 피어났다가 차차 희미해진다. 짧은 순간이지만 그 모습은 가슴에 또렷이 각인된다.

옥기린은 자리에서 벌떡 일어난다. 가인이 사라진 먼 하늘을 바라보는 눈은 웃고 있지만, 입은 굳게 다물려 있다. 돌연 옥기린이 제 손으로 왼쪽 눈알을 후벼 파내어 던져 버린다.

급히 로그아웃을 하곤 벌떡 일어났다가 풀썩 주저앉는다. 머리가 혼란스럽다. 왜 옥기린이 그런 무모한 짓을 했는지 이해가 가지 않는다. 언젠가부터 옥기린은 나의 통제를 벗어나 스스로의 정체성을 찾아가고 있다.

옥기린의 의도는 짐작이 가지만, 창조자인 내가 원하는 일은 아니다. 어느 정도의 명성을 얻고는 가정을 꾸리어 행복하게 살기를 바랐다. 옥기린도 내 뜻에 부응하여 그리 허황된 욕망은 없었다. 그런데 가인을 만난 후 모든 게 달라졌다.

옥기린이 가려는 길은 힘들고 험난하다. 그의 굳건한 의지를 꺾을 수 없다는 사실이 창조자인 나를 무력하게 만든다. 나는 의자에 깊숙이 앉아 멍하니 화면을 바라본다.

공간에 갇힌 시간이 나를 중심으로 똬리를 틀며 내려앉는다. 공간에 시간에 가득 싸여 갈 무렵 결심을 한 듯 일어선다. 고시텔로 돌아와 책장에서 값어치 나가는 책들을 골라낸다.

노끈으로 묶기 전, 손때 묻은 책들을 펼쳐 본다. 군데군데 형광펜으로 칠해져 있는가 하면 깨알 같은 메모가 적혀 있기도 하다.

한때는 청운의 꿈을 품고 이 책들과 씨름하던 시절이 있었다. 판사가 되고 싶었다. 검은 판사복을 입고 위엄에 찬 표정으로 죄인들을 심판한다. 마치 신이라도 되는 양 낯선 사람들의 삶을 재단한다.

존경하는 재판장님, 본 피고는 젖먹이인 두 딸을 키우는 어머니로서 굶주린 딸들에게 분유를 먹이려는 일념에서……. 무죄를 선고함. 땅 땅 땅. 존경하는 재판장님, 본 피고는 늙으신 홀어머니가 치매에 걸렸다는 이유로 폭언과 폭행을 일삼다가 급기야 산 속에 유기하여 죽음에 이르게 한 바……. 사형을 선고함. 땅 땅 땅.

얼마나 멋진 일인가. 인간이 만든 법률이 아닌 하느님의 시선으로 인간을 용서하고 벌을 준다. 법학자들은 다소 불만이 있겠지. 형법 몇 조에 의거하여, 또는 뭐뭐한 판례가 있는 바……. 개똥이라고 해라. 법이란 있는 자에겐 관대하고 없는 자에겐 가혹하다. 때문에 어떤 범죄자는 유전무죄, 무전유죄라고 부르짖지 않았던가.

책을 쌓아놓고 묶으려다가 책높이로 보아 자신의 작은 키로는 들 수 없음을 깨닫는다. 책을 팔러 가는 모습을 보이는 것도 꺼림칙하던 터라 다시 망설인다. 문득 바퀴 달린 커다란 여행가방이 눈에 띈다. 달랑 그 가방 하나만을 들고 낯선 서울로 올라왔다. 책과 옷을 비롯한 생활필수품이 든 그 가방은 나의 생명줄이었다. 가방 안에 책을 차곡차곡 챙겨 넣는다. 돌돌돌 끌며 밖으로 나온다.

헌책방에 가려면 버스를 타야 하지만, 무게로 보아 도저히 들고 오를 자신이 없다. 호주머니를 뒤져 본다. 달랑 오천 원짜리 한 장이 있을 뿐이다.

택시를 잡는다. 기사가 가방을 보더니 트렁크를 열어 준다. 낑낑거리며 애를 쓰자 좋지 않은 인상으로 와서 함께 들어 넣어준다. 좌석에 앉아 미터기를 본다. 기본요금이 3800원인 것을 보고 놀란다. 헌책방까지 갈 수 있을지 불안하다. 기사에게 곧장 가 달라고 말한다. 거리에는 사람이 가득하고, 차도에는 차들이 넘친다. 출근시간에 거리에 나와 보는 것도 오랜만이라 멀미를 하여 어지럽다.

신호등마다 택시는 멈춘다. 얼마 가지도 않았는데, 요금이 탈칵 하고 4800원이 된다. 급히 세워달라고 말한다. 기사의 인상이 험상궂다. 나는 죄를 지은 사람처럼 주눅이 든다. 기사는 뭐라고 구시렁거리며 2차선에서 4차선으로 차를 뺀다. 무리한 탓에 버스가 경적을 요란히 울린다. 기사가 창문으로 고개를 빼들고 욕지거리를 한다. 그러는 가운데도 언제 요금이 오를지 몰라 불안하다. 다행히 택시가 설 때까지 요금은 오르지 않는다. 기사는 얼른 내려 트렁크에서 가방을 내려 준다. 짜증난 얼굴로 보아 친절을 베풀려는 의도보다 빨리 다른 손님을 받으려는 목적이다.

택시는 목적지에 반도 오지 못했다. 나는 가방을 다시 돌돌돌 끌며 걷는다. 왜소한 사람이 몸체만 한 가방을 끌고 가는 모습이 신기한지 사람들이 돌아본다. 나는 붉어진 얼굴로 고개를 숙인다. 부끄러움에 가방이 무거운 것도, 이마에서 땀이 뻘뻘 흐르는 것도 깨닫지 못한다.

헌책방 주인은 안면이 있는 대머리 아저씨이다. 그동안 몇 번의 거래가 있었다. 물론 사무적인 대화만 오고 갔지만.

가방에 가득 찬 법률서적을 본 주인의 눈빛이 예리하게 빛났다가 무심하게 변한다. 그는 모두 오래된 책들뿐이라고 투덜거리며 분류별로 툭툭 쌓아 놓는다. 그가 부르는 값은 예상치보다 턱없이 적다. 싫으면 다시 가져가라는 투다. 나는 다른 사람과의 기세 싸움에서 이겨 본 기억이 거의 없다. 인간이라는 검은 머리털 난 짐승이 두렵기까지 하다. 어머니만은 예외이지만.

기대 밖의 돈을 건네받고 가게를 나선다. 자꾸 코가 시큰거리고 눈가가 뜨거워진다. 이런 불편한 감정을 느낀 지 하도 오래되어 그 이유를 알 수가 없다. 허리가 고부라진 할머니가 작은 수레에 폐지를 가득 싣고 힘겹게 지나간다. 울컥 눈물이 흐른다. 불편한 감정의 정체는 어머니에 대한 죄송함이다.

분식집에서 김밥으로 아침을 때우고는 용산의 전자상가로 향한다. 이른 시간이라 한산하다. 키보드를 전문으로 파는 가게를 찾는다.

비욘드월드에서 캐릭터의 모든 동작은 키의 조합으로 이루어진다. 표정과 동작을 함께 표현하기 위해서는 건반을 치듯 왼손가락과 오른손가락이 각각 몇 개의 키를 동시에 짚어야 한다. 순간순간 조합을 다르게 할수록 자연스럽다.

처음 가입한 초보일 때는 캐릭터의 행동과 표정이 따로 놀아 어색하지만, 시간이 흘러 능숙해질수록 진짜 인간처럼 자연스러워진다. 곧 자기 몸처럼 능숙해져서 세밀한 감정 표현은 물론 몇 개의 동작이라도 동시에 자유자재로 펼쳐내게 된다. 따라서 결투할 때의 키보드의 역할은 지대하다. 아무리 손이 빨라도 키보드의 성능이 제대로 받쳐주지 못하면 제 실력을 발휘하기 어렵다.

키보드만을 전문으로 파는 곳은 찾을 수가 없다. 가장 크고 시설이 좋은 가게로 들어간다. 키보드 코너에는 다양한 상품이 진열되어 유혹의 눈길을 보낸다.

고급형은 무선에 키보드와 마우스가 일체로 된 것들이다. 모양도 인체공학적으로 설계되어 있고, 디자인도 슬림형으로 날렵하다. 다른 것은 다 마음에 드는데, 무선이라는 것이 마음에 걸린다. 혹시라도 끊김 현상이 발생할지 모른다.

판매원은 요즘 나오는 것들은 기술이 좋아 10미터 이내라면 360도 어디서나 자유롭게 사용할 수 있으므로 끊길 걱정은 없다고 안심시킨다. 그래도 망설이자, 고급박스에 든 최신형을 보여 준다. 보기에도 손에 착 붙게 생긴 것이 탐이 난다. 설명서에는 최고의 무선 품질로 20미터 이내라면 유선과 동일한 키 입력을 구현한다고 되어 있다.

가격이 장난이 아니다. 눈물을 머금고 나가려니까, 판매원이 잡으며 얼마를 원하느냐고 묻는다. 반값을 부른다. 판매원은 손을 저으며 원래의 가격에서 조금 내려준다. 나는 본체와 모니터까지 살 테니 싸게 해달라고 사정한다. 판매원이 그럼 좋다고 한다.

본체도 강력한 통합 3D 기능이 있는 최고 사양으로 고른다. 캐릭터의 움직임이 3D로 구현되므로 그래픽카드의 성능이 중요하다. 모니터도 32인치 최신형으로 고른다. 모니터의 크기가 클수록 캐릭터의 움직임을 세밀히 관찰할 수 있기 때문이다.

계산을 할 때 책을 판 돈으로는 턱없이 부족하여 일단 카드로 결제한다. 가게에서는 쏠쏠하다 싶었는지 무료로 집까지 운반해 준다.

방에 들여놓은 기기들을 보니 저절로 입가에 흡족한 미소가 흐른다. 이제부터는 게임방에 갈 필요가 없다. 이 정도 성능이면 게임방 기기 수준보다 한층 높다. 돈도 절약할 수 있고, 시간도 절약할 수 있다. 이야말로 일석이조이다.

허전한 책장을 애써 외면하고는 방의 배치를 다시 한다. 마음놓고 게임을 하려면 쾌적한 환경이 필요하다. 책상을 벽의 중앙으로 옮기고, 주위의 물건들을 구석으로 몬다. 창틀 위 양쪽에 못을 박고 담요를 걸친다. 빛의 차단 효과와 더불어 밖의 소음을 줄이는 부수적인 효과까지 있다.

됐다. 이제 모든 준비는 끝이다. 옥기린이 마음껏 실력을 발휘할 수 있도록 창조자로서의 할일은 끝났다. 창조자라면 피창조물을 위해 이 정도의 성의는 보여야 하지 않겠는가.

셋

사방이 험준한 산으로 둘러싸인 깊은 계곡에 하얀 용이 소(沼)에서 튀어나와 꿈틀거리며 날아오른다. 이름 하여 비룡폭포(飛龍瀑布). 주변의 풍광이 절경이기는 하나 워낙 오지의 깊은 산속에 있고, 주변에 사나운 짐승들이 우글대어 사람의 발길이 끊긴 지 오래이다.

만월이 둥실 떠오르자, 계곡 안으로 달빛이 쏴아 흘러든다. 오목 팬 계곡은 고스란히 쌓인 달빛으로 노란 보석처럼 빛난다.

못가의 너럭바위 위에서 상체를 벗어젖힌 한 사나이가 검술을 연마한다. 오른쪽 얼굴은 준수하지만, 왼쪽은 눈이 있던 자리가 검게 패어 섬뜩하다. 옥기린이다.

춤추듯 몇 번 검을 휘두르던 옥기린이 검을 멈추고 골똘히 생각에 잠긴다. 뭔가 불만족한 표정이다.

이윽고 다시 검을 고쳐 잡고 부드럽게 움직인다. 바람에 날려 떨어지던 나뭇잎이 검날의 기운에 막혀 옆으로 밀려난다. 검날도 자연스럽게 움직여 나뭇잎의 진로를 막는다. 나뭇잎은 어쩔 줄 모르고 팔랑팔랑 이리저리 날린다. 검날은 나뭇잎을 쫓아다니며 마음껏 희롱하다가 한 순간 싹 움직인다. 네 개로 갈라진 나뭇잎이 파르르 떨어진다.

비로소 옥기린의 입가에 미소 비슷한 감정이 희미하게 그려진다. 벗어놓은 윗도리를 걸치고는 성큼성큼 걸어간다. 깎아지른 벼랑 앞에 서더니 훌쩍 몸을 날린다. 튀어나온 바위를 발로 차며 오르다가 중턱의 동굴 안으로 들어선다.

동굴 안에는 술병이 가득하다. 손에 잡히는 술병을 들어 단숨에 마시고는 달빛이 들어오는 입구에 팔베개를 하고 눕는다. 둥근 달을 바라보는 얼굴에 그리움이 어린다.

가인. 가만히 불러 본다. 달의 모습이 아련히 번지며 여인의 얼굴로 변한다. 신기루인 양 또렷하지가 않다. 아름답다는 것은, 미치도록 아름답다는 것은 분명히 알겠는데 아무리해도 그려낼 수가 없다. 안타까우면 안타까울수록 그리움은 더해 간다. 왜 가인을 본 사람들이 그녀의 모습을 표현할 수 없었는지 이해가 간다.

이미 골수까지 스며든 그리움을 없앨 수는 없다. 하루하루 깊어 가는 병을 고칠 처방은 그녀를 만나는 일뿐이다. 그녀를 인위적으로 만날 수 있는 방법은 다만 하나, 천하의 제일인자가 되는 것.

그게 가능한 일일까. 옥기린은 백수광부의 말대로 하늘 밖에 또 하늘이 있음을 알았다. 백수광부의 번뜩이는 도끼를 떠올리자, 간담이 서늘하고 등골이 오싹해진다.

분명히 그의 전적은 2전 2승, 서열 4444위였다. 이제 옥기린을 꺾었으니 서열은 98위로 껑충 뛰었겠지. 3전만에 절정고수의 반열에 들다니 그게 가당키나 한 일인가. 타고난 신력(神力)을 지닌 자이거나 아니면……, 아니면…….

갑자기 옥기린이 벌떡 일어난다. 맞다, 그는 환생을 한 자이다. 환생을 한 전생의 초절정고수. 왜 이 생각을 못했을까. 그의 무지막지한 힘과 소름끼치는 속도에 주눅이 들어 미처 생각을 못했다.

이제야 아귀가 들어맞는다. 그는 세 번이나 스승을 알고 있는 듯한 발언을 했다. 어쩌면 스승과 그는 손을 섞은 사이일지도 모른다. 스승 또한 무패이니 스승에게 패한 고수일 것이다. 그렇다면 도대체 스승의 무예의 경지는 어디까지 이른 것일까.

마음이 조급해진다. 세상에는 하늘의 별만큼이나 뛰어난 사람들이 많다. 서열이란 하잘 것 없는 숫자놀음에 불과하다. 서열과 명예를 동일시한 나는 얼마나 어리석었던가.

'실력이 있는 자만이 꿈을 이룰 수 있다.' 이것이 바로 비욘드월드 창조주의 섭리가 아니었던가. 더 분발하지 않으면 가인을 만나기는 커녕 목숨조차 부지하지 못할 것이다.

조급증이 밀려와 편히 쉴 수가 없다. 다시 검을 든다. 눈을 감고 마음이 움직이는 대로 가볍게 휘두른다.

옥기린은 지금 새로운 검법을 창안 중이다. 스승에게 배운 검법은 모두 버렸다. 완벽하다고 믿었던 검로(劍路)들이 한 자루 도끼 앞에서 얼마나 무력했던가.

검과 마음이 하나가 되어라. 너무나 당연한 말이어서, 당시에는 스승이 의미하는 바를 알 수가 없었다. 백수광부의 도끼에 혼이 난 지금에야 어렴풋이 짐작이 간다.

도끼는 아무 기교가 없었다. 본능적으로 가장 취약한 곳을 가장 빠르고 힘차게 파고들었을 뿐이다. 마치 호랑이가 기회가 오면 폭발적인 속도와 힘으로 들소의 목을 물어뜯듯이. 그 이상 효과적인 공격법이 어디 있는가.

옥기린은 검을 움직인다. 바람이 불듯이 물이 흐르듯이 자연에 순응하여 부드럽게 부드럽게.

세월이 흐른다.

짙푸르던 계곡은 단풍이 들어 알록달록 노을빛이다. 햇빛에 바래 파스텔톤으로 변해 가는 색조가 환상처럼 추억처럼 깊어 가는 가을이다.

숲속에서 옥기린이 어깨에 하얀 암늑대를 지고 걸어온다. 탐스러운 흰 털이 윤기 자르르한 암늑대는 혈도를 짚인 듯 애처롭게 낑낑거리기만 할 뿐이다. 공터에 이르러 늑대를 툭 던져놓고 느긋한 표정으로 무언가를 기다린다.

숲이 수런거리며 불안해한다. 우우. 나지막하면서도 억눌린 울부짖음이 숲을 전율시키며 다가온다. 푸른 털의 커다란 늑대들이 숲으로부터 몸을 드러낸다. 흉포함으로 근동에서 악명을 떨치는 청랑(靑狼) 떼이다. 순식간에 수십 마리의 청랑이 옥기린을 둘러싼다. 사납게 입술을 말아 올린 청랑들은 침이 뚝뚝 떨어지는 송곳니를 드러내며 짙은 살기를 피운다.

옥기린의 입가에 초승달처럼 차가운 미소가 희끗 그려진다. 으릉. 성급한 청랑 한 마리가 덤벼든다. 옥기린의 손에 들린 검이 보이지 않을 정도로 싹 움직인다. 순간 청랑은 비명도 채 지르지 못하고 바닥에 나뒹군다. 멱에 짤막한 구멍이 파여 검붉은 피가 콸콸 흐른다. 피를 본 청랑들의 눈이 형광빛으로 타오른다.

청랑들의 어지러운 공격이 시작된다. 옥기린은 가볍게 한 마리 한 마리 쓰러뜨린다. 검의 움직임이 하도 빨라 언뜻 보면 덤벼들던 청랑이 제풀에 나가떨어지는 것 같다. 시간이 흘러 청랑들의 시체가 점점 쌓여 간다.

크르릉. 묵직한 울음소리와 함께 거대한 짐승이 몸집을 드러낸다. 눈빛은 형형하게 타오르고 회색빛 몸체는 위엄이 흐른다. 이 숲의 지배자 낭왕(狼王)이다.

옥기린의 눈매가 신중해진다. 기다리던 놈이 왔다. 오래전부터 겨루고 싶던 놈이다. 낭왕은 노회한 영물답게 응하지 않았다. 낭왕 또한 옥기린에게서 만만치 않은 기를 느꼈을 터였다. 옥기린이야 자신의 무예를 시험하는 계기가 될 수 있을 테지만, 낭왕은 싸워서 이기든 지든 득될 게 없음을 알고 피한 것일 테다.

자신의 성취가 궁금했던 옥기린은 마침내 낭왕이 아끼는 설랑(雪狼)을 사로잡아 유인작전을 폈고, 결국 낭왕이 걸려들었다.

낭왕이 나타나자, 청랑들은 공손히 머리를 숙이며 물러난다. 낭왕은 위엄 있는 걸음걸이로 옥기린 앞에 와 선다. 불덩이 같은 눈빛에 서느런 노여움이 어려 있다.

옥기린은 정중하게 포권을 취한다. 짐승이지만 영성(靈性)이 있는 존재로 인정하여 예의를 표한 것이다. 일반 맹수들이 단순히 사람들을 공격하도록 프로그래밍되어 있는 것과 달리, 낭왕과 같은 몇몇 영물들은 사고력을 지니고 움직인다. 떠도는 소문으로는 사도 가운데 일부가 영물들의 게이머로서 활동한다고 한다.

크르르. 싸움을 피할 수 없음을 깨달은 낭왕이 털을 곧추세우며 살기를 드러낸다. 거대한 몸집이 하나의 용수철처럼 팽팽히 긴장한다. 몸 전체에서 뿜어 나오는 살기에 숨이 갑갑해진다.

옥기린은 마음에 드리워지는 그림자를 파란 하늘에 투영하여 씻어낸다. 검에 마음을 담아 낭왕의 급소를 노린다. 낭왕은 빙빙 돌며 기회를 노리지만 여의치 않다. 어떤 방향 어떤 속도로 돌아도, 옥기린의 검은 자연스럽게 자신의 급소를 향한다. 자신이 공격하는 순간 검날이 자신의 급소를 꿰뚫으리라는 것을 본능적으로 깨닫는다.

옥기린 또한 낭왕의 공격을 받는 순간 자신의 검에 바늘 끝 같은 오차만 생기더라도 생명을 보장할 수 없음을 알고 있다. 누가 더 담대하고 스스로를 믿는가 하는 게임이다.

시간이 지날수록 낭왕의 눈빛에 초조감이 어린다. 영성을 지녔다고는 하지만 마음공부가 얕다는 증거이다. 대신 자신감을 얻은 옥기린의 얼굴에는 여유가 흐른다.

어둠이 밀려오고, 하늘에는 초롱초롱 별들이 가득하다. 바람이 불고 나뭇잎이 날린다. 옥기린의 검이 하늘을 가르는 유성처럼 우아하게 움직인다. 자연의 일부처럼 아무 꾸밈이 없이 낭왕의 몸 주위를 춤추듯 맴돈다.

낭왕이 흠칫 몸을 떤다. 눈빛은 전의를 잃어 가고 있다. 마침내 낭왕이 힘없이 앞발을 꿇는다. 패배를 선언한 것이다.

그 모습을 본 옥기린은 미련 없이 돌아서서 성큼성큼 걸어간다.

달이 두 개이다. 하늘에 하나, 호수에 하나. 잎을 떨군 알몸의 나무들이 노란 달빛 아래 강인한 몸매를 드러낸다. 색색의 화려함으로 치장하던 호사는 사라지고 빈 몸이 되었지만, 나무는 절망하지 않는다. 자연의 이치에 따라 순응하므로 외로워하거나 슬퍼하지도 않는다. 세월은 적이 아니라 지혜를 도와주는 스승이다. 나무가 언제 어느 모습으로 서 있어도 의연함을 잃지 않는 연유이다.

옥기린도 한 그루의 나무가 되어 호수를 바라본다. 호수를 향한 외눈이 고요하다. 물결에 일렁일렁 흔들리는 둥근 달은 허상이다. 허상이 흔들림은 마음이 흔들림이다. 마음이 멈추면 허상도 멈춘다.

옥기린의 눈빛이 무(無)로 비어 간다. 텅 빈 눈 속에 달이 투영된다.

옥기린의 몸이 언뜻 움직인다. 수면에 흰 빛이 번쩍인 순간 달이 선명하게 두 쪽으로 갈라진다. 찰나의 순간이지만 유수와 같은 느낌으로 득검하였음을 깨닫는다.

하하하. 옥기린의 낭랑한 웃음소리가 메아리가 되어 멀리멀리 울려퍼진다. 스스로 창안한 검법의 이름은 무위검(無爲劍). 도가의 무위사상에 원리를 둔 검법으로, 인위적인 형식을 배제하고 자연의 섭리를 본떠 만든 신차원의 검법이다. 이제는 그 누구도 두렵지 않다.

목적을 달성하였으므로 한시라도 머물 이유가 없다. 동굴로 돌아와 미련 없이 짐을 싼다. 세상으로 나갈 생각을 하니 감회가 새롭다.

아정의 얼굴이 떠오른다. 가인을 만난 후 까맣게 잊었던 그녀이다. 지금쯤 어떻게 지내고 있을까. 부디 모든 걸 잊고 새 사람을 찾아갔으면 좋겠다. 그녀에게 미안한 일이지만 예전의 감정은 이미 사라졌다. 서국삼미의 하나로 꼽히는 아정이니, 연모하는 자들도 많을 터였다.

수의 일도 궁금하다. 그의 창조자가 건강을 되찾았으면 좋으련만. 그럼 녀석은 예전과 달리 훨씬 밝아질 것이다. 녀석은 내게 연정을 품고 있는 모양인데, 세태의 변화라 탓하지는 않겠지만 나는 녀석에게 우정만을 갖고 있을 따름이다. 그래도 보고 싶다.

그러나 뭐니뭐니 해도 나가서 제일 먼저 찾아야 할 자는 백수광부이다. 죽음보다 깊은 절망에 빠지게 한 자, 삶의 목표가 되어 버린 가인을 만나는 계기를 만들어 준 자, 검의 길을 한 차원 높일 수 있는 투지를 안겨준 자, 그리고 목표를 이루기 위해 가장 먼저 넘어야 할 자.

동굴을 나서던 옥기린이 걸음을 멈추고 달빛에 싸인 계곡을 내려다본다. 거의 반 년간이나 머물던 정든 곳이다. 잘 있거라. 작별을 고하는 옥기린의 얼굴에 음영이 뚜렷이 어린다.

창을 가린 담요를 내리고 커튼을 젖힌다. 창문도 활짝 연다. 햇살이 찬 공기와 함께 왈칵 밀려든다. 오랜만에 햇볕을 쬔 탓에 현기증이 인다. 잠시 벽에 머리를 기댄다.

빛에 노출된 방안의 풍경은 돼지굴 같다. 빈 사발면과 빵 봉지, 우유곽이 어지럽게 널려 있고, 천장과 벽 틈에는 거미줄마저 보인다.

거울에 비친 얼굴 또한 가관이다. 비듬 허연 머리털이 어깨를 덮고, 거뭇듬성한 수염이 가슴까지 내려와 사이비 도사 같다. 오랜 시간 햇빛도 쐬지 않고 영양도 부실하게 섭취한 탓에 주름진 눈이 퀭하고 볼은 홀쭉하다.

그러나 눈빛만은 정제되어 현묘하게 반짝인다. 제법 인생의 궁극적인 비밀을 엿본 듯 자신감 있는 표정이다.

지난 6개월 동안 거의 방안에 묻혀 살았다. 최소한의 영양섭취와 생리적 욕구만 해결할 뿐 컴퓨터 앞에 붙어 앉아 연습에 연습을 거듭했다. 잠은 서너 시간으로 만족했다. 더 자려고 해도 몸이 허락지 않았다. 이미 키보드의 글자는 지워진 지 오래이고, 키 하나하나의 모서리도 손길에 닳아 길들여졌다.

손가락 끝에 굳은살이 생기면 물에 불려 긁어냈다. 예민한 감각을 유지해야 한다. 이젠 눈을 감고도 자신의 몸보다 더 자연스럽게 옥기린의 동작을 펼쳐낼 수 있다.

비욘드월드에서의 결투는 실제의 싸움과 다를 바 없다. 몸은 멀리 떨어져 있지만, 가상공간에서 서로 만나 캐릭터에 자신의 모든 역량을 투입하여 대결하기 때문이다. 때로는 2차원의 캐릭터에 영혼이 옮겨 간 느낌마저 든다. 싸움이 끝나서 보면 실제 싸운 것처럼 땀에 흠뻑 젖어 있기 일쑤이다.

그러다 보니, 무협지나 무협영화에 나오는 이야기들이 순전히 거짓만이 아니라는 것을 깨달았다. 기상천외한 무공이 잇달아 창안되고, 상상을 초월하는 고수들이 등장하였다. 또한 진정한 고수가 되려면 기능만으로는 한계가 있고, 체득(體得)에서 한 발 더 나아가 심득(心得)이 있어야만 함도 알았다.

옥기린이 무위검을 창안하게 된 것도 나름대로 심득을 얻었기 때문에 가능했다. 계기가 된 것은 예전에 그녀가 보던 '프타아테이프'라는 책에 있는 프타아의 가르침이다. 그때 마음을 끄는 구절들을 메모해 두었는데, 틈틈이 읽을 때마다 마음의 문이 조금씩 열리는 것을 느낄 수 있었다.

자, 이제 수련은 끝났다. 새로운 도전을 위한 준비를 해야 한다.

팔을 걷어붙이고 청소를 시작한다. 쓰레기를 치우고 먼지를 털고 비로 쓸고 걸레로 닦고 설거지를 하고 빨래를 한다. 반나절이 지나자 방안은 반짝반짝 윤이 난다.

동네 목욕탕으로 향한다. 탕에 들어가 30분쯤 푹 불린 다음 때를 민다. 국수 가락 같은 땟덩이가 끝도 없이 밀려나온다. 이어 목욕탕 내의 이발소에서 머리를 깎고 수염을 민다. 거울 속에서 환골탈태한 젊은이가 싱긋 웃는다.

목욕탕을 나와 설렁탕집으로 들어간다. 의젓한 목소리로 설렁탕 한 그릇을 주문한다. 체력 회복에는 뼛국이 최고이다. 국물 한 방울 남기지 않고 싹싹 비운다.

식후에는 공원을 산책한다. 눈부신 햇살이 부담되지만 오랜만에 먹은 기름기를 소화시키기 위해서는 약간의 운동이 필요하다.

방으로 돌아와 정좌를 하고 명상에 잠긴다. 몸과 마음이 평온해지자, 침대에 편히 누워 잠을 청한다. 몇 시간 있으면 펼쳐질 또 다른 치열한 삶을 위해 피로를 풀어야 한다. 몸이 이완되며 영혼이 스르르 육체 밖으로 풀려 나간다. '달콤하게 잠이 든다'고 할 때의 그 달콤한 느낌이다.

넷

검푸른 강물 가득 알록달록 고운 빛줄기가 길게 늘어져 일렁인다. 수많은 꽃배에 단 등불들이 수면에 비친 탓이다. 여강(麗江)의 도도한 물줄기도 차마 아리아리 연약한 빛줄기는 흘려보내지 못한다. 그래서 매년 이맘때이면 여강은 찬란한 빛의 강이 된다. 이 장관을 여강만화(麗江滿花)라 하여 남국 4경의 하나로 친다.

많은 사람들이 꽃배를 타고 나와 마음껏 마시고 노는 이유는 1월 1일 오늘이 비욘드월드가 처음으로 열린 시천일(始天日)이기 때문이다. 동서남북 사국 가운데 남국만이 한겨울에도 따뜻한 날씨를 유지하므로, 사람들은 꽃배 축제를 즐기기 위해 이곳으로 몰려든다. 남녀노소가 1월 1일을 전후한 5일간은 싸움을 멈추고 한데 어울려 즐겁게 논다.

강기슭 언덕 위에 죽립을 깊게 쓴 사나이가 앉아 있다. 빛의 꽃으로 물든 강물이 추억처럼 흐르고, 악기소리가 아련히 들려온다. 그것이 고즈넉한 이곳을 더욱 쓸쓸하게 만든다.

한 사나이의 그림자가 보이는가 싶더니 어느새 곁에 와 선다. 이 정도 수준의 경공술을 펼칠 자는 흔치 않다. 비응문주 천리안 장학량도 그중 한 사람이다. 옥기린이 일어나 포권을 취하자 손을 흔들며 앉으라는 시늉을 한다.

두 사람은 나란히 앉아 화려하게 피어난 강물을 응시한다. 시간이 오래 흐른 만큼 변화도 많을 터이다. 궁금증을 뒤로 하고 두 사람은 한동안 앞만 바라본다.

장학량이 허리춤에서 호리병을 빼내어 한 모금 마시고는 옥기린에게 내민다.

장학량: 들겠나?

옥기린: 감사합니다.

장학량: 아정은 출가해 비구니가 되었네. 법명은 연지(蓮枝)일세.

옥기린: 제 탓입니다.

장학량: 자네 탓이라고만 할 수 없지. 팔자라는 것도 있으니까.

옥기린: …….

장학량: 모두 자네가 백수광부의 손에 죽은 줄 알았다네.

옥기린: 예전의 옥기린은 죽었으니 틀린 건 아니지요.

장학량: 자넨 백수광부가 누군지 아나?

옥기린: ……?

장학량: 초대 무성인 광도 괴수수의 후신(後身)일세.

옥기린의 눈에 놀라움이 살짝 어렸다가 사라진다. 짐작대로 그는 환생한 자였다. 전대의 최고수라는 사실이 조금 예외일 뿐.

광도 괴수수. 칠지도를 무기로 하여 1002번 싸워 1001번 이긴 전설의 초절정고수. 그라면 명색이 절정고수였던 자신이 대항조차 못하고 무참히 패한 게 수긍이 간다.

괴수수가 현재의 무성 검치존자에게 패하여 목숨을 잃은 게 3년 전이다. 언더월드에 떨어졌던 그가 3년 만에 환생하여 돌아온 것이다. 실력도 그때와는 비교도 할 수 없을 만큼 늘었을 터였다.

옥기린: 백수광부는 지금 어디 있습니까?

장학량: 사라졌네.

옥기린: ……?

장학량: 괴수수, 곧 백수광부는 환생하자마자 곧장 검치존자를 찾아갔네. 그 도중에 자네가 운 나쁘게 마주치게 된 거고. 한데 검치존자가 있는 곳에 이르기도 전에 홀연 종적을 감추었다네.

옥기린: 일부러 몸을 숨길 인물은 아닐 텐데요.

장학량: 그렇지. 그래서 우린 이렇게 결론을 내렸다네.

장학량의 이야기를 종합하면 다음과 같다.

괴수수가 백수광부로 환생하여 옥기린을 만날 때까지는 그 존재가 알려지지 않았다. 공교롭게 백수광부와 옥기린의 싸움을 목격한 사람이 있어, 옥기린이 패하여 죽었다는 소문이 퍼졌다. (이 대목에서 장학량은 민망한 표정을 지었다. 아마 진짜 소문은 '백수광부의 일방적인 공격에 목숨의 위협을 느낀 옥기린이 피투성이가 되어 줄행랑을 쳤는데, 흔적조차 찾을 수가 없는 것으로 보아 공력이 다해 죽은 것으로 모두 생각했다.'라고 하는 것일 터이다.)

당시 백수광부는 부러진 칠지도를 들고 웃기도 하고 울기도 하였다. 회한어린 목소리로 "전생에 너를 지켜주지 못하여 온갖 잡놈들에게 몸을 더럽히게 하였구나."라고 말한 것으로 미루어, 그가 칠지도의 원래 주인 괴수수임을 짐작했다고 한다.

백수광부는 하늘을 향해 이를 부드득 갈며, "이 모든 원흉은 검치놈이다." 하고 달려가 눈 깜박할 사이에 사라져 버렸다.

이 소문을 들은 사람들이 검치존자와 백수광부의 건곤일척의 싸움을 구경하기 위해 검치존자가 기거하는 태양장(太陽莊)으로 구름처럼 몰려들었으나, 아무리 기다려도 백수광부는 나타나지 않았다.

사람들은 백수광부가 겁이 나서 도망쳤다고도 하고, 몹쓸 마공을 익힌 탓에 주화입마로 미치광이가 되어 노래 가사처럼 물에 빠져 죽어 버렸다고도 했다. 심지어는 성녀 가인의 온유한 설득으로 복수의 부질없음을 깨닫고 신선이 되었다는 허무맹랑한 이야기까지 떠돌았다.

하지만 비응문의 정보망에 걸려든 정보를 종합하여 추리하면, 제자의 비보를 접한 검치존자가 백수광부를 마주 찾아가 싸움 끝에 그를 없앤 것이 거의 확실하였다. 그 근거로서 검치존자가 사람들이 모여들기 이틀 전에 하루 동안 어딘가 외출했다 돌아온 사실, 검치존자가 외출한 날 밤에 태양장에서 100리 떨어진 적벽곡(赤壁谷)에서 밤새도록 굉음소리가 난 사실을 들었다.

장학량: 암 그러실 만도 하지, 애제자를 졸지에 잃으셨는데…….

옥기린이 고개를 숙인다. 스승의 사랑에 콧날이 시큰해진다. 성한 눈은 꼭 감아 눈물을 감출 수 있지만, 구멍만 뚫린 왼쪽 눈에서는 눈물이 물색없이 주르르 흐른다. 벌떡 일어나 포권을 취한다.

장학량: 얼른 뵙고 싶겠지. 그럼 잘 가게.

장학량은 속내도 모르고 끄덕인다.

옥기린은 끝내 얼굴을 보여주지 않고 작별을 한다. 깊은 생각에 잠겨 밤길을 걷는다. 백수광부와 겨룰 기회를 놓친 것이 아쉽다. 이젠 그를 꺾을 자신이 생겼는데, 백수광부라는 산을 발판으로 더 큰 산을 넘으려 했는데. 하지만 상관없다. 어차피 목표가 변한 것은 아니니까.

스승의 자애로운 모습이 떠오른다. 옥기린은 주먹을 꽉 쥐고 어금니를 악물며 약해지려는 마음을 다잡는다. 의리나 은혜 따위가 활활 타들어 가는 불길을 꺼주지는 못한다. 이 불길을 잡지 못하면 선덕여왕을 사모한 지귀처럼 한 줌의 재가 되고 말리라.

무예를 가르칠 때는 엄격했지만, 평상시에는 다정다감한 스승이었다. 4년 전 처음 비욘드월드에 태어났을 때(그때는 언더월드가 없었다.), 옥기린은 겁 많은 애송이였다. 감히 고수에게 도전하거나 사람들과 어울릴 생각을 못하고 겉으로만 빙빙 돌았다. 그런데도 서열은 저절로 올라갔다. 생명을 잃는 사람만큼 밀려 올라가기 때문이다. 거의 1년이 되었을 때는 싸움 한 번 못하고 8912위가 되었다. 물론 비욘드월드에 잠깐씩 들어와 구경만 하고 나갔기에 가능한 일이었지만.

바로 그때 사건이 생겼다. 9397위의 도전을 받은 것이다. 도전은 피할 수가 없으므로, 억지춘향격으로 결투라는 걸 하게 되었다. 그런데 상대의 실력이 보통이 아니었다. 겁에 질린 옥기린은 뒷걸음만 치다가 계속 상처를 입어 죽을 지경에 이르렀다. 그제야 악에 바친 옥기린이 죽기살기로 공격을 하였는데, 뜻밖에 십여 수 만에 상대의 목숨을 빼앗고 말았다.

충격에 빠진 옥기린 앞에 한 중년 사나이가 나타났다. 그는 옥기린더러 무재(武才)가 있다고 칭찬하면서 제자가 될 것을 권유하였다. 그가 바로 스승 검치존자이다. 당시 검치존자는 괴수수를 꺾은 직후였다.

제2대 무성 검치존자. 그의 원래 이름은 검치인데, 사람들이 존경하는 의미로 존자 칭호를 붙여 주었다. 그는 북국의 작은 마을에서 농사를 지으며 심심풀이로 젊은이들에게 검술을 가르치던 농부였다. 서열은 3000위대로 중간을 조금 넘었으나, 궁벽한 시골에서는 고수에 속했다.

정작 그가 하루의 대부분을 소일한 것은 농사도 검술지도도 아닌 화초가꾸기였다. 뒤뜰에 작은 밭을 갈고 꽃씨를 심었다. 싹이 돋자, 아침저녁으로 물을 주며 자식처럼 돌보았다. 그해 여름, 사람들은 세상에서 가장 아름다운 꽃밭을 볼 수 있었다. 흔히 볼 수 있는 들꽃들이었지만 배치가 오묘해서 천상의 꽃밭 같았다.

그 가운데 유독 아끼는 난 한 그루가 있었다. 줄기가 늘씬히 뻗은 난으로, 첫해에는 꽃이 피지 않았다. 검치는 실망하지 않고 더욱 정성을 기울였다. 겨울에는 얼어 죽지 않도록 난을 중심으로 온실을 만들어 주었다.

봄이 되자, 난은 사람 키를 훌쩍 넘게 자랐다. 늦봄에 꽃송이를 맺고 초여름에 꽃을 피웠다. 오색찬란하고 우아했다. 목격한 사람들에 의하면, 꽃이 필 때 하늘에서 풍악소리가 울렸으며, 사방 십 리에 향기가 퍼졌다고 한다. 향기를 맡고 몰려든 벌과 나비는 꽃의 위엄에 눌려 감히 내려앉지 못했다. 보름달이 떴을 때, 난은 봉황이 되어 휘황한 오색 깃털을 휘날리며 날아올랐다. 눈부신 빛에 싸여 달 너머로 사라졌다.

다음날, 검치는 '때가 되었다.'는 말을 남기고 길을 떠났다. 얼마 후,

검치가 괴수수를 꺾고 무성이 되었다는 소문이 돌았다.

산 아래 고졸한 장원이 서늘한 새벽빛을 어깨에 받으며 몸을 일으킨다. 검치존자가 기거하는 태양장이다.

태양장을 내려다보는 옥기린의 눈빛이 착잡하다. 겁쟁이 애송이에 불과하던 자신을 비천신룡이란 아호를 들을 정도로 고수로 만들어준 은인이다. 스승을 만난 후 옥기린은 무예를 연마하는 데 온 힘을 기울였다. 세상에 자신이 잘할 수 있는 일이 있다는 게 신통하고 뿌듯했다. 스승의 가르침은 효과적이었고, 그는 하루가 다르게 실력이 늘었다. 어느 정도 수준에 이르자, 스승은 옥기린을 세상에 내보냈다. 그리고 옥기린은 스승의 기대에 어긋나지 않게 1년 만에 절정고수의 반열에 들었다.

그런데 백수광부를 만난 이후 모든 상황이 변했다. 삶의 목표가 바뀜으로써 기본 가치관이 뿌리째 흔들리고 만 것이다. 이제부터 행동으로 옮기려는 일은 차마 인간으로서 할 수 없는 짓이다. 그런데도 하지 않으면 안 된다.

옥기린은 심호흡을 크게 하고 산을 내려간다. 입은 굳게 다물려지고, 외눈빛이 형형히 타오른다. 태양장 대문을 활짝 밀치고 안으로 들어간다. 그를 알아본 사람들이 웅성거리며 반긴다. 옥기린은 묵묵히 스승이 기거하는 안채로 향한다. 소식을 들은 스승이 방문을 열고 나온다. 옥기린이 마당에 무릎을 꿇고 고개를 숙인다.

옥기린: 못난 제자가 돌아왔습니다.

검치: 살아 있으니 되었다.

짧은 한마디에 봄볕처럼 따사로운 애정이 와 닿는다. 약해지려는 마음을 다잡으며 고개를 더욱 숙인다. 주먹을 으스러져라 쥐어 손톱이 살갗에 파고든다.

옥기린: 제자 감히 스승님께 결투를 청합니다.

주위에 정적이 흐른다. 옥기린의 귀환을 반기던 사람들은 잘못 들은 거나 아닌지 서로를 쳐다본다. 묵묵히 옥기린을 내려다보던 스승이 무겁게 입을 연다.

검치: 가인을 만났었더냐?

옥기린: 생명을 구해 주셨습니다.

검치: 그것으로 만족할 수 없겠느냐?

옥기린: 연모의 정이 골수까지 찼으니, 제 의지를 벗어났습니다.

검치: 그녀를 본 이상 어찌할 수가 없구나.

옥기린이 일어서며 삿갓을 벗는다. 뻥 뚫린 왼쪽 눈이 적나라하게 드러난다.

옥기린: 패륜의 죄, 한쪽 눈알로 대신했습니다.

옥기린이 검으로 검치존자의 가슴을 겨눈다. 검치존자는 연민이 가득 담긴 눈으로 옥기린을 바라본다.

검치: 강해졌구나. 검법 이름이 무어냐?
옥기린: 무위검이라 지었습니다.
검치: 좋은 이름이구나. 자, 오너라.

스승의 뒤로 스크린처럼 펼쳐진 하늘에 가인의 모습이 떠오른다. 스승은 그와 가인을 가로막는 장애물이다. 옥기린은 정신을 집중하여 기회를 노린다. 온화해 보이던 스승에게서 무형의 기운이 일어난다. 점점 커져 산이 된다. 옥기린은 답답함을 느낀다. 검의 빠르기로는 그 누구라도 벨 자신이 있다. 허나 아무리 빠른들 산을 어떻게 벤단 말인가.

무형의 기운에 대항하는 것만으로 공력이 줄어든다. 이대로 시간이 흐르면 검 한 번 써보지 못하고 패할 것이다. 그럴 수는 없다.

옥기린의 몸이 튀어나가며 스승을 벤다. 순간 큰 충격과 함께 하늘이 노래진다. 땅바닥에 패대기쳐진 개구리처럼 사지를 바르르 떤다. 스승은 가볍게 피하며 그의 등을 툭 쳤을 뿐이다.

검치: 무위라 이름 짓는 순간 유위(有爲)가 되었다. 아직 멀었다.

옥기린은 이를 악물고 다시 덤벼든다. 똑같은 신세이다. 패대기쳐질 때마다 수치심과 절망감으로 몸을 떤다. 다섯 번째 일어선 그는 하늘을 향해 광소(狂笑)를 터뜨리고는 스스로의 심장에 검을 꽂는다.

헉. 숨이 턱 막힌다. 삽시간에 기운이 썰물처럼 빠져나간다. 의자에 축 늘어져 희미하게 스러져 가는 옥기린을 바라본다. 화면에서 형체가 완전히 사라지자 저절로 로그아웃이 된다. 이제는 비욘드월드로 돌아갈 수가 없다. 추방된 것이다.

옥기린이 없는 어둠. 어둠 속에 용해된 나. 존재감이 없다. 내가 없다. 이승에 있어서는 안 되는 유령처럼 주위가 낯설다. 공포감이 몰려온다. 어디선가 긴 낫을 든 저승사자가 나타나서 발버둥치는 나를 끌고 불길이 영원히 타오르는 곳으로 갈 것만 같다. 도망치지 않으면 안 된다. 그런데 움직일 수가 없다.

극도의 불안감으로 몸이 떨리고 식은땀이 난다. 숨을 헐떡이며 일어서려고 안간힘을 쓴다. 아무리해도 일어설 수가 없다. 꿈에서 꿈이란 사실을 알고도 아무리 깨려 해도 깰 수 없듯이. 절망과 비통으로 눈물이 흐른다. 나란 존재가 이렇게 나약하고 보잘 것 없다는 사실이 두려워 미칠 것만 같다. 몸이 덜덜 떨린다.

휘익, 바람소리가 난다. 머리끝이 주뼛 서며 오줌이 찔끔 나온다. 입을 헤벌리고 어둠 속을 뚫어져라 응시한다. 벽에 뭔가 어른거린다. 저승사자일지 모른다. 목에서 끄륵 짓눌린 신음소리가 난다. 저도 모르게 튀어 일어나 밖으로 달려 나간다.

거리는 밀도 높은 남빛 어둠이 넘실댄다. 두 눈에 불을 켠 괴물들이 푸른 물결을 헤치고 싱싱 달린다. 사람들은 열대어처럼 화사한 옷을 입고 삼삼오오 짝을 지어 우아하게 헤엄친다. 아무도 나의 존재를 인식하지 못한다.

미로처럼 얽힌 골목과 골목 사이를 지친 영혼을 끌며 헤맨다. 미로는 끝도 없이 계속된다. 산소가 부족하다. 숨 막힌 물고기처럼 수면 위로 떠올라 산소를 호흡해야 한다.

건물의 옥상 위로 올라간다. 하늘을 향해 턱을 쳐들고 헐떡거리며 숨을 쉰다. 하늘 한가운데 별이 떨어지며 동심원이 인다. 빙글빙글 빙글빙글. 커다란 눈동자로 변한다. 천장에 나타났던 그 눈이다. 그토록 미웠던 눈인데 반가움에 왈칵 눈물이 솟는다. 투정부리던 어린아이가 엄마의 품에 안겨 울음을 터뜨리듯이.

눈이 포근히 웃는다. 영혼을 부드럽게 어루만지는 웃음이다. 두려움이 사라지고 마음이 가라앉는다. 나라는 존재가 스스슥 3차원으로 다시 형성된다. 하늘이 잔잔해지며 눈이 사라진다.

방으로 돌아온다. 옥기린이 없어진 지금 무엇을 해야 할지 몰라 서성인다. 게임에서 스스로 게임오버를 시키는 것은 반칙이다. 옥기린은 그러한 금기를 어겼다.

무슨 소리야. 옥기린은 적어도 자신의 자존심은 지켰어. 너는 그럴 용기가 있나. 도대체 자존심이란 게 있기나 해.

아무리 수치스럽고 절망스럽더라도 자신의 목숨을 끊는 따위의 무책임한 행동을 해서는 안 돼.

그래서 지금까지 네가 이루어 놓은 게 뭐야. 비겁하게 피하고 숨기만 했잖아.

난 비겁하지 않았어. 비겁하지 않아. 비겁하지 않을 거야.

다시 혼란스럽고 피곤하다. 책상에 팔베개를 하고 엎드린다. 깜박 잠이 든다.

눈을 떴을 때는 아침이다. 책상 위에 놓인 수첩에 눈이 간다. 《프타아테이프》를 메모한 수첩이다.

> 이토록 생동감 넘치는 삶에서 당신은 당신 자신의 드라마에 푹 빠져 있습니다. 당신이 만들고 있는 그 변화무쌍한 영화에서 당신은 모든 것이 될 수 있습니다. 당신이 모든 장면을 디자인하죠. 당신이 그 역할을 하고 — 물론 — 당신이 연출도 합니다. 당신이 그것을 너무도 멋지게 만들어 놓고는 그것이 단지 영화라는 사실을 잊어버리는 겁니다. 그리하여 대부분의 경우 그것이 어떻게 생기게 되었는지를 진실로 이해하지 못한 채, 자기 자신의 창조물에 푹 빠지게 되는 겁니다. 여러 번 말했지만, 당신은 이러한 창조적 모드에서의 자신의 힘을 참으로 이해하지 못하고 있습니다.*

내용을 정확히 이해할 수는 없지만, 우리 스스로가 삶의 주인공이자 시나리오 작가이자 감독이므로, 의지에 따라 새로운 인생을 창조

* 《프타아테이프》〈하〉 128쪽

할 수도 있다는 이야기 같다. '일체유심조(一切唯心造)'라고 한 불교의 가르침과도 비슷한데, 착 와 닿지는 않는다. 다만 한 가지 눈에 띄는 낱말은 '창조'이다. 그래, 다시 창조하는 거다, 나의 새로운 분신을.

언더월드에 접속한다. 먼저 캐릭터를 만든다. 신체 각 부분의 수많은 샘플 가운데 마음 가는 대로 대충 골라 조합한다. 키만 껑충하게 큰 무표정한 사나이가 탄생한다. 무뚝뚝한 인상이지만 강인한 분위기가 마음에 든다. 다음은 이름을 정해야 한다. 서슴없이 '타락천사'라고 정한다.

이제 됐다. 새로운 세상으로 나가기만 하면 된다. 프타아는 말했다. 가슴 속에 용기와 사랑을 지닌 채 나아간다면, 그땐 진정으로 파멸을 맞지 않을 것이라고.

Chapter 3

언더월드

존재의 선택

하나

거리는 사람의 물결로 는실난실 흥청거린다. 높다란 건물들이 어깨를 맞대고 도로 양편으로 끝없이 줄지어 있다. 상점, 객점, 주점, 기루, 도박장들로 다투어 색색의 등을 내걸어 밤새 불야성을 이룬다. 언더월드에서 가장 성행하는 것이 향락산업이다. 도시 곳곳에 향락가가 형성되어 달콤한 유혹의 손길을 뻗친다.

인구가 급격히 늘다 보니 산업이 발전하였다. 대도시들이 세워졌고, 커다란 장이 섰다. 또한 대문파를 중심으로 세력 판도가 형성되는가 하면, 세력과 세력이 부딪쳐 전쟁이 일어나기도 한다. 의리나 정의보다는 배신과 술수가 난무하고, 장사로 폭리를 취해 큰 부를 쌓은 상단(商團)도 등장하였다. 물가도 비싸고, 세금도 내야 한다. 비욘드월드처럼 실력이 모든 것을 말해 주는 정당한 사회가 아니니다.

대부분의 사람들은 이상과 윤리보다는 물질과 쾌락을 추구한다. 권력이나 재력이 있으면 자기보다 서열이 높은 자도 부린다. 가난한 무인들은 남의 수족이 되어 살아간다. 서열 따위는 중요하지 않다. 인간의 탐욕이 적나라하게 드러난 세상이 바로 언더월드이다.

언더월드에서 살아가려면 무엇보다 돈이 필요하다. 무슨 일이든 해서 돈을 벌어야 한다.

허름한 마의를 입은 무표정한 사나이가 사람들 사이를 걷는다. 큰 키에 비해 마른 체구 탓에 옷이 헐렁해 보인다. 옥기린의 후신인 타락천사이다. 타락천사는 휘황한 불빛을 뒤로 하고 후미진 골목으로 들어간다. 음침하고 지저분한 골목은 도시의 또 다른 얼굴이다. 주정뱅이가 쓰러져 자는가 하면, 불량배들이 행인을 협박해 돈을 뜯기도 한다.

이리저리 골목을 누비다가 낡은 집으로 들어간다. 낡기는 했어도 규모가 제법 큰 저택이다. 사람의 손이 오래 가지 않은 것으로 보아 폐가인 모양이다. 타락천사는 뒤채의 사당 쪽으로 간다. 사당 입구에 멈추어 어둠을 응시한다. 사당 내의 어둠 속에서 반짝이는 두 눈이 나타나며 대화창이 열린다.

모모4: 목표는 파안노인(破顔老人) 완수(完愁), 처리는 절(切), 보수는 은 50냥.

타락천사: …….

모모4: 싫은가?

타락천사: 보수가 적소.

모모4: 정액제라는 건 알 텐데. 그는 서열 2만대의 2류고수일세.

타락천사: 호위무사 중 강자가 있소.

모모4: …… 은 70냥. 그 이상은 안 되네.

타락천사: 좋소.

모모4: 40냥일세. 나머지는 끝난 후 주지.

어둠 속에서 묵직한 전낭이 날아와 발아래 떨어진다. 타락천사는 무심한 얼굴로 전낭을 주워 들고 돌아선다.

그렇다. 타락천사는 돈을 벌기 위해 청부업자가 되었다. 6개월 전 언더월드에 처음 발을 디뎠을 때의 당혹감은 이루 말할 수 없다. 아는 사람도 없고, 세상 돌아가는 형편도 몰랐다. 물가가 너무 비싸 공력회복제인 술을 사기에도 벅찼다.

여기저기 떠돌다가 2개월 전 이곳 대굴시(大窟市)로 왔다. 어느 날, 거리에서 불량배들과 시비 끝에 결투가 벌어지게 되었다. 상대는 일곱 명이었는데, 모두 타락천사보다 서열이 높았다. 그래 봤자 서열 10만 대인 삼류무사들이었지만.

그렇지 않아도 기분이 언짢았던 참이라 일곱 모두에게 도전하여 한순간에 해치워 버렸다.

그날 밤, 한 사람이 접근해 왔다. 그는 낮에 싸우는 광경을 지켜보았다고 하면서 드문 솜씨라고 추어올렸다. 돈을 받고 남을 해치우는 청부업자가 될 의향이 없느냐고 은근히 제안했다. 황당하기는 하였으나 돈이 워낙 궁했다. 할 줄 아는 재주라곤 검을 쓰는 것밖에 없었다. 고개를 끄덕이자, 그가 소개해 준 곳이 이 저택이다.

이번 일이 세 번째 청부이다. 모모4는 언제나 검은 가면을 쓰고 나타난다. 타락천사는 어차피 돈이 목적이었으므로 별 신경 쓰지 않는다. 하지만 오늘은 그 낯짝을 보고 싶다.

놈은 흑문(黑門)이라는 청부전문집단의 일원이다. 사람들이 흑문에 청탁을 하면, 흑문에서는 웬만한 일은 자기네들이 직접 해결을 하고, 처리하기 까다로운 일은 재청부를 준다. 흑문에서 모모(某某)라는 이름이 붙은 자들이 나와 타락천사 같은 프리랜서에게 일을 맡겼는데, 자기네들이 받은 돈보다 터무니없이 싼 값을 불렀다.

이번 일만 해도 그렇다. 파안노인은 대굴시에서 세 번째로 큰 전장(錢莊)인 은하전장(銀河錢莊)의 주인이다. 그를 절, 곧 죽이지는 말고 신체 한 부분을 잘라 혼내 주라는 청부인데, 그게 그리 만만한 일이 아니다.

타락천사가 언더월드에 와서 우선적으로 한 일은 서열이 높은 고수를 찾는 일이었다. 언더월드 최고의 고수가 되어야만 비욘드월드로 승천할 수 있기 때문이다. 언더월드로 올 때만 해도 그리 어려운 일이 아닌 줄 알았는데, 곧 오산임을 깨달았다. 인구가 계속 불어 50만 명에 육박하여 어딜 가나 북적였다.

언더월드에서는 서열 1000위 내의 고수를 절정고수, 100위 내의 고수를 초절정고수로 분류한다. 초절정고수들은 이름을 숨기고 평범한 모습으로 사람들 속에 묻혀 살거나 깊은 산 속에 은거해 버린다. 가능하면 몸을 사려 승천하려는 의도이다.

처음과 달리 비욘드월드는 쓸데없는 살상은 삼가는 추세이다. 1년에 생명을 잃고 언더월드로 내려오는 수는 100명 안팎. 따라서 언더월드에서 100위 내의 초절정고수가 되어야 1년 내에 승천할 가능성이 있다.

초절정고수를 찾으려면 직접 찾아 나설 수밖에 없는데, 이름도 얼굴도 모르니 일일이 프로필을 살펴보아야 한다. 하지만 싸울 상대가 아닌 일반인들의 프로필을 살피는 것은 실례이다. 프로필을 알아보려면 상대를 클릭해야 하는데, 그때 상대도 알게 된다. 물론 목숨을 걸고 싸워야 할 상대라면 프로필을 보는 것은 당연하지만, 평범한 일반인들은 자신이 조사당하는 것을 달갑게 여기지 않는다. 눈치채지 못하게 하려면 몸을 숨기고 슬쩍 알아보는 수밖에 없다.

그래도 타락천사는 실망하지 않고 은밀히 조사를 진행하였다. 은하전장의 파안노인도 그 대상이었는데, 아쉽게도 서열은 2만 대에 불과했다. 그러나 호위무사 중 하나에게서 강력한 기가 풍겨 왔다. 인파 속에 몸을 숨기고 프로필을 살펴보니 이름은 일검(一劍), 서열은 30만 대의 하류무사였다.

여기서 타락천사는 새로운 사실을 깨달았다. 언더월드에서는 하류무사라 해서 무시해서는 안 된다는 사실이다. 자신처럼 비욘드월드에서 떨어져 내려오는 사람들이 있기 때문이다.

어쨌든 파안노인을 손봐주려면 일검과 손을 섞어야 한다. 만만한 상대가 아니다. 모모4는 이 사실을 알면서도 턱없이 낮은 가격을 불렀다. 일검의 실력을 가늠하기 위한 소모품으로 타락천사를 이용한 것인지도 모른다. 언젠가는 모모4 네 놈의 쥐새끼처럼 반짝이는 두 눈을 장님으로 만들어 주고 말 테다.

며칠간 파안노인의 뒤를 좇으며 동선(動線)을 파악한다. 그는 술과 여자를 좋아해서 매일 저녁 기루를 드나든다. 숨겨 놓은 애인이 많은지 드나드는 주루는 일정치 않다. 제법 가정적이어서 해시(亥時: 22시경)에는 반드시 집으로 돌아간다. 귀가하는 도중에 그리 넓지 않은 솔밭을 지나는데, 이때가 적기이다. 경호하는 무사는 10여 명이지만, 일검 외에 위험인물은 없다.

판단이 섰으면 행동으로 옮긴다.

깊은 밤, 솔밭의 나무 밑동에 기대 앉아 술을 마신다. 달빛에 구불텅한 소나무들의 그림자가 어지러이 비치고, 소슬바람에 헝클어진 머리털이 날린다.

나는 왜 여기 혼자 앉아 있는가. 비욘드월드의 풍류협객 옥기린은 어디로 갔는가. 옥기린과 타락천사는 같은 근원에서 이루어졌건만 왜 이리 다른가. 타락천사의 얼굴에 고뇌의 그림자가 어린다. 살기 위해서 남을 해쳐야 하는 자신이 싫다. 싫지만 하지 않으면 안 된다는 사실이 더욱 싫다.

입이 비죽 일그러진다. 눈은 차갑지만 억지로 입가에 웃음 비슷한 것을 매어 다는 조소이다. 스스로를 비웃는 것이다. 사치스러운 생각이다. 생명이 있는 한 이루어야 할 꿈이 있다. 그러기 위해서는 무슨 수를 써서라도 언더월드에서 최고수가 되어야 한다. 50만 가운데 1위가 된다는 것은 쉬운 일이 아니다. 그것으로 끝나는 것이 아니라, 비욘드월드로 승천하여 다시 제일인자가 되어야 비로소 이룰 수 있는 꿈이다. 불가능을 가능케 해야 한다. 감상적인 생각에 빠져 있을 때가 아니다.

솔밭 안으로 한 무리의 사람들이 들어선다. 멈칫 걸음을 멈추고 경계 태세를 갖춘다. 불청객이 있음을 알아차린 탓이다.

타락천사는 천천히 몸을 일으켜 그들 앞으로 간다. 열두 명의 호위무사가 한 노인을 감싸듯이 둘러싸며 쏘아본다.

굵은 주름살투성이인 노인의 얼굴은 하회탈처럼 해학적으로 생겼다. 자못 여유로운 표정으로 뒷짐을 진 채 타락천사를 바라본다. 파안노인 완수이다.

완수: 반가운 손님은 아닌 것 같군. 어디서 보냈나?

타락천사: ……

완수: 뻔한 질문인가. 혼자 온 용기가 가상하니 자네를 사겠네. 내 호위무사가 된다면, 이 일의 대가로 받은 금액의 두 배를 매월 주겠네.

타락천사는 대답 대신 결투모드로 바꾼다. 대꾸하기조차 귀찮다. 빨리 끝내고 쉬고 싶다.

세 명의 호위무사가 달려든다. 타락천사가 흐르듯 그들을 스치고 지나간다. 셋 모두 급소를 맞고 즉사한다.

파안노인의 얼굴이 구겨진다. 찌푸리는 모양인데 더 미소가 짙어진다. 말 그대로 파안이다.

이번에는 다섯 명이 달려든다. 타락천사는 여유 있게 한 명씩 쓰러뜨린다. 네 번째 무사가 쓰러지자, 파안노인 옆에 있던 짙은 눈썹의 무사가 손을 들어 싸움을 저지한다. 위험인물인 일검이다.

일검이 느릿느릿 걸어 앞으로 나선다. 너무 느리게 움직여서 보는 사람이 갑갑할 지경이다.

일검: 대단한 쾌검이야. 혹시 위에서 내려오지 않았나?

타락천사: 그런 게 중요한가.

일검: 그렇군. 결과야 어떻든 흥미로운 경험이 될 거야.

일검이 왼손에 잡은 검을 수평으로 든다. 눈높이에서 검을 뺀다. 천천히 아주 천천히 검날이 드러난다. 달빛에 빛나는 검날이 점점 길어지며 주위의 공기가 무거워진다.

문득 한 인물이 뇌리에 떠오른다. 중검의 달인 사마달. 비욘드월드에서 태극문의 전 문주 태극검제 필립을 쓰러뜨린 떠돌이 무사. 절정고수인 그도 죽어 이곳에 왔는가.

쾌검의 천적인 중검. 한번 경험하고 싶었다.

일검이 타락천사를 향해 느릿하게 검을 긋는다. 놀랍게도 검이 화면 전체를 가르며 무겁게 다가온다. 너무 느려서 숨이 막힐 지경이지만, 무거움에 억눌려 검을 움직일 수가 없다. 짜릿하게 흐르던 소름조차 꼬리뼈에서 시작하여 등줄기를 차갑게 식히며 서서히 뻗어 올라온다. 이대로 있다간 몸이 두 동강이 나는 건 시간문제이다. 힘에 역행하면 죽는다. 무위, 무위로 돌아가야 한다.

타락천사는 중검이 움직이는 방향으로 같이 움직이며 두 눈을 부릅뜬다. 주위의 공기를 휘감아 가르는 검세 사이로 태풍의 눈 같은 미세한 빈 곳이 보인다. 중검의 기운에 순응하여 검을 돌리며 눈 속에 꽂아 넣는다. 척. 검 끝에 소식이 온다. 순간 주위를 짓누르던 기운이 거짓말처럼 사라진다.

일검이 가슴을 부여잡고 털썩 무릎을 꿇더니 앞으로 고꾸라진다. 스르르 바람에 날려 사라진다.

타락천사도 성치는 않다. 왼쪽 옆구리가 깊게 갈라져 피투성이이다. 조금만 더 지체했어도 두 동강이 날 뻔했다. 자신의 모든 성과를 한 수에 집약시킨 무서운 검이다. 중검이 미완성이었기에 망정이지 십성의 성취를 이루었다면 쓰러진 것은 자신이었을 것이다. 일검이라 한 이유가 수긍이 간다.

일검이 쓰러지는 것을 본 파안노인이 몸을 돌린다. 도망치는 파안노인을 뒤쫓는다. 남은 호위무사들은 감히 덤벼들 엄두를 못 내고 흩어져 달아난다. 나무에서 나무를 차며 날아가 노인 앞에 내려선다. 노인이 파랗게 질려 대화를 청하려고 하는 사이 검을 날린다. 두 다리 무릎 아래가 깨끗하게 잘려진다. 볼일을 끝낸 타락천사가 숲 밖으로 사라진다.

로그아웃을 하고 언더월드에서 빠져 나오면, 어스름 깔리는 저녁이다. 비욘드월드 때와는 반대이다. 옥기린은 낮에 활동을 한 반면 타락천사는 밤에 활동을 하기 때문이다.

타락천사, 멋진 이름이 아닌가. 신에게 반기를 들었다가 쫓겨난 천사. 당당히 신에게 종속되기를 거부한 녀석. 자유로운 영혼의 소유자. 검술 외에 지닌 것이라곤 없지만 끈끈한 정이 가는 놈이다.

저녁을 먹고는 트레이닝복 차림으로 산에 오른다. 동네에서 조금 떨어진 산으로 약수터도 있고, 운동시설도 구비되어 있다. 정상까지 쉬지 않고 달려 올라가 시계를 본다. 39분 43초. 어제보다 16초가 줄었다.

타락천사를 창조한 후 처음 올랐을 때는 1시간이 넘게 걸렸다. 그때는 숨이 차서 몇 번씩 쉬었지만 지금은 단숨에 오른다. 그곳에서 철봉을 하고, 역기를 들고, 평행봉을 한다. 그곳에 있는 운동시설은 골고루 지칠 때까지 한다. 운동이 끝나면 태권도를 연습한다. 체구는 작아도 운동신경은 있어 고등학교 때 검은띠까지 땄다.

온몸이 땀에 흠뻑 젖을 때쯤이면 태권도를 마치고 주먹 단련에 들어간다. 나무줄기에 두툼한 방석을 감아 놓고 정권과 손날로 번갈아 가며 얼얼해질 때까지 친다. 마지막으로 약수터에 가서 약수를 한 대접 마시고 나는 듯이 산을 내려온다.

집에 돌아오면 샤워를 한다. 그런 후 방바닥에 가부좌를 틀고 앉아 단전호흡을 한다. 숨을 가늘고 길게 단전까지 들이마신 뒤 단전에 숨을 잠시 머물게 했다가는 다시 가늘고 길게 내쉰다. 머리 또한 무념무상의 경지에 들어야 하지만 이건 쉽게 되지 않는다.

웅혼한 기운으로 대기를 가르며 다가오던 중검이 떠올라 가슴이 서늘하다. 일검도 가인을 만났을지 모른다. 그렇다면 타락천사와 똑같은 꿈을 지니고 있을 터였다. 일검의 창조자는 일검과 더불어 중검을 완성시키기 위해 더 한층 노력을 배가하겠지. 오늘은 비록 생명을 잃었지만 몇 번이고 환생을 거듭할 것이다. 나도 창조자로서 타락천사에게 부끄럽지 않아야 한다.

운동과 단전호흡을 시작한 것도 창조자인 내가 강해져야 타락천사 또한 강해질 수 있다고 생각해서였다. 덕분에 지금은 나 김기림도 조각난 자긍심을 하나씩 되찾아 퍼즐 맞추듯 완성해 가고 있다.

이런 계기를 만들어 준 것은 프타아이다. 그의 메시지들을 틈틈이 읽으며 삶의 비밀을 풀 나름대로의 실마리를 찾아 가는 중이다. 선(禪)에서의 '뜰 앞의 잣나무니라', '이 뭣고?', '마른 똥막대기다' 등등 뜬구름 같은 화두는 아니더라도, 가장 원시적인 의문 '왜 나는 태어나서 이렇게 살고 있는 걸까?' 하는 궁금증은 누구보다도 강렬하게 지녀온 나이다.

그 해답의 실마리를 프타아의 메시지에서 찾았다. 그의 말에 따르면, 우리는 물질로 환생한 정신으로 3차원의 삶을 경험하기 위해 이 세상에 왔다.

> 당신들은 모두, 모두 다 영적 존재로서 이러한 차원의 현실을 경험하기로 선택한 겁니다. 그건 용기 있는 선택입니다. 이러한 차원의 현실을 경험하기로 선택한 이유 중의 하나는 사실 그 경험의 강렬성, 그 색채, 그 진동 때문이며, 당신은 자신의 삶 속에서 모든 경험, 모든 사람을 선택해 왔던 것입니다.*

여기서 '선택'이라는 말을 썼다. 선택은 자신이 주체가 되었을 때에만 이루어진다. 이전에는 삶을 게임이라고 했다. 게임과 선택, 뭔가 그럴듯하지 않은가. 결국 우리는 삶이라는 게임에서 원하는 내용을 선택하면서 살 수 있다는 이야기가 된다.

누군가는 코웃음을 칠 것이다. 그렇다면 내가 선택한 삶이 왜 이리 고

* 《프타아테이프》〈하〉 5쪽

통스러운가? 왜 매일 분노하고 외로워하며 슬퍼하고 두려워하는가?

프타아는 여기에 대해서도 친절하게 답해 준다.

> 사랑하는 이여, '그 이유는 바로 당신이 원했기 때문입니다.'
>
> 가르침을 배우기 위해 당신이 선택했기 때문입니다. 그건 그토록 간단한 겁니다. 그러니 당신이 왜 죄책감을 느껴야 합니까? 다른 누군가를 해쳤다는 죄책감? 그럴 수도 있죠. 하지만 그 다른 누군가도 모든 상황을 함께 창조하면서, 당신과 함께 거기 있었던 겁니다.*

어떤가? 멋진 대답이 아닌가. 고통을 선택한 것 또한 그 고통으로부터 가르침을 얻기 위해 스스로가 선택한 것이라는 이야기다.

누군가는 다시 항변할 것이다. 백 번 양보해서 내 스스로 이 고통을 경험하기로 선택했다고 치자. 그런데 지금은 너무 싫다. 너무 감당하기 벅차서 삶이라는 게임을 게임오버하고 싶은 심정이다. 이럴 경우는 어떡하는가?

여기에 대해서도 프타아는 명쾌한 대답을 해준다.

> 당신이 모든 것을 창조하니 모든 것을 변화시킬 수도 있음을 알

* 《프타아테이프》〈하〉 5쪽

기 바랍니다. 당신은 두려움으로 변화를 창조할 수도 있고 사랑으로 할 수도 있습니다. 당신이 만약 두려움으로 변화를 창조하면 황폐와 파멸을 보게 될 겁니다. 현실을 창조하는 것은 바로 자신이고, 따라서 멋진 낙원을 창조하는 것도 바로 자신임을 진정으로 이해하고 가슴속에 용기와 사랑을 지닌 채 나아간다면, 그땐 진정으로 파멸을 맞지 않게 될 것이고 — 시간이 흐름에 따라 — 그 어떤 것도 정해진 것은 없음을 분명 이해하게 될 겁니다.*

자, 슬슬 결론을 내릴 때이다.

우리는 삶이라는 게임을 하러 왔다. 2차원의 비욘드월드나 언더월드에서 옥기린과 타락천사가 살아가듯이 3차원의 이 세상에서는 내가 살아가는 것이 다를 뿐이다.

타락천사와 나는 하나이다. 형태는 다르지만 근원은 하나임이 틀림없다. 마찬가지로 3차원의 현실세계에 나를 태어나게 한 자와 나 자신 또한 하나라고 믿는다면 어불성설일까?

나를 만든 자와 내가 하나라면 내가 현실을 창조할 수 있는 것은 당연한 일이다. 그 밑바탕에는 믿음이라는 것이 깔려 있어야 하겠지만.

어쨌든 나는 현실을 변화시키기로 마음먹었다. 그리고 처음으로 한 일이 심신을 강하게 단련시키는 일이었다.

* 《프타아테이프》〈상〉 20쪽

둘

밤이 깊어 흥청거리던 거리의 소음이 잦아든다. 남빛 어둠이 도시를 짙게 물들이고, 어디선가 구슬피 들려오던 피리소리도 멀어져 간다.

타락천사는 만화루(滿花樓) 후원의 높다란 솔가지에 걸터앉아 건너편 전각을 바라본다. 전각의 3층은 만화루의 루주인 풍염항아(豊艶姮娥) 옥부인(玉婦人)이 거처하는 곳이다.

만화루는 대굴시의 4대 기루 중 하나이다. 여기에 적(籍)을 둔 기녀들은 미모 외에 한 가지 이상씩 뛰어난 재주를 지닌 재녀들이다. 미모와 재주에 따라 서열이 정해진다. 돈만 많다고 서열이 높은 기녀를 차지할 수 있는 것이 아니다. 만화루에서 내놓는 관문을 어디까지 넘느냐에 따라 마주할 수 있는 기녀의 서열도 정해진다.

제일의 기녀는 한 달 전 이곳에 온 빙서시(氷西施) 수심린(秀尋麟)이다. 서시처럼 청초하고 아름다우나 얼음같이 차갑다는 뜻으로 빙서시라는 별호가 붙었다. 소문을 들은 내로라하는 한량들이 찾아갔으나 얼굴조차 보지 못했다 하여 더욱 유명세를 타고 있다.

지금 타락천사가 노리는 자는 풍염항아 옥부인이다. 그녀는 기녀 출신으로 뛰어난 사업수완을 보여 대굴시의 만화루 외에도 두 도시에 지점을 갖고 있다. 그런 그녀를 누군가가 제거하려고 한다.

대굴시에서는 거대한 음모가 진행 중이다. 정체를 알 수 없는 집단이 대굴시의 유흥가를 손에 넣으려 한다.

언더월드의 다섯 주, 곧 황주, 적주(赤州), 청주(青州), 백주(白州), 흑주(黑州) 가운데 황주가 가장 부유하다. 황주의 최대 도시가 대굴시이다. 대굴시의 유흥가에는 돈이 넘쳐난다. 누군가 그 돈을 노리고 검은 손을 뻗치고 있다.

타락천사는 음모 따위는 흥미가 없다. 아니, 언더월드 자체에 흥미가 없다. 비욘드월드가 무예의 궁극을 통한 깨달음의 최고 경지를 추구하는 데 반해, 언더월드는 물질적이고 본능적 쾌락만을 추구한다. 살 곳이 아니다. 한시바삐 승천하고픈 마음뿐이다.

문제는 그 승천이 쉽지 않다는 데 있다. 초절정고수를 찾기도 어렵거니와 이긴다는 보장도 없고, 숨은 경쟁자들도 많다. 돈도 벌어야 한다. 비욘드월드에 비해 언더월드는 물가도 비싸고 소비품들이 빨리 떨어지므로 돈이 더 많이 든다. 따라서 청부업은 고수도 찾고 돈도 벌 수 있는 일석이조의 직업이다. 남을 해친다는 게 조금 마음에 걸리지만, 어차피 상대도 사회에 이롭지 않은 인물이라면 악을 제거한다는 명목이 서지 않을까 자위한다.

만화루주 옥부인을 사(死)로 처리해 달라는 모모4의 청탁이 내키지 않았다. 아무리 돈이 아쉽다 해도 연약한 여인을 죽이는 게 마음에 들지 않았다. 타락천사가 알기로 옥부인은 무술을 거의 모르는 기녀에 불과했다.

타락천사가 거절의 뜻을 밝히자, 모모4는 당황했다. 그제야 옥부인을 보호하는 보이지 않는 고수가 있는데, 흑문의 특급자객 두 명을 처치한 걸로 보아 절정고수 내지는 초절정고수임에 틀림없다고 실토했다. 또한 청부료도 은 50냥에서 120냥으로 대폭 올렸다. 쥐새끼 같은 놈이 이번에도 한몫 챙기려고 한 모양이다.

초절정고수가 아니면 절정고수라……. 구미가 당기는 일이다. 아직 주위에서 특별한 기는 느껴지지 않는다. 그것이 더욱 신경이 쓰인다. 무예가 어느 한계에 오르면 겉으로는 평범한 사람과 똑같아진다. 진짜 뜨거운 물은 김이 나지 않는 것과 같다.

마냥 나무 위에 있을 수는 없다. 과감하게 부딪쳐 보는 거다. 가지의 탄력을 이용하여 흐르듯 날아 창가에 내려선다.

둥근 사창(紗窓)을 통해 불빛이 흘러나온다. 인기척이 없는 것으로 보아 방안에 아무도 없음이 확실하다. 살짝 창문을 열고 빨려들듯이 안으로 들어선다.

생각대로 빈 방이다. 좁은 복도로 이어진 윗방에서 인기척이 들려온다. 조심스럽게 다가간다. 이상할 정도로 평온한 분위기이다. 두 번씩이나 자객의 습격을 받았으면서도 이토록 무방비라니 함정은 아닐까. 뭐 그렇다고 두렵지는 않다. 어차피 싸우러 왔으니까.

복도를 소리 없이 걸어가 문에 다가선다. 검 끝으로 문을 슬쩍 밀자 스르르 열리면서 안의 풍경이 드러난다. 찰랑찰랑 물이 넘치는 욕조에 한 여인이 길게 누워 있다. 사방에 색등이 걸려 있어 원래는 하얐을 풍만한 몸매가 분홍빛으로 요염하게 빛난다. 한눈에 풍염항아 옥부인임을 알 수 있다.

옥부인의 커다란 눈이 언뜻 이채를 띠었으나, 그다지 놀라는 표정은 아니다. 낯선 남자가 검을 들고 들어서는데도 태연히 미소 짓는다.

옥부인: 당신도 날 죽이러 왔나요?

타락천사: 옷을 입는 게 어떤가.

옥부인: 왜 제 몸이 보기 흉한가요?

타락천사: 벗은 여인을 해치기 싫다.

옥부인: 겉모습과는 달리 정이 있는 남자군요, 당신은.

타락천사: 난 인내심이 그다지 강하지 않다.

옥부인: 알몸으로 왔으니 알몸으로 돌아가는 게 자연스러운 일이지요.

타락천사: 뜻이 그렇다면 어쩔 수 없군.

타락천사로 다시 태어나면서 이미 정 따위는 버린 지 오래다. 나약한 마음으로는 큰 뜻을 이룰 수 없다. 거추장스러운 것은 모두 베어버리고 앞으로 나아갈 뿐이다. 고통 없이 죽여주는 것, 그게 내가 해줄 수 있는 최선의 온정이다.

타락천사의 검이 옥부인의 정수리를 향해 날아간다. 순간 비녀 하나가 날아와 검에 부딪힌다. 강력한 공력이 담긴 비녀에 밀려, 검은 엉뚱한 허공을 가른다.

맞은편 문으로 흰 옷을 입은 여인이 들어선다. 비녀를 빼서 던진 탓에 치렁한 머리털이 허리까지 늘어진다. 몸매는 늘씬하고 얼굴은 갸름하다. 속눈썹이 긴 눈은 반달형이고, 도톰한 입술은 타오르듯이 붉다.

이름 수심린, 전적 5전 5승, 서열 2687위. 아쉽게도 일류무사에 불과하다. 하긴 5전만에 일류무사에 이른 걸 보아 절정고수 이상의 실력을 지니고 있는지도 모른다.

타락천사: 만화루 제일의 기녀가 숨은 고수였다니 뜻밖이군.

수심린: 그대도 흑문이 보내서 왔나?

타락천사: 그렇다.

수심린: 사내대장부가 어찌하여 남의 개 노릇을 하는가.

타락천사: 아가씨가 말버릇이 험악하군.

수심린: 이곳은 좁으니 나가는 게 어떤가.

두 사람은 뜰에 마주 선다. 담장에 가려진 후원인데다 워낙 밤이 깊어 구경꾼이라곤 달님과 3층에서 내려다보는 옥부인뿐이다.

달빛 속에 흰 옷 입은 미인이 긴 칼을 늘어뜨리고 서 있는 모습은 처연하도록 아름답다. 야리야리한 몸 주위로 예사롭지 않은 기가 뿜어져 나온다. 대단한 실력의 소유자이다.

속전속결. 타락천사의 검이 유연하게 수심린에게 파고든다. 바람처럼 상대의 온몸을 휘감는, 평범해 보이면서도 치명적인 공격이다. 수심린은 바람에 날리는 꽃잎처럼 가볍게 몸을 띄워 검을 피한다. 자연의 순리를 거스르지 않는 유검(柔劍)의 묘를 터득한 솜씨이다. 까다로운 상대이다.

이번에는 수심린이 공격해 온다. 꽃이 피듯이 부드러운 공격이었는데 피하는 순간 변화를 일으켜 목을 베고 지나간다. 중상은 아니지만 상처가 나며 순식간에 공력이 9.5성으로 줄어든다. 화사함 속에 치명적인 독을 숨긴 무서운 꽃이다.

유검의 천적은 강검(强劍)이다. 검에 공력을 담아 힘 있고도 쾌속하게 검을 날린다. 비욘드월드에서 옥기린이 호수의 달을 베었던 그 검이다. 수심린이 아슬아슬하게 검을 피한다. 대신 그녀의 옷자락이 자디잘게 잘리어 온 주위에 꽃잎처럼 은빛으로 어지러이 날린다.

수심린이 입술을 꼬옥 물며 똑같은 강검으로 공격해 온다. 워낙 빨라 검이 스쳐 지나간 후에야 쇄액 바람 가르는 소리가 들린다.

두 사람의 싸움은 치열하다. 한 수 한 수가 살벌하여 아차하면 생명을 잃을 판이다. 30여 수가 지났을 때는 서로의 공력이 반밖에 남지 않는다.

싸움의 와중에 지붕을 타고 옥부인의 방을 향하여 다가가는 3인의 그림자가 보인다. 타락천사의 마음이 급해진다. 다른 자가 옥부인에게 손을 쓰면 큰일이다. 청부는 실패하게 되고, 실패한 청부업자에게는 청부가 들어오지 않는다.

타락천사는 급히 몸을 빼내 그림자에게 날아간다. 미처 수심린의 검을 피하지 못하고 등을 깊게 베이는 중상을 입는다. 검은 그림자 하나를 쓰러뜨렸을 땐 남은 공력이 2.5성을 조금 넘는다.

시간이 없다. 나머지 두 놈을 향해 공격을 한다. 두 놈 또한 보통내기가 아니다. 노련한 합격술로 반격해 온다. 무리를 하여 한 놈을 다시 베었을 때는 옆구리에 큰 상처를 입는다. 공력이 급격히 떨어지며 정신이 아득해진다.

타락천사가 풍류협객 옥기린의 꿈을 꾼다. 잘생긴 얼굴에는 언제나 여유로운 미소가 감돌고, 사람들은 흠모의 눈길을 보낸다. 한때 사랑했던 여인 아정과 자신을 대신하여 목숨을 걸었던 수의 얼굴도 보인다. 사부의 인자한 모습이 떠오르는가 하더니, 백수광부의 무지막지한 도끼날이 번뜩인다. 연이어 엄습해 오는 죽음의 공포. 별조차 사라진 우주 밖으로 밀려나는 듯한 처절한 고독. 차라리 자신의 영혼마저 부정하고 무(無)로 돌아가고픈 존재의 중압감. 그리고 얼어붙은 영혼을 녹여 주던 빛. 무한한 사랑으로 존재의 가치를 일깨워 주던 여인 가인. 그녀의 미소가 가슴에 남아 있는 한 쓰러지지 않는다. 그녀를 만나기 전까지 절대 소멸하지 않는다.

죽음과 싸우는 타락천사의 모습을 안타깝게 지켜본다. 중상을 입은 타락천사는 가늘게 숨만 쉴 뿐 의식을 차리지 못한다. 못생기고 무뚝뚝한 놈이지만 정이 가는 놈이다. 순수하고 꾸밈이 없는 성격이 마음에 든다. 죽지 않았으면 좋겠다.

창조자인 내가 나선다면 타락천사를 살릴 수가 있다. 사도에게 돈을 보낸 후 도움을 요청하면 된다. 물론 사도가 게임에 끼어드는 것은 있을 수 없는 일이다.

그런데 언더월드에서는 이런 일이 비밀리에 이루어진다. 타락한 사도들이 창조자들로부터 돈을 받고 프로그램을 조작하는 것이다. 언더월드에서 사도들은 신과 같은 존재이므로 죽어가는 캐릭터를 살리는 것은 어려운 일이 아니다. 죽어 사라진 캐릭터도 살릴 수 있지만 말썽의 소지가 다분하므로 삼갈 뿐이다.

창조자들은 애지중지하는 캐릭터를 살리려는 욕심으로 거액의 돈을 투자한다. 언더월드에서 쌓아 놓은 부가 많거나 명성과 지위가 높은 캐릭터일수록 그 정도가 심하다. 그런 캐릭터의 창조자는 현실에서는 그 반대일 경우가 대부분이다. 그들은 현실을 가상으로 생각하고 가상세계를 현실로 생각한다. 캐릭터에 자신의 영혼을 이입하여 일체화시킴으로써 만족을 얻는다. 때문에 캐릭터의 죽음은 자신의 죽음과 같다. 무슨 짓이든 저지를 수가 있다.

비욘드월드에서는 상상도 할 수 없는 일들이 언더월드에서는 벌어진다. 먼저 원죄를 지닌 시민들이 부패하고 덩달아 사도들도 타락해가고 있다.

이 부패상을 창조주는 모르는 걸까. '무예의 궁극을 통하여 깨달음을 얻는다'는 이념으로 비욘드월드를 창조한 그이다. 비록 언더월드가 비욘드월드로 올라가기 위한 아래 단계의 세상으로서 창조되었다 하더라도 이러한 부정을 안다면 가만있을 리 만무하다.

어쨌든 돈을 들인다면 타락천사를 살릴 수 있지만 그럴 의향은 없다. 타락천사도 원하지 않을 것이다. 자기 힘으로 서지 않으면 안 된다. 그의 삶은 그의 몫이다.

생사의 갈림길에서 스스로와 처절하게 싸우는 타락천사의 고통이 고스란히 느껴진다. 타락천사 또한 나이기도 하기 때문이다.

타락천사는 정신을 잃고 있지만, 게이머이자 창조자인 나는 그를 지켜볼 수 있다.

마지막 한 놈은 수심린의 손에 목숨을 잃는다. 옥부인은 수심린을 시켜 타락천사를 방으로 옮기게 한다. 자신을 죽이러 왔지만 결과적으로는 생명을 구해준 은인인 셈이다. 수심린은 못마땅해 하면서도 순순히 옥부인의 말에 따른다. 두 사람은 침대에 타락천사를 눕히고 술을 먹여 공력을 회복시키려 한다. 공력이 워낙 바닥을 드러내어 회복할 수 있을지는 미지수이다.

피곤하다. 의자에 등을 기대고 눈을 감는다. 까만 어둠. 우주 밖으로 던져진 듯한 고독. 미약한 자기 존재에 대한 두려움.

벌떡 일어나 밖으로 나간다. 흐르는 인파 속에 섞여 걷는다. 마트에 들어가 물건을 구경하기도 하고, 공원에서 거리 공연을 보기도 한다. 마음의 공허감은 커지기만 한다. 위로받고 싶다. 누군가에게 따뜻한 위로를 받고 싶다.

하지만 아무도 없다. 이 많은 사람 가운데 나를 위로해 줄 자가 한 명도 없다. 이 사실이 더 서럽게 한다. 길바닥에 주저앉아 발을 구르며 으엉으엉 울어 볼까. 아마 사람들은 빙 둘러 서서 손가락질할 테지. 어린 애들은 다 큰 어른이 운다고 놀려대겠지. 아, 정말 눈물이 나오려고 한다.

터덜터덜 고시텔로 돌아온다. 1층 편의점을 보자 그녀의 모습이 떠오른다. 떠난 지 1년이 넘는데도 그립다. 그녀라면 날 위로해 줄지 모른다. 혹시 돌아온 건 아닐까. 달려가 문을 열고 들어선다. 낯선 남자가 앉아 있다. 혹시나 했는데 역시나이다. 내게 그런 행운이 올 리 만무하다.

타락천사는 아직도 의식을 잃은 채이다. 옥부인은 없고 수심린만이 곁에서 지켜본다. 속눈썹 긴 눈을 살짝 내려뜨고 생각에 잠겨 있다. 무슨 생각을 하는지 가끔씩 호오 한숨을 내쉰다. 수심에 젖은 얼굴이 우련히 가슴을 아프게 한다. 차가운 성격 탓에 빙서시라는 호를 얻었다지만, 가까이에서 지켜보노라니 여린 마음의 소유자 같다. 수심린은 생각을 떨어버리려는 듯 고개를 살래살래 흔들고는 밖으로 나간다. 타락천사 혼자 남겨진다.

다시 불안해진다. 타락천사가 이대로 죽어버리는 거나 아닌지 두렵다. 나는 스스로가 강해졌다고 믿었다. 하지만 진짜 강해지려면 아직 멀었다는 것을 오늘 깨달았다.

프타아의 메시지를 꺼내 든다. 고통에 대하여 이야기한 부분을 찾는다.

> 인류의 공통된 유대는 소위 고통·번뇌·파멸·절망이라 불리는 것들입니다. 탄생의 순간으로부터, 최초로 무가치함의 번뇌를 경험한 순간으로부터 당신들 각자 모두는 자기 주변에 내성이라는 벽을 세웠습니다. 당신들 모두는 또다시 상처받을까 봐 두려운 겁니다. 실망, 삶의 슬픔 — 고통 — 당신들 모두는 그것을 아주 잘 알고 있습니다. 아주 어릴 때부터 그것을 발견하여, 고통과 느낌을 혼동하고 있습니다. 하지만 사랑하는 이들이여, 고통은 느낌이 아닙니다. 고통이라는 것은 느낌에 대한 저항입니다. 이걸 이해하는 게 중요합니다. 고통은 느낌에 대한 저항입니다.*

* 《프타아테이프》〈상〉 66쪽

그러니 그 모든 걸 껴안고, 인정하고, 받아들이세요. 모든 걸 당신 존재의 빛 안으로 품으세요. 당신이 그렇게 하면, 에너지를 누르고 있던 고통의 발톱이 제거됩니다. 이런 식으로 변형이 일어나는 거지요. 복부로부터 시작하여 가슴으로 머리끝으로 가게 되면 그때 기쁨의 절정을 알게 되는 겁니다. 그때 비로소 '하나'임을 이해하게 되는 거지요.*

고통은 느낌이 아닌, 느낌에 대한 저항이라고 했다. 노여움·미움·두려움·외로움 따위의 부정적인 감정을 밀쳐 내려고 하기 때문에 고통스럽다는 이야기이다. 부정적인 감정을 만든 것은 자신이므로 스스로 책임을 지고 껴안고 인정하고 받아들이라는 뜻이다. 그러면 어느 순간 고통이 기쁨으로 변형된다는 것이다.

그게 가능할까. 연극배우가 무대에서 각본에 따라 울고 웃고 화내고 두려워하며 한바탕 놀고 나면 카타르시스를 느끼듯이 그렇게 인생을 사는 것이 가능한가.

아직 깨달음과는 거리가 있어서인지 모르지만 공감할 수 없다. 고통은 고통이고, 기쁨은 기쁨이다. 고통을 기쁨으로 변형시키는 것은 불가능하다.

* 《프타아테이프》〈상〉 96쪽

셋

타락천사가 눈을 뜬다. 의식을 잃은 지 만 하루만이다. 몸을 일으키려는 타락천사를 옥부인이 지그시 제지한다. 겨우 공력이 0.3성을 넘어섰다. 1성은 되어야 안심할 수 있다.

타락천사: 왜 나의 목숨을 구했는가?
옥부인: 당신은 왜 절 구해 주셨죠?

타락천사는 모든 게 귀찮아 눈을 감아버린다. 어찌 됐든 이번 청부는 실패했다. 실패한 청부업자라. 도대체 제대로 하는 일이란 없군. 이제 어쩐다. 우선 받은 돈을 돌려줘야겠지. 그리고……, 귀찮다. 그때 가서 생각하기로 하자.

느린 속도로 회복되던 공력이 일단 1성이 되자 빠르게 채워진다. 5성이 되었을 때 자리에서 일어나 떠날 준비를 한다. 죽이려던 상대에게 끝까지 도움을 받을 만큼 뻔뻔스럽지 못하다.

곁에서 지켜보던 수심린이 말없이 타락천사의 검을 내준다. 처음 보았을 때와 마찬가지로 싸늘한 표정이다. 이 여인은 얼음 같은 냉랭함으로 자신의 벽을 쌓고 그 속에 숨어 있다. 무엇으로부터 도망쳐 숨으려고 저토록 안간힘을 쓰는 걸까. 저 벽을 쌓느라 여린 마음은 얼마나 상처를 입었을까.

타락천사가 수심린을 향해 싱긋 웃는다. 원래 무표정한 캐릭터가 억지로 웃으려니 괴상하게 일그러져 보인다.

타락천사: 우리 승부는 다음에 결말내도록 하지.

흥. 수심린이 새치름하게 코웃음 친다. 그 모습이 귀여워 다시 싱긋 이상한 웃음을 날린다. 수심린은 기분이 상해 눈꼬리가 상큼 올라갔으나 다시 한번 코웃음 치며 외면해 버린다.

만화루에서 나온 타락천사는 밤길을 걸어 청부를 주고받는 낡은 저택의 사당으로 간다. 예상대로 모모4가 기다린다. 타락천사는 옥부인을 처치하기로 하고 받은 착수금을 던져 준다.

모모4: 실패했으니 받은 돈을 돌려주면 그만이다……? 그건 안 되지.

타락천사: 무얼 원하는가?

모모4: 그대의 목.

타락천사: 재주가 있으면 가져가 보라.

스스슥. 어둠 속에서 검은 그림자들이 모습을 드러낸다. 어림잡아 스무 명은 되어 보인다. 몸놀림으로 보아 일류고수 이상이다. 일사불란하게 검진(劍陣)을 형성하며 둘러싼다.

모모4가 팔짱을 끼고 느긋하게 사당의 어둠 속에서 나온다.

모모4: 네놈은 청부를 실패했을 뿐만 아니라 특급 살수 두 명도 죽였다. 우리 단체의 비밀도 제법 알고 있지. 그런데도 목표했던 인물에게 목숨까지 구함을 받았어. 네놈 같으면 살려 두겠느냐.

역시 옥부인을 노렸던 놈들은 흑문에서 보낸 자객이었다. 놈들은 타락천사를 믿지 못하고 또 다른 자객들을 보낸 것이다.

타락천사는 차분하게 주위를 둘러본다. 진을 형성한 놈들의 움직임이 심상치 않다. 강한 압력이 느껴진다. 위력이 대단한 검진이다. 어쩌면 오늘이 언더월드에서의 마지막 날이 될지 모른다. 이미 생사는 초월했다고 믿었는데, 마음 저 끝자락의 검은 구름은 뭘까.

잠시 딴생각을 하는 순간 5개의 검이 날아든다. 4개는 동서남북에서, 1개는 머리 위 중앙에서 날아오는 것으로 보아 오행검진의 변종이다.

그 자리에서 패앵 돌아 4개의 검은 쳐내고, 머리 위의 검은 왼손에 든 검집으로 막는다.

처음 공격했던 5개의 검날이 물러서자, 이번에는 10개의 검날이 각자 변화를 일으키며 요혈을 노리고 어지럽게 달려든다. 다음번에는 20개의 검날이 몰려들 것이다. 여기서 승부를 내지 않으면 안 된다.

날아오는 검보다 빠르게 앞쪽을 치고 나간다. 앞의 상대는 쓰러뜨렸지만 덕분에 오른쪽 어깨와 왼쪽 허리에 부상을 입는다. 타락천사는 기회를 놓치지 않고 더욱 앞쪽으로 파고든다. 어느새 빈 자리를 보강한 2개의 검이 앞에서 찔러 온다. 순간 타락천사는 뒤로 공중제비를 한다.

내려서려는 자리에 3개의 검이 기다리고 있다가 상중하로 찔러 온다. 최대한 몸을 수평으로 하여 상하의 검은 흘려보내고 중간의 검은 쳐올리며 어깨로 상대를 힘껏 부딪친다. 놈이 비틀거리며 물러날 때 바짝 다가서며 목을 날려 버린다. 그러는 와중에 표창이 날아와 등에 박힌다. 왼손을 뒤로 돌려 표창을 빼내며 공중으로 튀어 오른다. 세 놈이 따라 오른다.

타락천사가 공중에서 번뜩 몸을 뒤챈다. 옥기린이 창천신룡이란 호를 얻게 했던 그 기술이다. 순간적으로 방향을 바꾸어 모모4가 있는 곳으로 날아간다. 당황한 모모4가 피하려 할 때 검을 힘껏 내려친다. 가면과 함께 놈의 쥐새끼 같은 얼굴이 갈라진다.

남은 공력은 7.2성, 적의 수는 18명. 일단 피하는 게 상책이다. 앞에서 휘감아오는 검날을 밟으며 지붕 위로 솟구친다. 지붕과 지붕을 타고 달려간다. 놈들도 각자 뛰어오르며 뒤쫓는다. 개중에는 경공술이 뛰어난 자들도 있어 앞지르며 공격하기도 한다.

타락천사는 한편으로는 싸우고 한편으로는 도망친다. 다시 4명을 쓰러뜨렸을 때는 대굴시 외곽으로 빠져 나온다. 산길이 보인다. 때마침 달이 구름 속으로 몸을 감춘다.

하늘이 돌본다는 생각에 용기가 솟는다. 더욱 속력을 높여 숲속 깊숙이 들어간다. 나무가 울창하여 몸을 숨기기에는 제격이다. 달리고 달리다 지쳐서 걸음을 멈추었을 때는 새벽녘이다. 적들이 뒤쫓는 기척은 없다.

타락천사는 나무 둥치에 몸을 기대고 앉아 숨을 돌린다. 목이 마르다. 호리병을 기울여 목을 축인다. 입가에 묻은 술을 손등으로 쓱 닦다가 눈살을 찌푸린다. 몸 여기저기가 베여 피가 흐른다. 무서운 검진이었다. 그 구성원들 한 명 한 명도 고수의 솜씨를 지녔다. 자칫했으면 고혼이 될 뻔했다. 술을 마심에 따라 4성까지 떨어졌던 공력이 조금씩 회복된다.

남빛 어둠이 아련히 풀어지는 새벽, 헝클어진 머리털을 날리며 술을 마시는 외로운 영혼. 달은 이울고 새벽바람은 소슬하다. 바람에 풀잎이 스산히 몸을 눕힌다. 타락천사의 초췌한 얼굴에 음영이 짙게 어린다. 고독에 절어 내면으로부터 배어 나오는 창백한 그림자.

가슴이 짠하게 아려 온다. 나는 너를 위로해 줄 수가 없다. 네 삶의 아픔은 너의 몫이다. 스스로 견뎌내지 않으면 안 된다.

그가 고개를 들어 정면으로 응시한다. 도울 수 없다면 왜 날 만들었는가? 그대 재미를 위해서? 만족을 위해서? 아니면 현실도피의 방법으로?

너라는 캐릭터를 만들었을 뿐, 나는 전능하지가 않아. 생겨난 순간부터 넌 너 자신인 거야.

웃기는 소리군. 그렇게 말한다고 다른 존재를 창조하여 고통을 안겨준 오만과 책임이 사라지지 않아. 타락천사는 상대도 하기 싫은 듯 팔베개를 하고 하늘을 올려다본다.

안타깝게도 정말 안타깝게도 타락천사는 나를 원망하고 있다. 내가 자기를 얼마나 사랑하는지 모른다. 사랑하여 항상 함께 하고 있다는 사실도 모른다. 그가 나를 믿지 않는 한 사랑을 전할 길은 없다.

동쪽 하늘이 트며 파란 새벽빛이 안개처럼 번진다. 멀리 개 짖는 소리가 들린다. 마을 어귀에서 들을 수 있는 평화로운 개 짖는 소리가 아니다. 사납게 울부짖는 사냥개 소리이다. 적들이 다가오고 있다.

타락천사가 굳은 얼굴로 일어선다. 끈질긴 놈들이다. 좋아, 한바탕 놀아 보자. 네놈들과 나, 둘 중의 하나가 이 세상에서 사라지는 거다. 검을 빼들고 버티고 서서 놈들을 기다린다.

놈들보다 먼저 개떼들이 달려든다. 살의로 눈을 파랗게 빛내는 굶주린 사냥개들이다. 타락천사의 왼쪽 입술 끝이 실룩 올라간다. 전생에서는 청랑 떼도 두려워하지 않던 나다. 오너라.

타락천사의 검이 어지럽게 달려드는 개떼를 하나하나 베나간다. 마치 게임을 즐기듯이 한 치의 오차도 없다. 사냥개들은 어김없이 목덜미가 갈라져 비명도 못 지르고 숨을 거둔다.

단번에 열댓 마리의 개들을 처치했을 때, 흑문의 무사들이 이르러 둘러싼다. 그 가운데 한 놈이 싱글싱글 웃으며 나선다. 머리털이 노란 서양인이다. 커다란 모자를 쓰고 망토를 둘렀다. 손에는 펜싱용 칼인 에페를 들었다. 삼총사에 나오는 프랑스 근위총사대의 모습 그대로이다. 이름은 몽테스키외, 전적 86전 86승, 서열 1216위.

웃기는 놈이다. 삼총사에 나오는 총사대 흉내를 낸 주제에 이름은 계몽사상가라니. 그래도 언더월드에서 만난 놈들 가운데 서열은 제일 높다.

몽테스키외: 싸움을 즐기며 하는군. 아주 좋아.

타락천사: 자네도 마찬가지인 것 같은데.

몽테스키외: 맞아. 싸우는 낙으로 살지. 용병은 좋은 거야, 돈도 벌고 싸움도 하고.

타락천사: 그렇다면 내 공력이 넘칠 때 싸우는 게 더 재미있겠군.

몽테스키외: 물론이지.

말끝이 떨어지기 무섭게 에페가 찔러 온다. 속도와 변화가 얼마나 빠른지 동시에 에페 댓 개가 날아오는 것 같다. 본능적으로 막아 냈지만, 에페는 뺨을 베고 넓적다리를 찌른 후이다.

타락천사의 어이없어하는 표정을 본 몽테스키외가 한 눈을 찡긋하며 장난스럽게 웃는다. 저런 놈이야말로 웃으며 사람을 죽일 수 있는 잔인한 놈이다.

몽테스키외는 에페를 쥔 오른손은 내밀고, 왼손은 뒤로 접어 펴든 펜싱 자세를 하고 쉿쉿 겁을 준다.

기가 막힐 노릇이다. 어쩌다 천하의 타락천사가 저런 놈의 놀림감이 되었나. 서글픈 생각이 들더니 왈칵 분노가 치민다. 놈에게 달려들며 면상을 베어 간다. 순간 놈이 사라지더니 불쑥 코앞에 나타난다. 놀라 펄쩍 뛰어 물러섰을 때는 어깨가 뚫린 후이다.

빠르다. 너무 빠르다. 놈은 검뿐만 아니라 몸놀림 또한 번개 같다. 일부러 분노를 격발시킨 것도 작전이다. 잔인하고 빠르고 영리한 놈이다. 침착하자. 두려움에 지면 안 된다. 마음을 비워야 한다. 무로 돌아가지 않으면 안 된다. 놈이 번개라면 번개를 잡는 방법이 반드시 있을 터이다.

타락천사의 눈빛이 점차 무심해진다. 검을 내려뜨리고 눈길은 하늘의 구름을 향한다.

몽테스키외의 얼굴이 신기한 것을 보듯이 흥미로워진다. 자기도 하늘을 쳐다본다. 고개를 갸웃하더니 다시 공격 자세를 취한다. 빛살처럼 찔러 온다.

타락천사는 몸을 왼쪽으로 기울이며 바싹 앞으로 달려든다. 에페가 오른쪽 가슴을 뚫고 등 뒤로 나온다. 두 사람이 딱 붙어 있는 탓에 에페는 더 이상의 변화를 보이지 못한다. 왼손으로 상대의 어깨를 감싸 안은 타락천사의 눈이 차갑게 웃는다. 그 상태로 오른손에 쥔 검으로 몽테스키외의 목을 관통시킨다. 스르르 정기가 빠져나가는 놈의 귀에 대고 속삭인다. 살을 주고 뼈를 얻는다는 속담을 들어 보았나. 이런 경우를 두고 하는 말이지.

타락천사는 충혈된 눈으로 남은 놈들을 바라보며 징그럽게 웃는다. 피투성이 몸으로 얼굴을 일그러뜨리며 웃는 모습이 야차 같다.

주춤했던 놈들이 타락천사의 공력이 얼마 남지 않았음을 알고 공격을 시작한다. 타락천사는 생과 사를 떠나 자신의 모든 실력을 발휘하여 싸운다. 절체절명의 위기 속에서 최선을 다하는 모습이 경건해 보이기조차 한다. 시간이 흐를수록 타락천사의 몸에는 상처가 늘어 간다. 숨이 거칠어진다.

하늘에서 옷깃을 펄럭이며 한 송이 꽃이 떨어져 내려온다. 차가운 검날이 춤추며 놈들을 베어 넘어뜨린다. 빙서시 수심린이다. 그녀가 싸우는 모습은 외모처럼 화려하다. 마치 춤추듯이 유연한 동작으로 상대를 쓰러뜨린다.

뜻밖의 응원군에 놈들이 당황한다. 몇 놈 남지 않자 다투어 도망친다.

타락천사는 지쳐 바닥에 털썩 주저앉는다. 남은 공력은 0.5성. 아슬아슬하게 겨우 움직일 힘만 남았다. 호리병을 기울여 술을 마신다.

조금 떨어진 곳에서 수심린이 검을 빼들고 호위를 선다. 뒤쪽 우거진 나뭇잎 사이로 새벽빛이 비쳐든다. 희미한 안개 속 늘씬한 그녀의 모습이 역광을 받아 반투명으로 빛난다. 옷 속에 비친 굴곡진 몸매가 환상처럼 신비해 보인다.

타락천사: 또다시 신세를 졌군.

수심린: 쓸데없는 생각은 삼가 줘. 옥부인의 부탁으로 왔을 뿐이니까.

타락천사: 어쨌든 고마워.

수심린: 몸은 괜찮나?

수심린이 곁에 앉으며 무심한 듯이 슬쩍 살핀다. 잠깐이지만 걱정의 빛이 스친다. 다행이 신체가 절단되는 큰 부상은 당하지 않았다.

수심린: 마지막에 싸우던 모습이 진지해서 보기 좋았어.

타락천사: 안 그러면 죽으니까.

수심린: 이름을 보니 위에서 내려온 거 같아.

타락천사: 너도 그런가.

수심린이 대답 대신 고개를 끄덕인다. 커다란 눈에 그리움이 어린다. 녀석, 좋아하는 사람이 있구나.

신기루처럼 한 여인의 모습이 떠오른다. 뚜렷하지는 않지만 떠올리는 것만으로도 마음이 감미롭게 젖어든다. 가인. 보고 싶다. 만나서 영혼을 어루만져 달래 주는 듯한 그 포근함과 행복함을 맛보고 싶다.

수심린이 발딱 일어선다. 토라진 듯한 차가운 얼굴로 돌아가 있다.

수심린: 혹시 승천하고 싶으면 만화루로 찾아와.

수수께끼 같은 말을 남기고 숲 밖으로 사라진다.

타락천사의 얼굴빛이 어둡다. 이번 일을 계기로 자신의 한계를 절감하는 중이다. 수심린은 승천하고 싶으면 만화루로 오라고 했다. 그 말은 서열 100위 내의 초절정고수를 찾을 수 있는 방법을 안다는 뜻이다.

초절정고수를 찾는다고 해도 지금의 실력으로 이긴다는 자신이 없다. 몽테스키외의 실력은 자신보다 나으면 낫지 절대 뒤떨어지지 않았다. 자만심 때문에 졌을 뿐이다. 일검이나 수심린의 실력도 결코 자신의 아래가 아니다.

이토록 하늘의 별만큼이나 많은 고수 가운데서 최고의 자리를 차지하는 게 불가능할지도 모른다는 자괴심에 빠져든다. 스스로를 믿지 못하는 것, 이는 매 싸움마다 목숨을 거는 무인이 결코 지녀서는 안 될 위험징조이다. 걸어가는 타락천사의 어깨가 처져 보인다.

정말 그럴까. 타락천사는 전생의 옥기린 때보다 정신적으로나 육체적으로 훨씬 강해졌다는 사실을 모른다. 비욘드월드보다 한 수 아래라는 언더월드에서 강한 자들을 잇달아 만나자 의기소침할 뿐이다.

이 슬럼프는 실력이 어느 경지에 이르면 나타나는 일반적인 현상이다. 한 단계 높은 수준에 오르느냐, 아니면 이대로 주저앉느냐의 갈림길이다. 이 경우 많은 예인(藝人)들은 능력의 한계를 깨닫고 그 자리에서 안주하려는 경향이 있다.

궁극의 경지에 오르는 데 반드시 필요한 것은 천부적인 재질과 남다른 노력이다. 나는 타락천사의 재질을 믿는다. 타락천사의 전신(前身)인 옥기린의 재질은 스승 검치존자로부터 인정을 받은 터이다. '너는 재질은 뛰어나나 덕이 부족하구나.' 검치존자가 옥기린을 보며 한탄한 말이다. 의미야 어떻든 옥기린의 후신인 타락천사 또한 재질이 있음은 분명하다. 이 슬럼프를 벗어나려는 의지와 노력이 있다면 반드시 한 단계 더 도약하는 계기가 될 터이다.

문제는 그 방법이다. 노력은 손의 지문이 닳아 없어질 정도로 하였고, 강해지려는 의지 또한 누구 못지않다. 그런데도 실력은 답보상태이다. 무언가가 부족한 탓이다. 그게 무얼까? 무엇이 가로막고 있는 걸까?

무거운 화두가 되어 머릿속을 떠나지 않는다. 산도 오르지 않고 운동도 멈춘 채 그 무엇만을 생각한다. 하루 종일 방바닥에 가부좌를 틀고 앉아 생각에 잠긴다. 누가 본다면 대단한 선(禪)의 경지에 든 것으로 오해할지도 모른다.

하루가 흐르고 이틀이 지나며 그 무엇의 정체가 손에 잡힐 듯하더니, 사흘이 되었을 때 윤곽이 드러난다. 그 해답이 너무 뻔한 것이라 억울한 생각마저 든다. 그것은 바로 기세(氣勢)의 부족이다. 상대를 은연중에 제압할 수 있는 기운이 모자란다는 뜻이다.

그 원인은 자신감의 결여에서 비롯된 두려움이다. 두려움을 없애려면 자신감을 키워야 하고, 자신감을 키우려면 스스로에 대한 믿음을 확고히 하는 수밖에 없다.

스스로에 대한 믿음을 확고히 하려면 어떻게 해야 하나? 이제부터 자신을 믿겠다고 결심한다고 해서 이루어지는 게 아님은 분명하다. 나 김기림은 철이 든 후 남과 기세 싸움을 하여 이겨 본 기억이 없다. 친구 사이에서도 언제나 주눅이 들어 지냈다. 그런 스스로를 부끄러워하고 한편으로 미워했다. 그런 내가 정말 싫었지만 바꾸려는 마음조차 먹지 못했다. 이렇게 불량품으로 만들어 놓은 그 누군가를 원망만 하며 운명으로 돌렸다. 이제 그 생각을 바꿀 때다. 사랑하는 타락천사를 위해서도 변화하지 않으면 안 된다.

우선 내 스스로가 쌓은 두려움의 벽을 깨뜨려야 한다. 세상과 맞설 배짱을 키워야 한다.

트레이닝복으로 갈아입고 운동화 끈을 단단히 맨다. 밖으로 나가기 전 잠시 거울을 들여다본다. 체구는 작지만 군살 하나 없는 날카로운 인상의 청년이 마주본다. 공연히 이소룡처럼 눈에 인상을 한번 써 보고는 밖으로 나선다.

거리의 어둠에 불빛이 섞여들면 마법의 공간이 된다. 사람들의 피는 동물적 본능에 젖어들고, 차가웠던 이성은 번들거리는 감정으로 변해 간다.

지하철역이 있는 번화가 쪽은 밤늦도록 붐빈다. 거미줄처럼 얽힌 골목에는 술집과 모텔이 즐비하고, 남녀들은 발정 난 짐승처럼 짝짓기를 한다.

거리의 포장마차 안으로 들어서며 닭똥집과 소주를 시킨다. 술을 별로 즐기지도 않고 사람들 모인 곳도 꺼려한 까닭에 혼자 술집에 온 것은 처음 있는 일이다.

포장마차의 세 면을 둘러싼 나무의자에는 젊은 남녀 한 쌍과 회사원으로 보이는 4명의 일행, 막일을 하는 듯한 허름한 차림의 중늙은이 둘이 둘러앉아 제각기 이야기에 열중이다. 얼굴이 벌겋게 달아올라 주위를 의식치 않고 큰 소리로 속내를 드러내는 광경이 낯설고 신기하다.

친구들과 술 먹던 기억이 언제인지 가물가물하다. 대학 다닐 때는 몇 번 어울렸던 것도 같다. 꿈이나 낭만 따위는 없었다. 학점이나 취업 같은 지극히 현실적인 이야기를 나누었던 것 같다.

잔에 술을 따라 한 모금 들이켠다. 목구멍이 알싸하며 목젖이 짜르르 몸부림치더니 식도가 화끈해진다. 텅 비었던 위가 성급히 알코올을 흡수하자, 간이 살짝 부풀어 오르며 머리가 어질해진다.

신기하다. 예전에는 술 한잔 마시려면 쓰디쓴 맛에 오만상을 찌푸리며 훌쩍거렸다. 덕분에 친구들로부터 술맛 떨어진다고 핀잔을 받곤 했는데, 무슨 변화가 생겼는지 술이 입에 짝 달라붙는다. 이 좋은 것을 왜 지금껏 잊고 있었을까 할 정도이다. 아무래도 옥기린이나 타락천사로부터 옮은 게 틀림없다.

연거푸 두세 잔을 마신다. 가슴이 훈훈해지며 간이 더욱 부풀어 올라 겁을 상실한다. 기분이 붕 뜬다.

짝! 하는 소리와 함께 여자의 비명이 울린다. 젊은 남자 녀석이 느닷없이 여자의 뺨을 때린 모양이다.

"이 새끼야, 왜 때려."

여자가 대들자 다시 한번 뺨이 올라간다.

"쌍년아, 헤어져. 헤어지면 될 거 아냐."

사내놈이 소리친다. 한참 이야기꽃을 피우던 사람들이 놀라서 바라본다.

"뭘 봐, 시발. 사람 처음 봐!"

사내놈이 으르댄다. 사람들은 황급히 눈길을 거두며 이야기를 이어나가려고 하지만 어디까지 했는지 잊어버려 어색하게 허둥댄다.

"어허, 여자를 때리면 쓰나."

무심코 내 입에서 뜻하지도 않은 말이 터져 나간다. 뱉어 놓고 나 스스로도 덜컹 놀란다.

"넌 뭐야, 새끼야."

사내놈이 여자를 밀치고 내게 온다.

난 조용히 일어선다. 두려움으로 가슴이 방망이질 쳐 터질 듯하다. 그러나 눈은 차갑게 빛난다. 네놈이 날 건드리는 순간 그냥두지 않겠다. 이까짓 목숨은 어떻게 되어도 좋다. 분명한 것은 네놈도 그에 상응

하는 대가를 치른다는 점이다. 마음이 모질어지며 독기가 뿜어진다.

거칠게 다가서던 놈이 흠칫한다. 뭔가 심상치 않은 기운을 느꼈거나 건드리면 귀찮아진다는 것을 깨달은 모양이다.

“씨발, 난쟁이 똥자루만 한 게. 재수 없어.”

놈은 돌아서며 침을 찍 뱉는다.

“다시 말해 봐.”

스스로 듣기에도 섬뜩한 목소리로 낮게 말한다. 살기와 분노로 응축된, 지극히 경각심을 느끼게 하는 목소리이다. 부지불식간에 손에 집히는 무언가를 들고 놈에게 다가선다.

“어어, 왜 이래. 미쳤어.”

놈이 뒷걸음질친다.

“미쳤다. 똥개새끼 한 마리 잡아 보자.”

내 눈의 광기를 읽었음일까, 놈이 갑자기 돌아서서 달아나기 시작한다. 있는 힘껏 뒤를 쫓는다. 정말 놈을 잡아서 죽이고 싶다는 충동에 휩싸인다. 내 기세에 놈은 겁에 질려 필사적으로 달아난다. 사람에 부딪혀 나동그라지고 구르면서도 뒤돌아보지도 못하고 꽁지가 빠지게 달아난다.

그 뒤를 쫓는 내 눈에서는 어느새 눈물이 흐르고 있다. 너무 통쾌하고 그동안 억눌려 살았던 것이 분해서 흘리는 눈물이다. 놈은 이미 사라지고 없지만, 나는 밤길을 고래고래 소리 지르며 뛰어간다. 세상을 향해 소리치고, 내 못났던 인생에 대해 소리치며 달리고 또 달린다.

더 이상 뛸 기운이 빠져서야 걸음을 멈춘다. 문득 손에 든 포크에 눈길이 간다. 픽 웃음을 짓다가 눈에 힘을 주며 마음을 다잡는다. 놈이 겁먹고 달아나도록 내게서 뿜어져 나간 것이 살기이든 광기이든 상관없다. 이제부터는 그 누구에게도 물러서지 않겠다. 운명으로부터도.

넷

만화루 거실에서 옥부인과 수심린, 유건을 쓰고 탐스러운 수염을 기른 중년 문사, 타락천사가 탁자에 둘러앉아 이야기를 나눈다.

중년 문사의 이름은 사마충(司馬忠), 대굴시 상인연합회의 총무이다. 주로 이야기를 하는 것은 사마충으로, 심각한 내용을 남의 이야기를 하듯이 수염을 쓰다듬어 가며 재미있게 하는 재주를 지녔다. 그 내용을 요약하면 다음과 같다.

반 년 전 대굴시에 한 괴인이 찾아들었다. 얼굴이 뭉개져 눈 코 입이 제자리를 이탈하여 엉뚱한 곳에 붙은 노인으로, 스스로 이름을 얼굴이 없다는 의미의 무면(無面)이라 했다. 그는 대굴시의 가장 큰 문파인 봉검문(鳳劍門)을 단신으로 찾아가 하루 만에 문주 봉황검(鳳凰劍) 위현(魏顯)을 비롯한 고수 112명을 굴복시켰다.

무면은 뭉툭한 쇠몽둥이를 들고 112명을 상대로 개 패듯이 두들겨 팬 끝에 항복을 받아냈는데, 그 112명 중에는 서열 656위인 위현을 비롯하여 절정고수가 17명이나 되었다. 그만큼 봉검문은 황주는 물론 언더월드에서도 무시 못 할 대문파였는데, 한 노인을 당해내지 못하고 고스란히 문파를 상납하고 말았다.

문제는 봉검문이 상인연합회와 공존관계였다는 사실이다. 봉검문이 대굴시 상인들을 은연중 보호한 덕분에, 상인들은 마음 놓고 장사를 할 수 있었다. 대신 상인들은 후원비 명목으로 봉검문에 금전적 지원을 하여 화답하였다.

봉검문주가 무면으로 바뀐 후에도 이 관계는 지속되었는데, 점차 봉검문에서 무리한 요구를 해 왔다. 전에는 자발적인 보호와 자발적인 지원으로 남들이 보기에도 아름다운 관계였지만, 점차 봉검문에서 상인들에게 강제성을 띤 헌납을 요구해 왔다. 액수도 자꾸 늘어 나중에는 순이익의 절반이나 요구하기에 이르렀다. 당연히 상인연합회에서는 요구를 거절하였고, 그에 대응하여 봉검문도 상인들과의 관계 청산을 공언하였다.

이렇게 되자, 대굴시에는 상가의 돈을 노린 강도나 폭력배들이 생겨나고 범죄도 늘어나기 시작하였다. 상인연합회는 자구책으로 실력 있는 무인들을 돈으로 사서 자체 경호에 나섰다. 그러자 얼마 전부터는 상가의 주인들이 자객에게 살해되거나 병신이 되는 사건이 빈번히 일어났다.

이에 겁먹은 몇몇 상인들은 울며 겨자 먹기로 봉검문의 요구대로 순이익의 절반을 주는 조건으로 보호를 요청하기에 이르렀다. 봉검문에서는 그 상점에 문장(紋章)인 봉황 표시를 해놓아 자신들이 뒤를 봐주는 상점임을 공고하였다. 후로 그 표시가 있는 상점에서는 아무련 일도 일어나지 않았으므로, 다른 상인들도 하나 둘씩 봉검문에 도움을 요청하기에 이르렀다.

하지만 아직도 반 이상의 상점에서는 상인연합회를 중심으로 봉검문의 횡포에 저항하고 있는 중이다.

상인연합회에서는 자체 조사로 그동안의 암살 및 상해가 흑문이라는 집단에 의해 저질러졌음을 밝혀냈다. 나아가 흑문이 봉검문과 관련이 있다는 심증을 굳혔으나 아직 이렇다 할 물증이 없는 상태이기도 하다. 대강 이런 내용이다.

사마충: 이전에 당신이 어떤 일을 했던 상관치 않겠소. 우리는 도움이 필요하고, 당신은 능력이 있소. 사례는 충분히 하겠소.

타락천사: 구체적으로 내가 할 일은?

사마충: 무면을 없애는 것.

타락천사: 내겐 대문파를 홀로 깨뜨릴 만한 실력이 없소.

사마충: 무면은 이번에 봉황검 위현을 꺾어 서열이 656위로 올라섰지만, 실제 실력은 초절정고수 가운데서도 손가락 안에 꼽힐 정도요. 그러니 당신 같은 숨은 실력자들 여럿이 힘을 합쳐 그를 없앨 수밖에 없소.

타락천사: 무사로서 이제껏 숫자의 힘으로 남을 핍박하는 짓은 하지 않았소.

사마충: 옛말에도 시기와 대세에 따를 줄 아는 자가 진정한 영웅이라 했소.

타락천사: 못 들은 것으로 하겠소.

옥부인: 무면이 왜 그토록 금전에 집착하는지 아시나요?

타락천사: 나와는 상관없는 일이오.

옥부인: 승천을 원해서 온 게 아닌가요?

수심린: 무면이 금전에 집착하는 까닭도 승천하기 위함이에요.

사마충: 얼굴을 보니 구미가 당기는 모양이구려. 그렇소, 무면은 돈으로 초절정고수들의 정보를 사려고 저토록 날뛰는 거요.

타락천사: 초절정고수들의 정보라……?

사마충: 말 그대로 그들의 정보요. 서열 100위 이내의 고수들이 누구이며, 어디에 은거하는지, 무예와 특징은 무엇인지 등등.

타락천사: 정말 돈으로 살 수가 있소?

사마충: 허허허, 돈만 있다면 죽어 흙이 된 첫사랑도 살릴 수 있는 곳이오, 이 언더월드는.

타락천사: 믿기 어렵소.

사마충: 지외천(地外天)이라는 비밀집단이 있소. 초절정고수들의 신상정보만을 전문적으로 사고파는 집단인데, 그 정보료가 황금 1만 냥이나 되어 보통 사람들은 엄두도 못 낸다오. 우리 부탁을 들어준다면 그 정보료를 주겠소.

타락천사: 정보료가 그토록 비싸다면 남는 장사가 아닐 텐데.

사마충: 우리는 상인들이오. 결코 손해 보는 짓은 하지 않소. 무면이 황금 5천 냥 정도는 모아 놓았을 테니, 우리가 반만 보태면 1만 냥을 채울 수 있소.

타락천사: 무면과 싸울 자는 여럿이라고 했잖소?

사마충: 물론 우리는 1만 냥만을 내줄 뿐이오. 살아남는 자의 숫자가 어찌되던 그건 당신들이 알아서 할 바요.

타락천사: 현재까지 지원자가 몇 명이나 되오?

사마충: 수 냥자와 당신을 비롯하여 5명이오.

타락천사: 봉검문은 어떻소?

사마충: 걱정 마시오. 봉검문에서도 암암리에 우리를 지원하고 있소. 무면의 횡포가 심하여 불만이 크다고 하오.

타락천사: 함께 일할 사람들을 만나보고 결정하겠소.

사마충: 생사가 달린 문제이니 당연한 얘기요. 그들 생각도 같소. 이따 밤에 다시 오시오. 그들을 만나게 해주겠소.

건너편 산기슭에서 이내가 안개처럼 몽몽히 밀려오면, 대굴시의 환락가는 불빛 아래 치장을 하고 요염한 꽃으로 피어난다. 하루 일을 마친 사람들은 쾌락을 찾아 부나비처럼 몰려들고, 밤거리는 뜨거운 유혹의 입김을 가쁘게 토한다.

만화루는 해시(亥時)가 될 무렵부터 흥청거리기 시작한다. 기루라는 곳이 밤이 이슥해서야 본격적으로 2차를 즐기기 위하여 찾아오는 곳이기 때문이다.

점소이가 타락천사를 앞장서 안내한다. 점소이는 기녀들의 간드러진 웃음소리가 흘러나오는 복도를 이리저리 꺾어 돌아 밀실로 가서 탁자 모서리를 만진다. 바닥이 스르르 열리며 검은 계단이 나타난다.

꽤 긴 계단은 동굴로 연결된다. 동굴 속을 한동안 걸어가노라니 널따란 광장이 모습을 드러낸다.

한쪽에 탁자가 있고 다섯 사람이 앉아 있다. 주위에 횃불이 꽂혀 있어 사람들의 면면이 뚜렷이 보인다.

모인 사람 중 수심린과 사마충을 제외한 세 사람은 초면이다. 대머리에 눈썹마저 듬성하여 음침한 느낌을 주는 젊은이와 기다란 쇠붓을 등에 멘 텁석부리, 길거리 어디에서나 볼 수 있을 정도로 지극히 평범한 생김새의 중년인이 그들이다.

타락천사는 그들이 자신의 프로필을 살피는 것을 느낀다. 일이 일인지라 무례를 탓할 수는 없다. 대신 타락천사도 걸어가며 그들의 프로필을 재빨리 훑는다. 젊은이는 인도수(人屠手) 포정(庖丁), 184전 182승, 2패, 서열 544위. 텁석부리는 철필서생(鐵筆書生) 공손혁(公孫赫), 65전 65승, 서열 621위. 그리고 평범한 중년인은 이가(李哥), 2전 2승, 서열 19611위. 이가라는 중년인을 제외한 두 사람은 절정고수의 반열이다. 그러나 전에도 말했듯이 언더월드에서는 서열이 절대적인 평가기준이 되지 못한다.

사마충이 타락천사를 반기며 자리를 권한다. 타락천사는 모인 사람들에게 가벼운 목례를 보낸 후 자리에 앉는다.

사마충: 서로의 신상은 이미 살펴보셨을 터, 소개는 생략하도록 하지요. 고수는 고수를 알아보는 법이니, 한눈에 개개인의 실력을 어느 정도는 파악하셨으리라 믿습니다. 이제 거사에 참가하실지 포기하실

지 결심해 주시기 바랍니다. 이견이 있는 분은 지금 말씀해 주십시오.

아무도 대답을 하지 않는다. 서로가 서로에게 만만치 않은 상대임을 본능적으로 느낀다.

뿜어져 나오는 기로 보아 포정과 공손혁은 타락천사와 엇비슷한 실력이다. 문제는 이가라는 중년인이다. 기도 보통이고, 생김새도 너무 평범하여 옆에 있어도 눈에 띄지 않을 정도이다. 하지만 그곳에 모인 사람들은 어느 정도 경지에 오른 실력자들이기에 평범함 속에 숨은 비범함을 눈치 챈다.

타락천사는 처음 그를 보았을 때 가슴이 서늘해지는 답답함을 느꼈다. 전생의 검치존자나 백수광부에게서 느꼈던 그런 기운이다. 이가는 비욘드월드에서 하강한 지 얼마 되지 않을 것이고, 그곳에서 적어도 초절정고수의 반열에 들었으리라.

사마충: 아무 말씀들이 없으시니, 모두 참가하는 걸로 알겠습니다. 그럼 구체적인 논의로 들어가기 전에 한 분을 소개해 드리겠습니다. 봉검문의 소문주이신 위만기(魏滿期) 대협이십니다.

맞은편 동굴에서 기골이 장대하고 눈이 부리부리한 삼십대 사나이가 걸어 나온다. 품위 있는 모습과 의젓한 행동거지가 명문가의 자손임을 은연중 나타낸다. 전적 72전 69승 1무 2패, 서열 1548위. 그는 앞으로 나와 포권을 취한다.

위만기: 여러 협사께서 악적 무면의 제거에 뜻을 함께 해주신 데 대하여 봉검문을 대표하여 감사의 말씀을 올립니다. 벌써 다섯 분이나 힘을 합쳐 주셨으니 이후로 더욱 많은 협사들의 호응이 있으리라 믿어 의심치 않습니다. 가까운 시일……

사마충: 잠깐, 소문주께서 오해가 있으신 듯한데 여기 모이신 분들이 다입니다.

위만기: 사마 총무께서 지금 농담하시는 거요. 우리 문도 모두가 덤벼들었어도 당해내지 못한 무면이오. 헌데 여기 이분들로만 무면을 상대하겠다? 허허, 아무래도 무(武)와 상(商)의 셈법은 다른가 보오. 대업을 앞에 두고 너무 돈을 아끼시는 게 아니오?

사마충: 소문주, 내 비록 장사치에 불과하나 사람 보는 눈은 있소이다.

위만기: 허허, 이 세 분은 그렇다 칩시다. 허나 여기 아리따운 아가씨와 손에 검 한번 쥐어 보지 못한 듯한 저 이씨라는 분은 또 뭐요. 소꿉장난하자고 모인 게 아니올시다.

수심린: 호호호……

위만기: 왜 웃는 거요?

수심린: 겉모습만 따지는 너 같은 봉검문의 위군자들이 무면이라는 노인한테 개처럼 얻어맞는 꼴이 상상되어 웃었다.

위만기: 아무리 아녀자라도 본문을 모욕한 자는 용서할 수 없다.

수심린: 호오, 그러세요? 그럼 한번 솜씨 좀 볼까요?

이가: 아가씨는 잠시 참으시오. 위가야, 너도 무면이라는 놈이 때릴

때 함께 얻어맞았느냐?

위만기: 뭣이라…… 이, 이놈, 그런 모욕적인…….

위만기는 하도 어이가 없고 화가 나서 말을 제대로 잇지 못한다. 마음공부가 한참 덜 된 듯 참지 못하고 검을 뽑아 이가를 향해 휘두른다. 제법 명문의 자손답게 날카로운 솜씨이다. 순간 퍽 하는 소리와 함께 위만기가 벽에 나가떨어진다. 이가의 주먹 솜씨가 하도 빨라 언제 어디를 후려쳤는지 모를 정도이다.

위만기는 자신에게 일어난 일이 믿기지 않는 듯 한동안 어리벙벙한 표정을 짓다가 이를 부득 갈며 일어선다. 이번에는 정신을 집중하여 신중하게 덤벼든다. 봉황이 날개를 펼쳐 펄럭이듯 화려한 검법이다. 바로 오늘의 봉검문이 존재하게 된 봉황 28검법이다.

이가가 씽긋 웃더니 검 사이로 뛰어든다. 이어 퍽 퍽 퍽 하는 둔탁한 소리가 연이어 들려온다. 이가의 주먹에 위만기는 속된말로 돼지게 얻어맞는다. 필사적으로 검을 휘둘러 보지만 이가의 옷자락 하나도 건드리지 못한다. 그럴수록 매가 더욱 심해질 뿐이다. 마침내 피투성이가 되어 눈물, 콧물을 흘리며 항복하고 만다.

이가: 어떤가, 무면이 나보다 더 심하게 때리던가?

이가의 물음에는 아무런 감정이 담겨 있지 않다. 위만기는 물음의 요지를 파악하지 못하고 멍청히 바라보다가 무심결에 고개를 끄덕인다.

이가: 그럼 더 맞아야겠군.

이가의 주먹질이 다시 시작된다. 이가의 기세에 눌려 다른 사람들은 말릴 엄두도 내지 못한다. 주먹질은 위만기의 공력이 1성이 될 때까지 계속된다.

이가: 아직도 무면이 나보다 더 심하게 때리던가?

위만기가 고개를 흔든다. 미친 듯이 도리도리 도리질을 한다.

이후로 논의는 일사천리로 진행된다. 위만기는 자신이 아는 무면에 대해 모든 것을 말해 준다. 사람들은 그의 이야기 가운데 보름달이 뜰 때면 무슨 일인지 몰라도 무면이 머리털을 쥐어뜯으며 괴로워한다는 사실에 주목한다. 무인이 평정심을 잃으면 아무래도 제 실력을 발휘하기 어려운 법. 사람들은 오는 보름밤에 거사하기로 하고 약속 장소 등 세부 사항을 정한다.

타락천사는 변했다. 이가의 경이로운 솜씨를 보며 승부욕으로 뜨거운 피가 급류했다. 이가는 한 차원 높은 경지에 오른 고수이다. 타락천사는 운 좋게도 이가의 실력을 감상하는 동안 새로운 눈이 틔었다. 이래서 견식이 필요하다. 우물 안 개구리여서는 발전이 없다.

비욘드월드로 승천할 수 있는 기회가 한 걸음 더 다가왔다는 사실은 고무적인 일이다. 타락천사의 꿈을 이루기 위해서는 그의 게이머인 내가 더욱 더 강해지지 않으면 안 된다. 온실 속의 화초처럼 나약한 마음을 밟히면 밟힐수록 끈질기게 번식하는 잡초처럼 만들어야 한다.

밤거리로 나선다. 어둠은 거칠고 폭력적이며 본능적이고 매혹적이다. 아라비아산 암말처럼 발육이 잘된 아가씨들은 조금이라도 자신의 몸을 더 드러내어 짝짓기 상대를 유혹하려 노력한다.

반면 남자들은 거세된 애완견처럼 수컷의 기능을 잃어 가고 있다. 이미 많은 놈들이 치열한 생존경쟁 속에서 살아남는 방법으로 나약함과 부드러움을 선택했다. 그리하여 강하고 씩씩한 여성들이 자기를 간택해 주기를 열망하며 주위를 빙빙 맴돈다.

그런 놈들을 경멸한다. 비욘드월드나 언더월드의 무사들을 보라. 자신의 검으로 운명까지도 갈라 개척하려는 진정한 사나이들이 아닌가. 눈앞에 거치적거리는 것은 베어 넘길 뿐 타협이란 없다.

눈에 힘을 주고 어깨를 쫙 펴고 길을 걷는다. 간혹 사람들과 눈길이 마주쳐도 예전처럼 피하거나 주눅들지 않는다.

나는 당당하다. 저 하늘 위의 어떤 존재가 김기림이라는 캐릭터를 만들어 놓고 고통스러워하는 것을 즐기려는 모양인데, 천만에 나는 아무렇지도 않다. 오히려 진정한 자아를 찾아가는 내가 대견하고 자랑스럽다.

진정한 자아가 뭐냐고? 나는 나라는 사실, 나는 누구보다 소중하다는 사실, 나는 이미 위대한 영혼이고 이곳에는 단지 경험하러 왔다는 사실, 이 모든 사실을 깨달은 자아가 진정한 자아이다.

단지 책에서 읽은 것을 인용할 뿐 체득한 것이 아니라고? 그래도 좋다. 적어도 진정한 자아를 깨닫기 위하여 고뇌의 사막을 낙타처럼 꿋꿋이 걷고 있으니까. 아득히 멀리 떨어진 북극성이 사실은 내 마음속에 있다는 것을 알고 있으니까.

포장마차에 들어가 술을 시킨다. 술잔 속 투명한 액체에는 진주가 들어 있다. 슬픔의 진주, 좌절의 진주, 굴욕의 진주, 분노의 진주, 내 영혼을 아프게 하는 모든 종류의 진주가 들어 있다. 나는 술을 소중하게 천천히 아주 천천히 마신다. 그 모든 진주를 사랑의 빛으로 껴안음으로써 지혜를 얻기 위해.

"오빠, 나 술 한잔만 사줄래?"

웬 여자가 곁에 앉으며 어깨로 내 어깨를 툭 친다. 사색에 잠겨 삶의 이치를 궁구하던 터라 화들짝 놀란다.

화장기 없는 얼굴은 이십대 중반으로 보이는데 초년고생이 심한 탓인지 삭은 모습이다. 잔주름 진 눈가에 기미가 끼고, 가는 목 밑으로 불퉁그러져 나온 빗장뼈가 애처롭다. 티셔츠에 가려진 가슴은 헐렁하고, 스커트 아래로 뻗은 다리는 당장이라도 부러질까 걱정스럽다. 암말처럼 싱싱한 아가씨들 가운데 어디서 비루먹은 암노새 같은 여자가 곁에 앉아 말을 건 것이다. 눈이 마주치자 히죽 웃는다. 의외로 천진스럽고 맑은 눈빛이어서 당혹스럽다.

근래 자주 찾은 탓에 낯이 익은 주인아저씨가 잽싸게 손가락으로 머리 위를 빙빙 돌리는 시늉을 한다. 조금 맛이 갔다는 신호이다. 그 사이 여자는 내 잔의 술을 홀짝 마셔 버리고 내 젓가락으로 닭똥집을 집어다 먹는다.

약간 맛이 간 게 마음에 걸리기는 하지만, 스스럼없이 내게 술 사달라고 한 최초의 여자이다. 얼굴도 그다지 밉상은 아니고 입성도 깨끗한 편이다. 그래, 사해는 동포라 했는데 사나이로서 술에 목말라 하는 아녀자의 소원 하나 못 들어주랴.

나는 술 한 병과 여자들이 좋아하는 오징어볶음을 추가로 시킨다. 주인아저씨는 쓴웃음을 지으며 고개를 흔들고는 음식을 준비한다. 나는 여자 앞의 비워진 술잔에 술을 따라 준다. 여자도 내 앞에 술잔을 놓고 술을 가득 따른다. 그 바람에 술이 넘쳐흐른다.

"어마, 피 같은 술 아까워라."

여자가 내 어깨를 치며 호들갑을 떤다. 어떻게 보면 다정한 연인 사이 같다. 여자가 정상일지도 모른다는 착각마저 든다.

"원샷!"

여자가 술잔을 딱 부딪치곤 단숨에 비워 버린다. 나도 따라 하다가 사레가 들려 캑캑거린다. 여자가 내 등을 탁탁 때린다.

"오빠, 술 잘 못 마시나 봐."

여자는 눈앞에 술병을 들고는 호통친다.

"나쁜 소주, 우리 오빠를 괴롭히다니. 에잇, 다 마셔서 없애 버리고 말 테다."

술병째 들이마신다. 목의 근육이 꿈틀꿈틀 움직이며 잘도 넘어간다.

나는 당황해서 술병을 빼앗아 내려놓는다.

"무슨 여자가 그렇게 병나발을 불어요. 여기 안주 먹어요."

여자가 의아한 얼굴로 바라본다.

"어, 이 오빠 착한 오빠네. 모두 소리치고 야단하는데."

여자의 얼굴은 어느새 복숭아 빛으로 물들어 있다. 문득 예쁘다는 생각이 든다.

"내가 수수께끼 낼게 알아맞혀 봐."

나도 모르게 끄덕거린다. 입가에 미소가 감돌았는지 아닌지는 모르겠다.

"포경수술을 하고 나오다가 뒤로 넘어졌다를 일곱 글자로 하면?"

잠시 생각하다가 고개를 흔들어 모르겠다는 표시를 한다.

"에이, 아무 거나 생각나는 대로 말해 봐."

"무지무지 아프다."

썰렁한 대답인데 여자는 손사래를 치며 허리를 꺾고 웃는다. 한참 웃다가 갑자기 고개를 들고 차갑게 얼굴을 굳힌다.

"좆 까고 자빠졌네."

"뭐?"

여자는 또박또박 힘주어 말한다.

"좆, 까, 고, 자, 빠, 졌, 네."

화가 나서 자리를 박차고 일어선다. 손이 나가려는 것을 사나이의 마지막 자존심으로 겨우 참는다.

여자가 요사스럽게 웃는다.

"오빠, 왜 그래? 수수께끼 답을 말한 건데."

여자는 나를 잡아 앉힌다.

"오빤 유머도 없어. 토라졌나 봐. 무슨 남자가 그렇게 마음이 좁아."

나는 쓴웃음을 지으며 앉는다. 생각해 보니 수수께끼의 답이 맞긴 맞다. 그러나 흥은 이미 멀리 달아나 버린다.

소주잔을 벌컥 기울여 마음을 안정시킨다. 내가 두 잔을 마실 때 여자는 나머지 한 병을 거의 다 비워 버린다. 복숭아 빛이었던 얼굴이 점차 잘 익은 홍시 빛으로 짙어진다. 눈 주위만 하얀데, 눈빛이 번들거리는 게 예사롭지 않다. 슬슬 불안한 마음이 든다. 주인아저씨도 걱정스러운 눈으로 힐끔힐끔 쳐다본다.

말없이 안주만 먹던 여자가 고개를 들고 활기차게 말한다.

"이번에도 성인 수수께끼. 남자가 좋아하는 여자는?"

"안 해."

나는 단호하게 거절한다.

"왜 안 해. 남자가 좋아하는 여자는?"

나는 입을 꾹 다물고 고개를 흔든다.

"속 좁은 여자."

여자가 악을 쓰며 잔의 술을 내 얼굴에 끼얹는다.

"너도 속 좁은 여자 좋아하지. 사내새끼들은 똑같아. 여자만 보면 개가 되어 덤벼들어."

주인이 여자를 밖으로 밀어낸다.

"가. 경찰 아저씨 부르기 전에 어서 가."

조금 후 주인이 들어와 탁자를 정리하며, 넋이 나가 앉아 있는 내게 한마디 한다.

"아저씨, 잘 참으셨어요. 평상시 같으면 또 맞았을 텐데."

"젊은 여자가 안됐네요."

마음을 진정시키며 아무렇지도 않은 듯 대범을 가장한다.

"원래 조금 모자라는데, 사내놈들 몇 명한테 윤간을 당하고 저렇게 됐대요. 그것도 동네 오빠가 정 떼게 하려고 시킨 거라나 뭐라나, 쯧쯧."

"그래도 순순히 갔네요."

"경찰을 그렇게 무서워해요. 경찰 부른다고 하면 도망가요."

깊고 푸른 어둠이 출렁이는 밤, 슬픔의 파도가 가슴을 적신다. 아, 이 혼돈의 시기, 병들고 고통에 신음하는 불쌍한 영혼들을 어찌해야 옳단 말인가. 마음이 무겁다. 털어 넣는 술이 목구멍에서 딸꾹 받치며 역류한다.

Chapter 4

타락천사

존재의 변화

하나

밤바다 위에 솟은 달은 외롭다. 가없는 천공(天空)에 걸린 작은 은빛 등불처럼 덩그러니 바다를 비춘다. 창백한 은빛 물비늘은 수평선 끝에서 바다를 가로질러 육지까지 이어진다. 그래서 달이 뜬 바다는 소복을 입은 듯 청초하다.

자잘한 자갈이 깔린 해변으로 파도가 밀려올 때마다 자글자글 돌 끓는 소리가 들린다. 바다와 잇닿은 곳에는 책을 얼기설기 쌓아놓은 듯한 기암절벽이 솟아 있는데, 바닥 한가운데 검은 동굴이 보인다. 밀물 때는 바닷물이 들어차고, 썰물 때는 빠져나간다. 대굴시에는 이런 동굴이 많다. 큰 굴이 많아서 대굴이라는 지명이 붙었다.

썰물 때라 뻥 뚫린 동굴이 어둠을 가득 머금어 괴기스럽다. 이가는 옷소매 속에 팔을 마주 넣고 바다를 보며 상념에 잠겨 있다. 수심린은 동굴 곁에 앉아 돌장난을 치고, 공손혁은 철필로 바닥에 뭔가를 쓰고 있다. 타락천사는 바위에 기대앉아 술을 마신다.

달이 조금 더 높아지자, 절벽 위에서 중간중간 튀어나온 바위를 밟으며 한 사나이가 경쾌하게 내려온다. 허리에 부엌칼을 달랑 찬 인간 백정 포정이다.

이가: 늦었군.

포정: 미안하오. 대신 내가 앞장서겠소.

이가: 잠깐, 자네들에게 부탁이 있네.

이가는 제일 연장자인지라 자연스럽게 말을 놓는다. 주위에 선 사람들을 담담한 눈빛으로 둘러본다. 거역할 수 없는 위엄이 담긴 눈빛이다.

이가: 내가 먼저 무면과 싸우겠네. 그와는 청산할 빚이 있거든.

포정: 애초의 약속과 다르지 않소.

이가: 나는 무리를 지어 싸우겠다는 약속을 한 적이 없네. 그리고 자네들도 손해는 아닐 텐데. 나와 무면, 둘이 싸우면 하나는 죽겠지만, 나머지 하나도 성하지는 못할 게야. 물론 내가 살아남더라도 자네들에게 도전할 기회를 주지. 어차피 황금 1만 냥은 한 사람이 차지해야 하니까 말이야. 어떤가?

이가의 제안에 사람들은 제각기 머릿속으로 주판을 튕긴다. 이가의 실력은 분명 뛰어나다. 다섯이서 힘을 합하여 무면을 쓰러뜨린다 해도 돈을 차지하기 위해서는 살아남은 사람들끼리 다시 승부를 내야 한다. 그때는 이가가 가장 이득을 볼 것이다. 그러나 무면과 이가 단둘이 싸운다면 누가 이기든 제 실력을 발휘하기 어려울 것이다. 가장 강한 상대가 없어지는 셈이다. 결코 손해 보는 장사가 아니다.

네 사람의 눈길이 교차한다. 무언 중 서로의 의견을 묻는다. 모두 찬성의 뜻을 보이자, 수심린이 나선다.

수심린: 좋아요. 당신 뜻대로 하겠어요. 대신 우리에게 기회를 준다

는 약속은 꼭 지키셔야 해요.

이가: 허허, 사내대장부가 일구이언을 하겠소.

이가는 가볍게 웃으며 앞장서 동굴로 들어간다. 사람들의 발소리가 동굴에 울리어 과장스럽게 확대된다. 멀리 등불이 보인다. 굴이 갈라지는 곳에 길잡이로 걸어놓은 것이다. 봉검문에서 준비해 놓았으리라.

이 동굴이 무면이 머무는 별채와 연결되어 있음을 알려준 것도 봉검문이다. 봉검문도 대다수는 무면을 증오하지만, 개중에는 무면에게 빌붙어 영화를 누리려는 자들도 있다고 한다. 어딜 가나 제 잇속만 차리려는 영악한 배신자들은 있기 마련이다. 봉검문에서는 무면과 배신자들이 눈치채지 못하도록 이 비밀통로를 알려 주었다.

동굴은 앞으로 갈수록 좁아지며 양의 창자처럼 꼬불꼬불 휘어진다. 그때마다 횃불을 켜 두어 길을 잃지 않도록 배려해 놓았다.

한 시진 정도 걸었을까, 이가가 돌아서며 소리를 죽이라는 시늉을 한다. 뭔가 기척을 느낀 모양이다. 모두 숨죽여 소리 없이 걸어간다. 잠시 후, 타락천사의 귀에도 "쿵쿵" 하는 소리가 들려온다. 그 소리는 가까이 갈수록 무시무시한 굉음으로 변한다.

이게 사람이 내는 소리라면? 사람들의 얼굴색이 변한다. 이가의 얼굴도 약간 굳어진다.

이윽고 굴은 끝나고 바퀴처럼 커다란 돌이 가로막는다. 이가가 힘을 주어 돌을 옆으로 밀자, 소리 없이 굴러가며 밖이 드러난다.

그들이 나온 곳은 풀숲이다. 앞에는 넓은 연못이 있고, 연못 한가운데에 봉래산을 본떠 만든 가산(假山)이 솟아 있다.

가산에는 집채만 한 바위가 있는데, 한 노인이 허연 머리털을 휘날리며 쇠몽둥이로 바위를 때려 부수고 있는 중이다. 한 번씩 내려칠 때마다 굉음과 함께 바위가 산산조각 부서져 나간다. 그러다 갑자기 하늘을 향해 광소를 터뜨리더니 머리털을 쥐어뜯으며 주저앉는다. 등을 보이고 고통스러워하던 노인이 휙 이쪽을 돌아본다.

얼굴을 보는 순간 가슴이 덜컹하며 오싹 소름이 끼친다. 좌우로 나란히 있어야 할 눈이 대각선으로 붙어 있고, 위아래로 있어야 할 입과 코가 좌우로 나란히 붙었다. 양 귓바퀴는 뜯겨 나갔으며, 코는 내려앉아 구멍만 뚫려 있고, 입 한쪽이 뭉개져 반쪽만 남아 있다. 제자리에 붙어 있는 것이라곤 양 눈썹뿐인데, 그게 더 기괴한 느낌을 준다.

노인은 눈을 번뜩이며 이쪽으로 몸을 날린다. 중간에 수면을 발로 차 다시 떠올라 단숨에 날아온다. 등평도수의 수법이다. 그러나 내려설 때는 이미 눈빛에서 흥미가 사라진 후이다. 그 짧은 순간 프로필을 다 본 모양이다.

무면: 하나같이 서열이 낮은 애송이들이로구나. 오늘은 손에 피를 묻히기 싫다. 가거라.

이가: 악덕을 쌓더니 아예 괴물이 되었군.

무면: 날 아느냐?

이가: 전전생엔 광도 괴수수, 전생엔 백수광부, 현생엔 무면.

타락천사의 내부에서 콰릉 뇌성이 울리고 뇌편이 온몸 구석구석을 찢으며 번쩍인다. 저도 모르게 앞으로 나서려는 것을 수심린이 팔을 꽉 잡으며 눈짓한다. 타락천사는 솟구치는 원한을 지그시 누른다. 한 순간의 분노로 큰일을 그르칠 정도로 마음공부가 덜 되지는 않았다.

무면: 나를 잘 아는군. 그렇다면 나도 널 아는가?

이가: 물론.

무면: 넌 날 중요시한 모양인데, 아쉽게도 난 널 옆집 개처럼 하찮게 여겼는지 기억이 나질 않는군.

이가: 이걸 보면 기억하는 데 도움이 될 거야.

이가가 소매에 끼었던 양팔을 뺀다. 양손에는 섬뜩한 날이 좌우로 갈라진 단도를 쥐고 있다. 그 모습을 본 무면이 얼굴을 괴상망측하게 일그러뜨리며 낄낄거린다.

무면: 흐흐흐, 사제로군. 옛일이 그리웠던 겐가?

이가: 널 찾아 삼생(三生)을 헤맸다.

무면: 미련한 놈. 그깟 원한으로 삼생이나 쫓아다녔단 말이냐.

이가: 네가 스승님을 시해하고 사제인 날 병신으로 만들었을 때, 널 지옥까지 쫓아가 복수하겠다고 결심했다.

무면: 네 독기를 보니 오늘 맹세를 깨뜨리지 않을 수가 없구나.

불현듯 무면이 하늘을 향해 광소를 터뜨리며 울부짖는다.

무면: 가인, 보았소? 당신과 함께하던 십오야만큼은 손에 피를 묻히지 않으리라 맹세했건만, 그마저 하늘이 돕지를 않는구려. 어쩔 수 없이 악업을 지으니, 곧 당신을 만나 용서를 빌겠소.

이가: 너야말로 미련하구나. 전생에 검치존자에게 얼굴이 떡이 되도록 맞아죽은 주제에 성녀 가인을 만나겠다고? 지나가는 개가 웃겠다.

무면: 검치! 검치! 네놈이 내 앞에서 검치 이야기를 꺼내다니 죽고 싶어 환장을 했구나!

무면이 두 눈을 이글거리며 다짜고짜 쇠몽둥이로 이가를 내리친다. 이가도 물러서지 않고 오른쪽 단도로 쇠몽둥이를 막으며 왼쪽 단도로 무면의 아랫배를 찔러 간다. 무면은 오른발로 이가의 왼쪽 팔목을 차며 쇠몽둥이를 교묘히 틀어 이가의 어깨를 노린다. 이가가 그림자처럼 옆으로 돌며 무면의 허리와 등을 동시에 찌른다. 무면 역시 소리 없이 몸을 뒤틀어 꺾는다.

몸놀림이 어찌나 빠른지 두 개의 그림자가 어른어른 붙었다 떨어졌다 하는 것 같다. 그토록 격렬히 싸우면서도 공기 끊어지는 소리만 들릴 뿐 고요하다. 순간순간 피함과 동시에 공격 방향이 바뀌기 때문에 쇠붙이나 몸이 부딪힐 틈이 없다. 대신 그들이 싸우는 주위로 어머어마한 압력이 생겨 숨쉬기조차 거북하다.

그 장면은 탄성을 넘어 경이롭다. 초절정고수들의 경지가 어느 정도인가를 보여주는 산경험이기도 하다. 싸움을 구경하는 사람들의 안색이 어둡다.

타락천사는 두 눈을 부릅뜨고 싸움 장면을 지켜본다. 견문을 넓히는 데 두 번 다시없는 좋은 기회이다. 육체의 눈으로는 볼 수가 없다. 마음의 눈을 떠야 볼 수 있다. 정신을 집중하여 화면의 2차원 영상을 머릿속의 3차원 영상으로 재구성한다. 어른거리던 모습이 차차 윤곽이 잡혀 간다.

두 사람의 몸놀림은 약간의 군더더기도 없다. 한 수 한 수가 치명적인 급소를 노리는 살수들이다. 서로를 잘 아는 만큼 익숙하게 싸운다. 시간이 흐를수록 둘 사이의 우열이 조금씩 드러난다. 이가가 물러서는 횟수가 잦아진다.

마침내 쾅 소리와 함께 처음으로 무기가 부딪친다. 무면이 한 발 물러선 데 비해 이가는 쿵 쿵 쿵 세 발작이나 물러선다. 기회를 놓치지 않고 무면이 달려든다.

힘의 균형이 깨어지자, 쇠붙이 부딪치는 소리가 요란해진다. 무면의 살벌하고도 무자비한 공격에 이가의 상처가 늘어 간다. 물론 무면도 성치는 않아 몇 군데 부상을 입는다. 그러나 공력이 떨어지는 속도가 이가가 배 이상 빠르다.

공력이 얼마 남지 않았음을 깨달은 이가의 눈빛이 다급해진다. 이를 악물고는 쇠몽둥이에 온몸을 노출시키며 과감하게 달려든다. 동귀어진의 수법이다.

순간 무면의 쇠몽둥이에 이가의 왼쪽 어깨에서 가슴까지가 뭉텅 함몰된다. 대신 무면의 단전에는 이가의 단도가 손잡이까지 꽂혀 있다. 무면이 얼굴을 찡그리며 이가를 발로 힘껏 찬다. 이가는 바위에 날아가 즉사한다. 무면이 아랫배의 단도를 뽑으며 돌아선다. 워낙 괴상하게 생긴데다가 피까지 철철 흘리는 모습이 야차 같다.

무면: 귀찮으니 한꺼번에 덤벼라.

네 사람이 눈짓을 교환한다. 상상초월의 괴력을 지닌 무면이지만 공력이 겨우 4성 남짓 남았을 뿐이다.

네 사람이 막 둘러싸려는 순간, 무면의 몸이 앞으로 튕겨나가며 철필서생 공손혁을 덮친다. 황급히 공손혁이 뒤로 물러서며 철필로 길 영(永) 자를 그린다. 영자팔법(永字八法)에 근거를 둔 독문절기로 기운점, 가로그음, 내려그음, 갈고리, 치침, 삐침, 쪼음, 파임이 한꺼번에 펼쳐지며 무면을 노린다.

그러나 무면은 단 한 번 쇠몽둥이를 휘둘러 쇠붓을 튕겨내고 번개처럼 왼손으로 공손혁의 목을 감아 돌려 세운다. 너무 갑작스러운 일이라 무면을 노리던 타락천사의 검이 공손혁의 심장을 찌른다. 아차 싶은 순간 타락천사는 손에 힘을 더욱 준다. 검이 공손혁을 관통하여 무면의 가슴까지 파고든다. 뜻밖의 일격에 무면이 공손혁을 밀치며 물러선다. 제법 큰 상처가 나 피가 흐른다.

무면: 제법 무정(無情)의 묘(妙)를 아는 놈이로구나.

타락천사: 네놈이 나를 이렇게 만들었지.

무면: 사나이가 풍진 세상을 살다 보면 원한도 살 수 있는 법, 네가 누구였던 중요치 않다.

타락천사: 오늘로 넌 사라질 텐데 내가 누구인지 모른다면 섭섭하지. 전생의 창천신룡 옥기린이 나다.

무면: 하하하, 내 도끼에 맞아 눈물, 콧물을 날리며 똥줄 빠지게 내빼던 놈이로구나. 그래도 검치 놈은 제자라고 날 이 지경으로…… 검치의 제자, 이노옴!

무면이 전생에서 검치존자에게 맞아죽은 일이 갑자기 떠올랐는지 이를 갈며 덤벼든다.

타락천사는 냉정하게 무면의 공격을 막는다. 무면의 남은 공력은 3성이 채 되지 않으나 쇠몽둥이의 위력은 여전하다. 그래도 타락천사는 예전처럼 일방적으로 밀리지 않고 용케 막아낸다. 뿐만 아니라 간간히 반격도 나선다. 무위검이 어느 정도 경지에 올랐음인가, 마음이 가면 어느새 검이 따라 움직인다. 양옆에서 수심린과 포정이 합공을 하자 전세는 팽팽해진다.

무면이 버럭 소리를 지르며 쇠몽둥이를 반으로 잘라 양손에 들고는 타락천사에게 달려든다. 쇠몽둥이가 2개로 늘자, 타락천사의 손발이 흐트러지며 여기저기서 피가 튄다. 위기의 순간 수심린이 중간에 뛰어들어 무면의 목을 가른다. 무면은 고개를 젖히며 수심린의 아랫배를 발로 차버린다. 수심린이 저만큼 날아가 뒹군다. 무면의 목에는 혈선이 그어져 피가 흐른다. 조금만 더 깊었으면 목이 달아날 뻔했다.

무면은 분노를 참지 못하고 수심린이 쓰러진 곳으로 날아가 쇠몽둥이를 휘두른다. 타락천사가 뛰어들어 가까스로 쇠몽둥이를 막는 순간, 포정이 무면의 등을 식칼로 갈기갈기 그어 버린다. 무면이 홱 돌아서며 양손으로 포정을 꽉 껴안고는 이마로 사정없이 박치기를 한다. 쉬지 않고 얼굴을 박아대자, 포정의 얼굴도 무면처럼 뭉개지며 즉사한다. 그 틈을 타서 타락천사가 뒤에서 무면의 등을 찌른다. 무면이 손을 돌려 등에 박힌 검을 잡고는 힘을 주자 뚝 소리와 함께 검이 부러진다.

무면이 부러진 검날을 든 채 천천히 돌아선다. 무면의 초인적인 힘에 타락천사가 질려서 물러선다. 무면이 히죽 웃는가 싶더니 와락 달려들어 타락천사를 껴안고는 목을 덥석 물어 버린다. 타락천사의 눈이 뒤집히며 입에서 공포에 질린 비명이 흘러나온다. 수심린이 비틀거리며 다가와 무면의 목에 검을 깊숙이 찌른다. 무면의 손이 기묘한 각도로 꺾어지며 수심린의 가슴에 부러진 검날을 꽂아 넣는다.

정지된 그림처럼 세 사람이 붙어 서 있다. 한 줄기 바람이 무심하게 지나간다. 이윽고 세 사람 중 무면이 스르르 내려앉는다. 점차 흐려지더니 바람에 날려 사라진다.

타락천사와 수심린은 서로의 몸을 의지하여 서 있다. 상대편 심장이 가쁘게 벌떡이는 소리가 들린다. 두 사람은 서로의 따뜻한 체온을 느끼며 살아 있음을 절감한다. 둘 모두 남은 공력은 1성이 채 안 된다.

이윽고 수심린이 몸을 뗀다.

수심린: 당신이 정말 풍류협객 옥기린의 후신인가요?

타락천사: 그렇소.

수심린: 그랬군요. 그래, 그랬어.

수심린이 작은 목소리로 망연히 되뇐다.

안채 쪽에서 함성과 병장기 부딪치는 소리가 들려온다. 무면이 죽은 것을 알고, 봉검문에서 배신자들을 처단하는 모양이다. 싸움은 곧 끝나고 별채로 사람들이 몰려온다. 문파를 되찾은 기쁨에 찬 봉검문 사람들이다.

가슴이 벅차다. 생애 최초로 패배의 치욕과 죽음의 공포를 안겨 준 백수광부, 그의 후신 무면을 드디어 꺾었다. 비록 여러 사람이 힘을 합친 결과이지만, 불가능해 보이던 일을 이루어 냈다.

무면의 게이머는 대단한 집념을 지닌 자이다. 혹시라도 복수심이 약해질까 봐 전생에서 검치존자에게 맞아 죽을 때의 모습 그대로 무면을 창조하여 환생시켰다. 전전생의 광도 괴수수로서 무성의 자리에 있을 때 보름밤마다 가인을 만났을 테니, 가인에 대한 연모의 정도 유달리 애틋하리라. 그러기에 보름밤에는 살생을 하지 않겠다고 맹세까지 한 게 아닐까. 그는 가인을 되찾기 위해 몇 번이고 환생을 거듭할 것이다.

침대에 풀썩 몸을 눕힌다. 아직도 숨이 가쁘고, 등이 축축하다. 손가락 하나 까닥할 힘도 없이 녹초가 되었지만, 마음은 흐뭇하다. 이번 일의 가장 큰 성과는 가능성과 자신감이다. 정말로 가인 곁에 있을 수 있다는 가능성, 그리고 반드시 해낼 수 있다는 자신감.

꿈을 이루어 나가는 과정이란 얼마나 대견하고 뿌듯한 일인가. 나는 지금 스스로가 자랑스럽고 사랑스러워 견딜 수가 없다.

그래 봤자 사이버 세계일 뿐이라고? 모자란 놈. 이놈아, 넌 네가 현실이라고 믿는 지금 여기가 어디라고 생각하느냐?

예전에 현자가 물었다. 여기 한 임금이 있다. 그는 원하는 것은 무엇이든 손에 넣을 수가 있지만, 잠만 들면 추위와 굶주림에 고통 받는 거지가 된다. 반대로 한 거지가 있다. 비록 남에게 구걸한 음식으로 연명하고 옷 한 벌로 겨울을 나지만, 잠만 들면 임금이 되어 온갖 호사를 다 누린다. 너희는 누가 행복하다고 생각하느냐?

미련한 자들은 주저 없이 현실의 임금이 행복하다고 대답할지 모른다. 그러나 현실이든 꿈이든 느낌은 같다. 정답은 거지든 임금이든 스스로가 행복하다고 생각하는 자이다.

현실의 노예가 되지 마라. 너는 어제 먹었던 음식의 맛을 기억하는가? 일 년 전 그녀와의 첫 키스의 느낌을 기억하는가? 꿈이든 현실이든 시간이 흐르면 잊혀진다. 과거란 이미 내 것이 아니다. 살아 있는 나를 감동시키고 흥분시키는 것은 바로 지금 여기에서 일어나는 일뿐이다.

24시간 잠만 자는 숲속의 미녀가 불행하다고 생각하는가. 그녀는 꿈속에서 누구보다 행복하게 지낼지도 모른다. 오히려 꿈에서 깨어나 왕자와 결혼한 후에 불행해질 가능성이 크다. 4차원의 꿈세계를 자유로이 유영하던 영혼이 3차원의 한시적이고 불완전한 육체에 갇힘으로써 시공의 노예가 되기 때문이다.

내가 깨어 있는 시간의 대부분을 투자하는 2차원의 사이버 세계는 어떠한가. 나는 이 세계에서 꿈과 사랑을 키우고, 열정과 심혈을 쏟아부으며, 오욕과 칠정을 느낀다. 현실에서는 느낄 수 없는 나 자신의 존재감을 절절이 느낀다. 그렇다면 내게 소중한 세계는 어디인가.

내 생각을 당신들에게 납득시키고자 하는 욕심은 없다. 다만 한 가지 바라는 게 있다면 사고(思考)의 벽을 헐고 모든 가능성을 자유롭게 받아들이라는 것이다. 이 또한 즐겁지 아니한가.

어쨌든 무면이라는 거인을 꺾을 수 있었다는 것은 고무적인 일이다. 타락천사는 겉멋만 든 전생의 옥기린에서 정신적으로나 육체적으로 한 단계 더 성숙한, 진정한 무인이 되었다.

하지만 자만해서는 안 된다. 마지막에 수심린의 도움이 없었다면 오히려 생명을 잃은 것은 타락천사였을지 모른다. 아직 무면이나 이가와 같은 실력에는 못 미침을 인정해야 한다.

상인연합회의 부탁을 들어 주었으니, 이제 곧 서열이 100위 이내인 초절정고수를 찾을 수 있게 되리라. 물론 그 전에 이번 싸움에서 살아남은 수심린과 해결해야 할 일이 남아 있다.

아아, 너무 피곤하여 깊이 생각하고 싶지 않다. 우선 휴식을 취해야겠다. 이 세상에 복잡한 일이란 없다. 프타아는 말했다. 마음이 노래하는 대로 행동하라고. 이 세상에 결코 잘못된 판단은 없다고.

⚔ 둘

대굴시의 진산(鎭山)인 망양산(望洋山) 정상에는 돌로 만든 정자가 있다. 대굴시의 5경 가운데 하나인 망양산의 연모정(戀慕亭)이다. 멀리 서해의 낙조를 바라보며 사랑을 빌면 이루어진다는 전설이 어린 곳이다.

타락천사가 망양산을 오른다. 그리 높지 않은 산이라 반 시진가량 오르니 정상이 보인다. 연모정에 한 여인이 난간에 기대어 하염없이 낙조를 바라본다. 해는 곱게 화장을 한 얼굴로 수줍게 바다를 향해 내려앉고, 구름은 노랑에서 보라까지 휘황찬란하게 물들어 신방을 꾸민다.

활활 타오르는 하늘을 배경으로 서 있는 수심린의 모습은 당장이라도 선녀가 되어 하늘로 오를 것만 같다. 너무 아름다워서일까, 타락천사의 가슴이 우련히 아파오는 까닭은.

타락천사가 다가가도 수심린은 고개를 돌리지 않고 낙조만을 바라본다. 갸름한 얼굴의 솜털에 노을 가루가 분처럼 배어 있다. 타락천사도 곁에 서서 상념에 잠긴다. 나란히 선 두 사람은 다정한 연인 같다.

수심린: 어릴 적에는 노을 속으로 계속 걸어가면 꿈꾸던 세계가 있

을 것만 같았어요.

타락천사: 나도 노을이 좋았소. 아무래도 노을빛에는 영혼을 유혹하는 마법의 성분이 있는 것 같소.

수심린: 영혼을 부르는 그곳이 어딜까요?

타락천사: 편견이 없는 곳, 참된 사랑을 느낄 수 있는 곳, 서로의 빛나는 영혼을 볼 수 있는 곳.

수심린: 그런 곳이 있을까요?

타락천사: 있으리라고 믿소. 상상은 가능성을 내포하니까.

두 사람 사이에 침묵이 흐른다. 석양은 한껏 풍만해진 몸으로 수평선 아래로 가라앉고, 바다와 하늘은 타오르는 정열을 감추지 못하고 합환의 의식을 치른다. 그러나 환희도 잠깐, 황홀하게 타오르던 빛살은 점차 스러지고, 남빛 하늘에 별들이 초롱초롱 불을 켜기 시작한다. 모든 게 한바탕 꿈을 꾼 것만 같다.

타락천사: 시간이 된 것 같소.

수심린: 승패를 결정짓자는 말이군요.

타락천사: 그 때문에 날 이리로 부른 게 아니오.

수심린: 여기도 똑같이 사람 사는 세상인데, 구태여 비욘드월드로 승천하려는 이유가 뭔가요?

타락천사: 만나야 할 사람이 있소.

수심린: 여인인가요?

타락천사: 그렇소.

수심린이 입을 다문다. 바람이 스산히 분다. 수심린의 긴 머리털이 펄펄 날려 타락천사의 어깨와 볼을 어루만진다. 머리카락 한 가닥 한 가닥이 애소하듯이 아른아른 물결친다.

수심린: 제안할 게 있어요.

타락천사: 말씀하시오.

수심린: 우리의 승패는 마지막까지 미루기로 해요.

타락천사: 좋소.

타락천사는 잘된 일이라고 생각한다. 수심린 덕분에 세 번이나 죽음의 위기에서 벗어났다. 아무리 정을 버렸다지만, 생명의 은인과는 될 수 있는 대로 결투를 피하고 싶다.

합의를 마친 두 사람은 산을 내려간다. 중턱에 낡은 사찰이 몸을 웅크리고 앉아 있다. 폐사인 양 중들은 보이지 않는다. 지외천의 비밀 접선 장소 중 하나이다. 이미 대금은 상인연합회를 통하여 지불되었으므로 알고 싶은 정보만 얻으면 된다.

경내의 대웅전에서 희미한 불빛이 새어 나온다. 두 사람은 망설임 없이 안으로 들어선다. 불단에는 등신대의 낡은 목불상이 봉안되고, 그 앞에 놓인 촛불이 어둠을 힘겹게 밀어낸다.

목불상 뒤에서 커다란 그림자가 어른거리며 누런 가사를 입은 괴인이 나타난다. 금빛 머리털은 봉두난발이고 얼굴 전체에 수염이 가득하여 원숭이를 보는 듯하다. 이름 금원법사(金猿法師), 지외천의 요원이다.

금원법사: 손님은 한 분이라고 들었소만……?

수심린: 어차피 지외천에서는 초절정고수 한 명의 인적 사항만 알려 주면 되는 게 아닌가요?

금원법사: 1인 1정보가 원칙이오만, 대굴시 제일미인 수낭자의 뜻이니 어쩔 수 없구려. 서열 몇 위의 고수를 원하는지 말하시오.

타락천사: 가능하면 서열이 높을수록 좋겠소.

금원법사: 시주께서는 조금 깊이 생각하는 게 어떻소?

타락천사: 무슨 뜻이오?

금원법사: 서열이 너무 앞이면 당신들이 찾기도 전에 승천할 가능성이 있지 않겠소.

수심린: 찾아갈 여유가 있어야 하니, 서열 10위 이후가 좋겠어요. 결정권은 타락천사에게 양보하지요.

금원법사: 잘 생각해서 결정하시오. 초절정고수라 해도 실력의 우열이 있고, 은거한 곳이 멀리 떨어진 변경 오지인 경우도 있소.

타락천사: 서열 10위로 하겠소.

금원법사: 허허허, 성질이 급하시구려. 서열 10위라…… 흠, 반은 운이 좋고, 반은 운이 안 좋소.

수심린: 궁금하군요.

금원법사: 운이 좋다 함은 상대가 그다지 멀지 않은 곳에 거처함을 뜻하고, 운이 좋지 않다 함은 실력이 초절정고수 중 상위권에 속함을 이르오.

수심린: 자세히 말해 주세요.

금원법사: 이름은 용대운(龍大雲), 전적은 1전 1승. 청주 동해의 작은 섬 벽란도(碧瀾島)에 사는 어부이오. 언더월드 초기부터 부인과 함께 이주하여 고기를 잡으며 평범하게 살고 있소. 석 달 전 육지로 사흘간 외출을 한 적이 있는데, 그때 서열 37위였던 독비검객(獨臂劍客) 서달(徐達)을 꺾고 돌아온 것으로 보이오. 그것이 유일한 전적이오. 서열은 37위였으나 실력상으로는 열 손가락 안에 들던 서달을 꺾은 것으로 미루어 만만치 않은 실력임을 알 수 있소.

타락천사: 그 외의 특징은?

금원법사: 그의 무예에 대해서는 알려진 바가 없소. 해서 덤으로 드리는 정보이오만, 독비검객 서달의 의형 독각검객(獨脚劍客) 양규(楊奎)가 혈안이 되어 그를 찾고 있소. 양규가 찾기 전에 당신들도 서두르는 게 좋을 거요. 그럼 좋은 결과가 있기 바라오.

절에서 나온 타락천사와 수심린은 각기 생각에 잠겨 밤길을 걷는다. 타락천사는 당장이라도 찾아가 싸우고 싶다. 언제부터인가 강한 자와 싸울 때의 그 짜릿한 느낌에 중독이 돼가고 있는 것 같다. 생사를 걸고 모든 감각을 총동원하여 싸우노라면 뇌에서 강력한 환각물질이 분비되어 쾌감을 느끼게 되는 것은 아닐까.

마을로 들어서자, 주점이 보인다. 두 사람은 약속이라도 한 듯 안으로 들어선다.

타락천사: 독각검객이라는 자도 용대운을 찾는다니 서둘러야겠소.

수심린: 그래야겠지요. 여장을 꾸려 내일 아침 출발하기로 해요.

타락천사: 그렇게 합시다.

수심린: 어쩌면 좋은 기회일지도 몰라요.

타락천사: 기회?

수심린: 독각검객은 독비검객의 의형이라 했어요. 그렇다면 그도 초절정고수일 확률이 높아요.

타락천사: 그렇군.

수심린: 용대운과 독각검객에게 각각 결투를 신청한다면, 우리끼리 승패를 겨룰 필요가 없지요.

타락천사: 맞는 말이오만, 독각검객이라는 자가 때맞추어 나타나 주느냐가 관건이 아니겠소.

수심린: 그렇게 되도록 만들어야지요.

타락천사: 일부러 정보를 흘린다……?

수심린: 용대운의 정보를 흘리더라도 그가 초절정고수라는 것을 아는 자는 독각검객 외에 없을 터이니 문제될 게 없지요.

타락천사: 여기서 벽란도는 열흘 거리요. 우리가 도착하기도 전에 독각이 찾아낼 수도 있소. 또 독각의 서열이 앞선다면 용대운을 찾기 전에 승천할 수도 있소.

수심린: 전생에서는 자못 여유로웠는데, 지금은 부정적으로 변했군요.

타락천사: 경우의 수를 말한 것뿐이오.

수심린: 아무리 작은 확률이라도 가능성이 있다면 시도해 봐야 하지 않을까요.

타락천사: 모든 걸 확실히 해두고 싶었을 뿐이오. 용대운을 찾을 확률이 가장 높으니까, 낭자가 용대운을 맡으시오. 나는 독각을 맡겠소. 계획대로 되면 좋고, 안 되더라도 독각을 찾아낼 거요. 만나기도 전에 그가 승천한다면 어쩔 수 없지만.

수심린: 고마운 말이군요. 하지만 용대운이 이기거나 내가 이기거나 당신에게는 또 한 번의 기회가 있어요.

타락천사: 용대운이 이긴다면 그렇겠지. 허나 용대운이 지더라도 당신과는 싸우지 않겠소.

수심린이 타락천사를 응시한다. 희미한 미소가 잠시 떠올랐다 사라진다. 고개를 숙이고 머리카락을 쓸어 올리며 술을 들이켠다. 안색이 창백하다. 커다란 눈이 빈 호수처럼 쓸쓸한데, 물새 한 마리가 지나가듯 어두운 그림자가 스친다.

두 사람은 말없이 술을 마신다. 밤은 깊어가고, 마루 틈에서 귀뚜라미 우는 소리가 들린다. 벌써 가을인가. 가을 밤 미인을 앞에 두고 술을 마시면서도 이 가슴은 왜 이리 황량한가.

운동을 끝낸 후 도시를 내려다보며 심호흡한다. 장난감같이 아기자기한 건물들이 밝게 빛난다. 도시에서 쏟아져 오른 불빛이 밤하늘을 비춘다. 그 불빛은 웅장한 남빛 밤하늘에 비하면 미약하기 그지없다. 하지만 신에 대한 인간의 저항이라는 점에서 의미가 있다.

인간은 자신을 창조한 신에게 외치고 싶은 것이다. 자신의 존재를, 자신의 의지를, 자신의 가치를. 그게 의미 있는 일일까. 내가 나를 인정하고 사랑하는 것만으로는 부족한 걸까.

왜 내가 피창조물이라는 이유만으로 창조자에게 승복해야 하는가. 그가 내게 고통을 줄까 봐 두려워서? 지금보다 행복해지기 위해서? 무로 돌아가지 않고 영원히 존재하고 싶어서?

부질없는 짓이다. 내가 하나의 영혼을 지닌 개체로서 존재하게 된 이상, 창조자와 나는 동급이다. 영혼이란 절대적 가치를 지닌 존엄한 것으로 그 누구도 유린하고 괴롭힐 권리는 없다. 창조하였다는 이유만으로 피창조자의 영혼에게 고통을 주는 것은 오만이자 독선이다.

보라, 피창조물인 타락천사는 창조자인 내게 얼마나 당당한가. 오히려 타락천사가 나를 변화시키고 있지 않은가.

나를 강하게 만든 것은 타락천사이다. 그리고 나는 다시 타락천사를 더욱 강하게 만들 것이다. 결국 타락천사와 나는 공존관계인 셈이다. 하나가 하나에게 예속된 관계가 아니라는 말이다.

그런데 나의 창조자이자 게이머인 누군가는 나와의 공존관계를 인정하지 않으려 한다. 내 위에 군림하며 내가 고통스러워하는 모습을 즐기려고만 한다. 너무 오만하다고 생각하지 않는가.

나는 가볍게 산을 내려온다. 몸은 가뿐하나 마음은 허전하다. 아무리 채우려 해도 채워지지 않는 블랙홀이 가슴 한구석에 있다. 그곳이 채워질 때까지 나의 방황은 끝나지 않으리라.

복잡한 인간의 거리로 들어선다. 포장마차를 찾아가 자리를 잡고 닭똥집과 소주를 시킨다. 주인이 웃으며 아는 체를 한다. 나도 오른쪽 입가를 찌릭 올려 답례를 보낸다. 고독한 사나이의 허무한 미소를 보낸 것인데, 남들은 썩소라고 부를지도 모르겠다.

닭똥집 굽는 냄새가 고소하다. 다 익기를 기다리지 못하고 우선 한 잔 들이켠다. 커어, 소리도 멋지게 내고는 오이를 집어 초고추장에 찍어 먹는다. 이삼일에 한 번 이 포장마차에 와서 소주 한잔 들이켜는 것이 습관이 되었다.

사나이가 혼자 앉아 술을 마신다. 불빛 희미한 포장마차 구석에 앉아 외로움을 마신다. 삼삼오오 짝을 지어 웃고 떠드는 속에서 영혼과 대작을 한다.

영혼이 묻는다. 외로운가. 내가 대답한다. 외롭다. 왜 외로운가. 나라는 캐릭터를 창조한 게이머를 믿을 수가 없기 때문이다. 너를 창조한 게이머와 너는 하나라는 생각을 안 해 봤는가. 내 마음에는 그에 대한 미움과 불신으로 가득 차 있는데, 어떻게 하나가 될 수 있는가. 내가 믿는 것은 나 자신뿐이다.

짜증이 난다. 순식간에 한 병을 비워 버린다. 취하기는커녕 정신이 말똥말똥하다. 포장마차를 나와 거리를 걷는다. 밤바람이 시원하다. 갑자기 '당신 현실의 밑바탕은 당신의 신념들입니다'라고 한 프타아의 말이 생각난다. 내 생각이 현실을 창조한다는 뜻이다. 그래, 이런 밍밍한 삶은 재미가 없으니, 사이버 세계에서와 마찬가지로 현실에서도 드라마틱한 느낌을 맛보고 싶다.

거짓말처럼 눈앞에 한 장면이 펼쳐진다. 골목에서 한 남자가 여자를 때리고 있다. 간간히 미친년이라는 소리도 들려온다. 여자는 얻어터지면서도 끈질기게 남자를 잡고 늘어지며 욕을 퍼붓는다. 그럴수록 더 얻어맞을 뿐이다. 여자의 얼굴이 낯익다. 바로 맛이 살짝 간 아가씨이다.

달려가서 여자를 걷어차려는 남자의 발을 잡아채 넘어뜨린다.

"어쭈, 넌 뭐야!"

불빛을 등지고 일어선 남자의 덩치가 괴물처럼 커 보인다. 두 방망이질치는 가슴과는 달리 입에서는 차가운 말이 흘러 나간다.

"오빠다."

"미친년 오빠면 너도 미친 새끼로구나. 잘됐다, 맛 좀 봐라."

놈의 주먹이 날아온다. 신기하게도 주먹이 똑똑히 보인다. 가볍게 피하며 정권으로 놈의 명치를 내지른다. 헉, 바람 빠지는 소리와 함께 놈이 인상을 쓰며 허리를 굽힌다.

울음을 그치고 멍하니 바라보는 여자를 잡아 일으킨다. 입술이 터지고 볼이 퉁퉁 부어 엉망이다. 분노가 확 솟는다.

놈이 허리를 일으키며 싸움 자세를 취한다. 제법 신중한 자세이다. 무슨 배짱인지 내 입에서 피식 비웃음이 새나간다. 놈이 얼굴이 시뻘게지며 달려든다. 속도가 너무 늦다. 몸을 낮추며 이번에는 놈의 음낭을 팔꿈치로 가격한다. "으으어." 이상한 비명을 지르며 고꾸라진다.

나는 여유 있게 여자를 부축하여 골목을 나온다. 편의점에서 물휴지를 사서 얼굴의 핏자국과 눈물자국을 닦아 준다. 음료수를 사들고 공원으로 가서 나란히 벤치에 앉는다.

"나 누군지 기억해?"

"술 사준 오빠."

조각난 영혼으로도 용케 기억한다.

"또 술집에 갔지?"

여자가 고개를 끄덕인다.

더 이상 말 안 해도 그다음부터 일어난 일은 뻔히 알 수 있다.

"이제 술집에는 가지 마. 나쁜 사람들 많아."

"태준이 오빠는 안 나빠."

"태준이 오빠가 누군데?"

"내 남자 친구."

"어디 있는데?"

"술집."

"어느 술집?"

"몰라. 그래서 찾아다니는 거야."

"전화를 하지."

"안 받아."

포장마차 주인아저씨의 말이 생각난다. 윤간을 당했다고. 그런데 남자친구가 정 떼게 하려고 일부러 시킨 거라고.

“어쨌든 모르는 사람한테 술 사달라고 하지 마. 그리고 혼자 밤늦게 돌아다니지도 마.”

“네가 뭔데 나한테 명령하는 거야.”

“밤늦게 다니면 경찰이 잡아갈지도 몰라.”

여자의 눈에 공포가 피어오른다. 벌떡 일어선다.

“경찰, 무서워. 집에 갈래.”

뒤돌아 달려간다. 나는 멀찌감치 떨어져 뒤쫓아 간다. 여자는 꼬불꼬불한 골목길을 올라간다. 허름한 집들이 다닥다닥 붙어 있는 달동네이다.

“은희냐.”

골목길에 나와 섰던 구부정한 할머니가 소리친다.

“아이고, 이것아, 언제 또 나간겨. 얼굴이 이게 뭐여. 또 어느 놈한테 맞은겨.”

할머니가 여자를 감싸 안는다. 여자가 울음을 터뜨린다. 넋두리와 울음소리가 불협화음을 이루며 어두운 골목을 무겁게 채운다.

우울하다. 프타아의 말에 따르면, 우리 모두가 3차원의 현실에 태어난 것은 경험을 위해서라고 하는데, 그렇다면 그녀 또한 그 모진 삶을 경험하기 위해서 이 세상에 왔다는 말인가. 그따위 경험을 하여 무엇을 배우려고? 아무리해도 이해가 안 가는 부분이다.

우울한 감정과는 달리 가슴 한구석이 뿌듯하다. 아까부터 느꼈지만 그 이유를 알 수가 없어 놔두고 있는 참이다. 뭔가 좋은 일이 있을 때 생기는 느낌으로 조금이라도 더 간직하고 싶다.

문득 그 이유가 밝혀진다. 그래, 철들고 처음으로 싸웠다. 그리고 그 덩치를 어려움 없이 이겼다. 평상시에는 꿈도 못 꿀 일을 해낸 것이다. 소심하고 겁 많던 김기림이 한 행위라고는 믿어지지 않는다.

싸울 때의 나는 김기림이 아니었다. 타락천사였다. 차갑고 냉혹하고 자신감 넘치던 그 행위는 분명히 타락천사의 행위였다. 어떻게 된 걸까. 타락천사의 능력이 내게 옮겨온 걸까.

셋

똑각똑각. 한 사나이가 부두를 걸어온다. 잘려 나간 왼무릎 아래는 투박한 나무 의족을 달고, 허리에는 고색창연한 검을 차고 있다. 부리부리한 눈과 텁수룩한 수염이 호쾌한 인상을 준다. 부두 끝까지 온 사나이는 몸을 날려 갑판에 내려선다. 불편한 몸임에도 배는 미동조차 안 한다.

타락천사와 수심린의 눈이 의미 있게 마주친다. 독각검객 양규가 틀림없다. 예상한 대로 두 사람의 뒤를 쫓아왔으리라.

타락천사와 수심린이 대굴시를 떠나 청주의 동쪽 해안인 이곳 영일포(迎日浦)에 오기까지에는 7일이 걸렸다. 10일 거리를 잠자는 시간도 아껴가며 달린 끝에 3일을 단축하였다.

두 사람은 여기까지 오며 객점에 머물 때마다 용대운이라는 자가 묵은 적이 있는지 물음으로써 그를 찾고 있음을 암시했다. 그것만으로 독각검객 양규를 유인하기에는 충분했다. 두 사람을 쫓아왔다는 증거로, 양규는 배에 탈 때 행선지를 묻지 않았다.

영일포에서 정기적으로 벽란도에 가는 여객선은 없다. 워낙 작은 섬이라 벽란도에 가려면 근처를 지나는 배를 이용해야 한다. 승객이 선장에게 돈을 얹어주고 부탁할 때에만 잠깐 들를 뿐이다. 여객선이라고는 하지만 황포를 단 돛단배로 승객은 20명 남짓하다.

돛단배는 바다를 향하여 나아가고, 타락천사는 뱃전에 기대 앉아 상념에 잠긴다. 햇볕은 다사롭고, 바람은 신선하다. 생사의 결전을 앞두고 있지만, 마음은 평온하다.

타락천사는 여기까지 오는 동안 마음속으로 무위검을 다듬고 또 다듬었다. 무면과 결전을 치른 후로 무위검의 취약점이 저절로 드러났기 때문이다. 그 결과 알고 있던 모든 무예가 하나로 좌악 결집되며 검리(劍理)가 트였다. 전생의 옥기린 때 계곡에서 맛본 것보다 더욱 통쾌하고 밝은 느낌이었다. 다시 한 단계 더 비약한 것이다. 이후로 마음은 하늘을 나는 기러기처럼 자유로워졌다.

똑각똑각. 갑판을 디디는 의족 소리가 들려온다. 부드럽게 온몸에 감겨들던 햇볕이 사라지고, 어두운 그늘이 진다. 실눈을 뜨고 올려다본다. 독각검객 양규가 커다랗게 버티고 서서 빙긋 웃는다.

양규: 곁에 앉아도 되겠나?

타락천사: 편한 대로.

양규: 여기 아리따운 아가씨도 동행인가?

타락천사: 그렇소.

양규: 벽란도로 가는 길이겠지.

타락천사: 맞소.

양규: 두 분에게 부탁이 있네.

타락천사: 듣고 결정하겠소.

양규: 내가 용대운과 먼저 싸우게 해주게.

타락천사: 싫소.

양규: 이유가 궁금하군.

타락천사: 당신과 용대운, 둘 다 필요하기 때문이오.

양규: 여기 아가씨와 자네, 둘이 한 명씩 상대하겠다?

타락천사: 그렇소.

양규: 허허허, 대단한 젊은이들이로군. 승천하고픈 마음은 이해하지만, 아무나 할 수 있는 게 아닐세.

타락천사: 그건 당신이 상관할 바 아니오.

양규: 젊은이의 고집을 꺾을 수 없군. 그럼 싸우기 전 용대운과 잠깐 이야기할 시간을 주게. 어차피 결론은 마찬가지겠지만 내가 성질이 좀 급해서 말일세.

타락천사: 그렇게 하시오.

똑각똑각. 독각검객 양규가 다시 제자리로 돌아간다. 대단한 수양이다. 새까만 후배의 안하무인적인 태도가 언짢을 만도 하건만 조금의 동요도 없다. 경지에 들어선 자만이 지닐 수 있는 여유이다.

수심린이 타락천사를 쳐다본다. 복잡한 눈빛 속에는 한 줄기 걱정이 담겨 있다. 그녀도 양규의 강함이 예상 밖인 모양이다.

타락천사는 모른 척 눈을 감고 햇살과 바람을 즐긴다. 그가 강하다면 나도 강하다. 내가 나를 믿는다면 나도 나를 배신하지 않을 것이다.

해질 무렵, 작은 섬이 나타난다. 벽란도이다. 흰 백사장이 펼쳐지고, 뒤로는 산이 솟아 있다. 부두 주변에 20여 호의 마을이 보인다.

배에서 내린 세 사람은 길게 뻗은 자신들의 그림자를 앞두고 마을을 바라본다. 노을에 잠긴 마을은 평화롭다. 집집마다 굴뚝에서 저녁밥을 짓는 연기가 퐁퐁 솟고, 개 짖는 소리가 정겹게 들려온다. 지나는 마을사람에게 용대운이 사는 곳을 묻는다. 그는 마을 한가운데의 작은 초옥을 가리킨다.

세 사람은 그 집 앞에 가 선다. 양규가 나선다.

양규: 독각무사 양규라 하오. 용씨 성을 지닌 분을 찾아왔소.

정적이 감돈다. 잠시 후에 방문이 열리며 인상 좋은 중년남자가 나오고, 후덕해 보이는 여인이 뒤따라 나온다.

용대운: 소생이 용대운이오. 용케 찾아오셨구려.

양규: 현생에서는 초면인 것 같은데, 혹시 전생에 우리 형제가 악연을 지었소?

용대운: 아니요.

양규: 그럼 단순히 승천하려는 욕심으로 아우를 죽였군.

용대운: 정당한 결투였소.

아내가 당혹한 표정으로 용대운을 바라본다. 용대운도 아내를 돌아본다. 사랑과 안쓰러움, 미안함, 슬픔 등이 복합적으로 나타난 표정이다. 아내가 불현듯 프로필을 살핀다. 성명 용대운, 전적 1전 1승, 서열 6위. 그녀는 충격으로 비틀거린다. 부축하려는 용대운의 팔을 뿌리친다.

보화: 당신이 어떻게, 어떻게 나를 두고……

용대운: 미안하오.

보화: 몰래 떠날 준비를 하고 있었다니. 그럼 우리의 3년간은 무엇이었나요? 사랑한다는 말도 다 거짓이었군요.

용대운: 당신에 대한 내 마음은 변함이 없소. 단지……

보화: 단지 무엇인가요? 그래도 할 말이 있나요?

용대운: 승천하여 꼭 만나고픈 여인이 있소.

보화: 어떻게 현생의 나를 두고 전생의 사랑했던 여인을 찾으려 하나요. 나는 지금껏 허수아비로 당신의 껍질만을 사랑하며 살아왔군요.

용대운: 어쩔 수 없었소. 아무리 잊으려 해도 잊을 수 없었소.

보화: 그 여자가 누구인가요?

용대운: 내 목숨을 구해준 여인이오. 성녀 가인.

용대운의 부인 보화의 얼굴이 절망으로 일그러지며 그 자리에 주저앉는다. 그녀도 알고 있다, 가인을 본 자는 영원히 그녀를 잊지 못한다는 전설을. 가인을 보는 순간 그녀는 달이 된다. 그 외의 여인들은 아무리 해도 반딧불이 이상이 될 수 없다.

타락천사는 용대운의 아픔을 이해한다. 그리움이 온 우주를 채워 버릴 수도 있음을, 그리하여 숨 쉴 때마다 상처 난 영혼이 빨갛게 덧나 피를 흘릴 수도 있음을.

타락천사가 양규를 향한다. 비로소 프로필을 찍어 본다. 이름 양규, 전적 7전 7승, 서열 3위. 서열이 3위라니 뜻밖이다.

타락천사: 저 두 분에게는 시간이 필요할 것 같소. 그전에 우리의 일을 결말짓는 게 어떻소.

양규: 그러세.

두 사람은 바닷가 빈터로 가서 마주 선다. 태양이 잠겨든 수평선 위로 연분홍빛 잔광이 오로라처럼 솟아오른다. 노을과 어둠이 어렴풋이 섞여 두 사람은 한층 입체적이 된다.

타락천사가 서슴없이 검을 빼어 양규의 허리를 대각선으로 가른다. 평범해 보이지만, 선뜻 부는 바람처럼 가장 적절한 속도, 위치, 시점을 내포한 검이다. 양규가 급히 검으로 막았으나 옷깃이 잘려 날아간다.

양규: 대단하군. 검 이름이 무언가?

타락천사: 무위검이라 하오.

양규: 무위라…… 자연의 무궁한 조화를 담았겠군. 하지만 온 우주의 주인은 인간이야. 의지만 있다면 자연뿐 아니라 운명까지도 꺾을 수 있다네. 이번에는 내 검을 받아 보게.

양규가 그 자리에서 검을 내리친다. 제법 떨어진 거리인데도 땅이 갈라지며 날카로운 기운이 짓쳐 온다. 피하기에는 늦었다. 검으로 보이지 않는 기운을 막는다. 중심의 기운은 가까스로 막을 수 있었지만 여파를 피하지 못하여 몸 주위 여기저기가 찢어지고 갈라지며 상처를 입는다.

타락천사: 검기(劍氣)!

양규: 맞아, 검기일세. 인간 능력이 무궁함을 보여주는 예지. 항복하는 게 어떤가. 자네의 재능을 꺾고 싶지 않네.

타락천사: 덕분에 안계(眼界)가 틔었소. 헌데 내가 변태인지 상대가 강할수록 쾌감도 커져서 말이오.

말이 끝나기도 전에 타락천사가 달려든다. 붙어서 단 순간에 끝내야 한다. 그것만이 검기의 위력을 최소화할 수 있는 길이다. 양규가 물러서며 연달아 검기를 날린다. 타락천사는 몸을 웅크리고 검기를 막으며 쏘아져 간다. 얼굴이 화끈 갈라지고 갈비뼈가 우두둑 베어진다. 사정거리에 들어오는 순간 양규의 하체를 노린다. 양규가 몸을 솟구쳐 피한다. 기회이다. 공중에서의 재주는 내가 한 수 위다. 함께 뛰어오르며 번뜻 몸을 뒤채어 양규의 등에 등을 마주 붙인다. 검으로 자신의 오른쪽 가슴을 힘껏 찌른다. 퍽. 섬뜩한 소리가 들린다. 정확히 심장에 꽂혔을 때 나는 효과음이다. 땅에 내려서며 휘청한다.

두 사람은 검 하나에 꼬치처럼 나란히 꿰어져 있다. 검은 타락천사의 오른쪽 가슴에서 양규의 왼쪽 가슴을 관통한 상태이다. 휘잉. 바람이 분다. 양규가 희미해지며 먼지처럼 날려간다.

타락천사가 털썩 무릎을 꿇는다. 왼쪽 뺨이 갈라지며 귀가 날아가고, 왼쪽 손가락 3개를 잃고, 왼쪽 갈비뼈가 다 부러졌다. 남은 공력은 0.4성. 겨우 움직일 정도이다.

수심린이 달려와 부축한다. 가슴의 검을 뽑아 던지고 자신의 옷을 찢어 상처를 싸맨다. 입을 꼭 다물고 있다. 큰 눈에 눈물이 어리어리 맴돈다. 눈물이 쏟아질까 봐 눈을 더 크게 뜬다. 눈물이 다시 한번 맴돌이한다. 아무리 눈이 커도 샘물처럼 솟구치는 눈물을 감당할 수 없다. 끝내 눈물이 주르르 넘쳐흐른다. 고개를 돌린다.

타락천사: 난 해냈소.

수심린: 대단하군요.

긴장이 풀렸음인가, 공력이 사르르 줄어든다. 수심린이 술을 먹인다. 줄어들던 공력이 멈췄으나 쉽게 오르지는 않는다. 쉬고 싶다. 수심린이 자신의 무릎에 타락천사의 머리를 눕힌다. 편안하다. 초롱초롱 별들이 보인다. 누군가 그랬다, 별들은 달그락 달그락 대화를 나눈다고. 타락천사의 의식이 희미해져 간다. 수심린의 뺨에 머물던 이슬이 작은 별똥이 되어 타락천사의 얼굴에 톡 떨어진다.

의자를 뒤로 물리고 등받이에 기대어 천장을 바라본다. 타락천사의 능력이 경이롭다. 객관적으로 이길 수 없는 상대를 과감한 판단력과 배짱으로 꺾었다. 얼마나 장한 일인가. 프타아가 맞았다. 믿음이 현실을 변화시킨다.

이 기쁨을 여기 앉아 삭힐 수는 없다. 승리의 축배를 들어야 한다. 타락천사는 걱정할 필요 없다. 강한 놈이니 아침이면 다시 일어설 것이다. 극복한 역경의 크기만큼 더욱 강인해져서. 그는 자신의 꿈을 이루기 전에는 결코 포기하지 않으리라.

트레이닝복을 입고 밖으로 나선다. 복도에서 옆방 청년을 만난다. 입가에 여유로운 미소를 띠고 고개를 끄덕여 준다. 언젠가부터 내가 먼저 인사하는 버릇이 생겼다. 나는 누구보다 소중하고 떳떳하므로 남을 피할 까닭이 없다.

거리의 사람들도 다정해 보인다. 모두가 각기 소중한 영혼을 지니고 이 세상을 체험하러 온 사람들이다. 용기 있는 자들이다. 어쩌면 그들의 영혼과 나의 영혼이 한 근원에서 나왔는지도 모른다. 그렇다면 우리는 모두 형제이다. 우리가 이 세상에서 서로 사랑하고 미워하며 싸우고 울고 웃는 것은 한바탕 놀면서 배우기 위함이다. 때문에 이 세상에서 겪는 그 어떤 일도 두려워할 필요가 없다. 스스로가 선택한 배움의 과정이기 때문이다.

뭔가 좋은 일이 있을 것만 같다. 은희라는 맛이 살짝 간 아가씨도 보고 싶다. 포장마차마다 살펴본다. 보이지 않는다. 잠깐 망설이다가 달동네로 향한다. 골목이 미로 같다. 전에 그녀를 쫓아갔을 때는 몰랐는데 혼자 찾으려 하니 헷갈린다.

헤매다 지쳐 전봇대에 기대어 위를 바라본다. 남빛 어둠을 배경으로 전선줄에 새들이 앉아 있고, 그 뒤로 노란 달이 떠 있다. 어디서 많이 본 장면이다. 그래, 이중섭의 '달과 까마귀'라는 그림의 장면이다. 그렇다면 저 새들은 까마귀일까. 까마귀치고는 덩치가 작다. 포르륵 날아오른다. 옆의 은행나무 잎사귀 사이로 들어간다.

은행나무 뒤쪽 축대 위로 작은 창문이 환히 떠 있다. 하얀 얼굴이 보인다. 멀어서 자세하지는 않지만 은희라는 아가씨의 얼굴을 닮았다. 그녀는 생각에 잠겨 밤하늘을 바라본다. 얼굴이 해맑아서 영혼이 조각난 아가씨로는 보이지 않는다. 어쩌면 은희라는 저 아가씨도 밤마다 새로운 경험을 하기 위해 미친 척하며 돌아다니고 있는 것은 아닐까. 고귀한 영혼이 이 세상을 경험하기 위해 모자란 모습으로 태어난 것은 아닐까.

어둠은 모든 것을 가능케 한다. 우화 같은 세상에 동심을 지니게 한다. 그래서 세상에서 일어나는 어떤 일도 용서할 수 있게 한다.

은행나무 위로 올라간다. 오래 묵은 나무라 제법 높지만 날다람쥐처럼 쉽게 오른다. 창문과 수평이 된다. 여전히 거리가 멀어 똑똑히 보이지는 않으나 이목구비는 분명히 은희이다.

이쪽을 바라보게 하려고 손짓발짓을 한다. 텔레파시가 통하지 않는 모양이다. 고개도 돌리지 않는다. 가지에서 은행열매를 따서 힘껏 던진다. 열매가 덜 익어 가벼운 탓에 닿지 못한다. 어이, 어이. 조심스레 불러 본다. 여전히 미동도 않는다. 은희 씨. 나도 모르게 큰 소리로 부르곤 깜짝 놀란다. 비로소 얼굴을 이쪽으로 향한다. 어디 있는지 몰라 두리번거린다. 어두운 밤중에 나뭇가지 속에 있는 사람이 보일 리 만무다. 그래도 손발을 흔들어 준다. 그녀는 잘못 들은 것으로 판단했는지 고개를 돌린다. 은희 씨. 다시 부른다. 그녀가 고개를 돌려 바라본다. 창밖으로 얼굴을 내밀어 찾는다. 재미있다. 은희 씨. 또다시 부른다. 나무 속에서 소리가 난다는 것을 파악한 모양이다. 유심히 이쪽을 바라본다. 나는 나뭇가지에 바짝 기대어 움직이지 않는다. 막상 부끄럽다. 창문이 닫힌다.

장난은 끝났다. 나무에서 내려와 달동네를 빠져 나온다. 단골 포장마차로 향한다. 만원이다. 주인이 아는 체를 하고는 사람들에게 부탁하여 한 사람이 겨우 앉을 수 있는 공간을 마련해 준다.

곁에서 늙수그레한 두 사람이 대화를 나눈다. 한 사람은 선생 타입의 고상해 보이는 얼굴이고, 다른 한 사람은 장사꾼 차림으로 세파에 찌든 얼굴을 하고 있다. 고상한 얼굴이 묻는다.

"제수씨는 좀 어떠신가?"

"갈 날만 기다리고 있지 뭐."

"고통스러워하진 않으시고?"

"바라보는 내가 더 괴롭네."

"진통제를 더 써 보지."

"이젠 약도 점점 듣지 않아. 내 손으로 편히 보내고픈 심정일세."

"힘들겠군. 산다는 게 만만치 않아."

"내가 속을 너무 썩인 탓에 골수부터 썩어 문드러진 거야. 그 많던 재산을 계집질, 노름질로 다 날리고, 늙어서 마누라 아프니 병원에 데려갈 돈도 없네. 그래도 날 원망하지 않으니 더 미안하지."

"너무 자책하지 말게. 자네라도 힘내야지."

"한바탕 놀러 온 세상, 원 없이 웃고 울며 놀아 봤다고 생각했는데 아직도 더 남은 모양이야. 어차피 무대에 섰는데 이야기가 끝나지 않았으면 더 놀아야겠지."

"인생이 비극으로 끝날까 봐 두려운 거지."

"우리 나이가 육십, 곧 이순(耳順)이 아닌가. 귀가 순해진다는 게 무얼 뜻하나. 소리가 귀로 들어와 마음과 통하기 때문에 거슬리는 바가 없다, 곧 세상의 모든 이치를 생각지 않아도 저절로 얻어지는 나이란 말일세. 비극이면 어떻고 희극이면 어떻겠나. 뜨뜻미지근하게 사느니, 미치도록 기뻐도 해보고, 죽도록 괴로워도 해보는 게 아쉬움이 없지."

"선생인 내가 오늘 자네한테 배우는군."

"우리 나이에 이 정도 생각을 못 하는 사람이 어디 있겠나. 이왕 자유이용권을 지니고 놀이동산에 왔으면 시시한 회전목마 같은 것만 탈 게 아니라, 거꾸로 홱홱 돌아가는 청룡열차도 타고, 저 뭐냐 뒤집힐 듯한 바이킹도 타고 이것저것 눈물 콧물 쏙 빼며 타 봐야 후회가 없을 게 아니냐 하는 말이지."

"자네 말이 맞네. 그에 비하면 난 회전목마만 탔어. 아주 즐거운 일도 아주 슬픈 일도 없이 평범히 살아왔어. 클라이맥스가 없는 연극인 셈이지. 우리 마누라 말대로 정말 아무 재미없이 산 인생이야."

"이 사람, 그래 지금 내가 부럽단 말인가."

"늦었네. 일어나세."

두 사람은 서로 돈을 내겠다고 잠시 다투고는 밖으로 나간다.

부럽다. 저 나이에 저 정도 친구가 있다면 실패한 인생은 아닌 것 같다. 그리고 인생을 통찰하는 경륜, 그들의 말 속에는 삶에서 우러난 깨달음이 깃들어 있다. 말장난으로 아는 체하는 개똥철학이 아니라는 말이다.

인생을 놀이동산 대신 게임에 비교한다면, 나의 레벨은 어느 정도일까. 혹시 내 능력에 과분한 레벨을 선택한 것은 아닐까. 그래서 너무 벅차 스스로 게임 오버하고픈 마음이 생기는 것은 아닐까.

넷

타락천사가 눈을 뜬다. 까만 눈이 자신을 내려다본다. 몽롱한 안개 속에 두 눈만이 동실 떠 있다. 하얀 얼굴은 안개에 묻혀 희미하다. 반짝이는 것은 두 눈뿐이다. 까만색이 이토록 아름다울 수도 있구나. 눈의 임자를 생각한다.

휘잉, 바람에 안개가 밀려나며 얼굴의 윤곽이 드러난다. 빙서시 수심린이다. 그제야 현실로 돌아온다. 어젯저녁 독각무사 양규와의 결전 후 의식을 잃어 갔지. 아직도 수심린의 무릎을 베고 있음을 깨닫는다. 수심린은 어제의 모습 그대로이다. 몸을 일으킨다. 공력은 완전히 회복된 상태이다.

타락천사: 밤새 앉아 있었소?

수심린: 서열이 2위로 올랐어요. 헤어질 시간도 얼마 남지 않았군요.

타락천사: 예상 밖으로 빠르군.

수심린: 비욘드월드도 싸움이 잦을 때와 그렇지 않을 때가 있겠죠. 세상이 평균적인 속도로만 돌아가는 건 아니니까요.

타락천사: 용대운도 5위가 되었겠군. 언제 결투를 신청할 거요?

수심린: 아직 두 사람을 방해하고 싶지 않아요.

타락천사: 사정을 봐주다가 시기를 놓칠 수도 있소.

수심린: 당신은 정이라고는 없는 냉혈한이 되었군요.

타락천사: 전생에 옥기린이 스스로 목숨을 끊었을 때 정도 끊었소.

두 사람 사이에 어색한 기류가 흐른다. 안개 속으로 아침 햇살이 비친다. 안개의 입자들이 어지러이 춤을 춘다. 역광을 받으며 커다란 그림자가 나타난다. 터무니없이 커서 거인 같다. 가까이 다가올수록 작아지며 형체를 드러낸다. 용대운이다.

용대운: 경황이 없어 두 분께 찬 이슬을 맞게 했구려.

타락천사: 우리까지 신경 쓰실 필요 없소.

용대운: 먼발치서 독각을 꺾는 장면을 보았소. 놀라운 솜씨였소.

타락천사: 싸우러 오신 거요?

용대운: 정오까지 기다려 달라는 부탁을 하러 왔소.

수심린: 그렇게 하죠.

용대운: 고맙소. 이따 산 위에서 봅시다.

용대운이 돌아가고 두 사람만 남는다. 다시 어색해진다. 두 사람은 헤어질 시간이 다가오고 있음을 느낀다. 그 시간이 언제가 될지는 모른다. 일 년에 100여 명이 승천한다고 하면, 한 달에 8명꼴로 승천하는 셈이다. 그런데 용대운의 경우 8일 만에 5위가 올랐다. 평균보다 굉장히 빠른 속도이다.

뭔가 말을 해야겠는데 무슨 말을 꺼내야 할지 모르겠다. 수심린이 포옥 한숨을 쉬더니 일어선다. 안개가 걷히고, 상쾌한 햇살이 비친다. 수심린이 산으로 향한다. 그 뒤를 타락천사가 따른다.

아담한 동산이라 얼마 안 가 정상에 오른다. 아. 수심린이 탄성을 지른다. 보랏빛 꽃이 가득 핀 난초의 바다가 펼쳐진다. 햇빛 속에 꽃송이들이 눈부시게 빛난다. 갖가지 빛깔의 나비들이 화려한 군무를 춘다.

수심린이 두 팔을 벌리고 꽃 사이를 뛰어다니며 나비를 쫓는다. 어린애처럼 웃으며 소리를 지른다. 꽃과 나비와 여인이 하나가 된다. 햇빛도 바람도 흥이 나서 일렁인다. 한참을 뛰어다니던 수심린이 주저앉는다. 두 손에 얼굴을 묻는다. 어깨가 잔잔히 흔들린다.

타락천사가 다가가 옆에 선다. 울음이 그치기를 기다린다. 우는 이유는 알 수 없다. 그녀가 아파하는 것이 아플 뿐이다. 혹시 나를 좋아하는 걸까. 그래서 나와 헤어지는 게 싫어 우는 걸까. 픽 웃음이 나온다. 생김새도 마음도 정이 가는 구석이라고는 없는 자신이다. 꿈도 야무지구나, 타락천사.

수심린이 함초롬히 젖은 눈으로 앞을 바라본다. 울음을 그친 얼굴이 해말갛다. 사랑스럽다. 타락천사도 옆에 앉는다.

수심린: 비욘드월드로 승천하면 가장 먼저 뭐할 건가요?

타락천사: 무성 검치존자에게 도전하겠소.

수심린: 당신도 용대운처럼 성녀 가인을 그리워하고 있군요.

타락천사: 그렇소.

수심린: 가인은 어떻게 생겼나요?

타락천사: 말로 형용할 수 없을 정도로 아름답다는 것뿐, 뚜렷이 기억나지는 않소. 하지만 그녀와 함께 할 때의 영혼을 어루만져 주는 듯한 평온함, 감미로움, 기쁨은 생생히 기억하고 있소.

수심린: 그 외는 기억나는 사람이 없나요?

타락천사: 아정이라는 약혼녀가 있었소. 나를 잃고 비구니가 되었다고 하더군.

수심린: 또 없나요?

타락천사: 백발공자 수라는 친구가 있었지. 나를 대신하여 목숨까지 걸었던 친구요. 승천하면 꼭 만나고 싶소.

수심린: 수는 어떤 사람이었나요?

타락천사: 아름다운 청년이었소. 무술도 뛰어났고. 착각인지 모르지만 내게 연정을 느꼈던 것 같소. 바보처럼.

수심린: 영혼이 영혼을 그리는 것은 바보짓이 아네요, 어떤 경우라도.

수심린이 발딱 일어선다. 무작정 앞으로 내닫는다. 벼랑 앞에 선다. 푸른 바다와 하늘이 잇닿아 있다. 영원히 아득하다. 저 건너편 너머 비욘드월드가 있을 터이다. 같은 차원이면서 같은 공간이 아닌.

수심린이 가느스름하게 눈을 뜨고 꿈꾸듯 바라본다. 그녀 또한 비욘드월드에 두고 온 사랑하는 사람을 그리워하고 있을지 모른다.

수평선 위로 검은 연기가 피어오른다. 아니, 먹구름이다. 바람과 함께 빠른 속도로 밀려오며 가없는 하늘을 덮는다. 햇빛 속에 빛나던 주위 풍경이 칙칙한 회색으로 변해 간다. 이윽고 하늘 가득 먹구름이 덮이며 풍경은 흑백 톤으로 된다. 수심린의 빨간 입술만이 원색을 유지하고 있다. 바람에 날리는 머리카락 몇 가닥이 입술 사이에 끼어 하늘거린다. 퇴폐적 아름다움이다.

아래에서 용대운 부부가 천천히 올라온다. 용대운은 손에 검을 들고 있다. 결전의 시간이다.

용대운: 오래 기다리게 해서 미안하오.

수심린: 많은 가르침 바랍니다.

두 사람이 마주 선다. 하늘에서 가는 빗줄기가 내리기 시작한다. 빗줄기는 은빛 바늘이 반짝이며 쏟아져 내리는 것처럼 아른아른하다. "타타타타" 하는 숨 가쁜 음향 효과와 함께 두 사람의 모습이 반투명으로 변한다.

용대운의 부인 보화는 두 손을 마주 잡고 바들바들 떤다. 남편이 이긴다 해도 곧 승천할 것이고, 진다면 목숨이 위태로울지 모른다. 사랑하는 남편을 바라보는 그녀의 눈에는 안타까움과 초조함이 가득하다.

타락천사도 수심린이 걱정된다. 신비로운 무예를 지닌 수심린이지만 상대는 초절정무사이다. 자신은 운 좋게 이기기는 했지만 왼쪽 귀와 왼손가락 3개를 잃고, 얼굴에 큰 상처를 남겼다. 과연 수심린이 초절정고수를 무사히 이길 수 있을까.

수심린이 고개를 숙이는가 하는 순간 흰 빛살이 용대운의 목을 향해 날아간다. 타락천사의 눈에도 잘 보이지 않을 정도의 쾌검이다. 검은 정확히 용대운의 목을 베어 버린다. 아. 보화의 비명이 들린다. 허나 베어진 것은 용대운의 잔상이다. 용대운의 실체는 옆으로 비켜나 있다. 마치 처음부터 그곳에 있던 것처럼.

수심린이 입술을 꼭 물고 다시 벤다. 역시 잔상을 벨 뿐이다. 용대운은 시간과 공간을 무시한 순간 이동을 한다. 아무리 빨리 검을 날려도 허공만 벨 뿐이다.

이번에는 용대운이 공격을 한다. 순간 이동을 하여 공격하는 탓에 서너 명의 용대운이 동시에 공격하는 듯하다. 창 창 창. 수심린이 용대운의 공격을 막으며 물러선다. 허리와 팔, 어깨에서 피가 흐른다.

수심린이 차가운 얼굴로 마음을 가다듬는다. 보이지 않을 정도의 속도로 검을 휘두른다. 수심린의 모습이 검빛 속에 둘러싸인다. 이윽고 푸른 검막만이 남는다. 쏟아지는 빗줄기가 고스란히 튕겨나간다. 푸른 검막이 용대운에게 쏘아간다. 용대운이 다급히 피한다. 검막 또한 번개처럼 꺾이며 용대운을 덮친다. 창. 용대운이 검으로 검막을 막는다. 허나 검은 튕겨나가고 용대운의 가슴이 옅게 베어진다. 신검합일(身劍合一)! 용대운이 짧게 부르짖는다.

검막은 숨쉴 틈도 없이 용대운을 공격한다. 용대운이 어지럽게 물러서며 막아 보지만 상처가 늘 뿐이다.

하늘을 뒤덮은 먹구름이 갈라진다. 찬란한 빛 한 줄기가 내려온다. 빛은 타락천사를 감싼다. 타락천사의 몸이 빛에 싸여 공중으로 솟는다. 갑작스러운 승천에 타락천사는 어쩔 줄 몰라 한다. 이대로 헤어질 수는 없다. 저도 모르게 부르짖는다.

타락천사: 수심린!

순간적으로 수심린에게서 푸른빛이 사라진다. 방어하느라 휘두른 용대운의 검이 기세를 멈추지 못하고 수심린의 가슴에 박힌다. 수심린이 가슴을 잡고 비틀거리며 쓰러진다. 용대운은 갑작스레 벌어진 일에 놀라 검을 놓아 버린다.

수심린이 사라져 가는 타락천사에게 손을 뻗친다.

수심린: 내 이름을 기억해 주세요.

타락천사는 안타깝게 수심린을 내려다본다. 죄책감에 사로잡힌다. 자신의 방정으로 수심린을 위험에 빠뜨렸다. 수심린의 모습이 점점 작아진다. 수심린. 다시 한번 부른다. 시공이 휘어지며 꿈결처럼 흐른다. 우주를 유영하듯 반짝이는 색색의 별들이 스쳐 지나간다. 아랫도리가 찌르르 저리면서도 아늑하다. 저 앞에 오색 빛줄기가 비친다. 몸이 쑤욱 빨려든다. 장엄한 음악과 함께 비욘드월드의 초기화면이 뜬다.

드디어 비욘드월드로 승천하였다. 옥기린이 스스로 목숨을 끊은 지 10개월만의 일이다. 승천할 때의 느낌은 정말 좋았다. 현생에서도 내세로 가는 길이 그렇게 멋지고 감미로웠으면 좋겠다.

실제로 임사체험(臨死體驗)을 한 사람들의 이야기를 종합하면 반 이상이 마음의 안정, 기쁨, 시공초월, 우주와의 합일감, 유체이탈 등과 같은 동일한 내용을 체험했다고 한다. 아마도 비욘드월드의 창조주도 그런 면을 감안하여 승천의 과정을 설계한 모양이다. 값진 경험이다.

수심린이 어찌되었는지 궁금하다. 다 이길 수 있는 싸움이었는데, 결정적 순간에 정신이 흐트러져 부상을 입었다. 그녀는 몇 번이나 생명을 구해 주었는데, 나는 오히려 위기에 빠뜨리고 말았다. 은혜를 악으로 갚은 셈이다. 그녀는 자신을 기억해 달라고 하였다. 물론이다. 그녀를 어찌 잊겠는가. 그녀와의 연은 다하지 않았다. 어느 생에선가는 반드시 만나리라. 이렇게 생각하니 위로가 된다.

수심린이 마지막에 보인 신검합일의 경지는 놀라웠다. 완성된 지 얼마 안 되는 것 같은데도 완벽했다. 독각무사 양규의 검기도, 용대운의 순간 이동도 차원이 다른 무공이었다. 아무리 창조주라도 비욘드 월드를 처음 만들었을 때는 이런 종류의 무공이 등장하리라 상상치 못하였을 터이다. 원래의 프로그래밍을 뛰어넘어 자판의 조작만으로 별별 무공을 다 창조해 낸다. 인간의 능력은 무궁무진하다. 무협지에 나오는 여러 신공도 결코 상상의 산물만은 아니리라는 생각이 든다. 그렇다고 기죽을 필요는 없다. 싸움에 이겨 승천한 것은 타락천사이니까.

그토록 원하는 승천을 이루었지만 씁쓸하다. 고시텔을 나와 어둠의 순례에 나선다. 예전에는 3차원의 현실이 싫었는데, 근래에는 이 세상도 지낼 만하다는 생각이 든다. 그래 봤자 어두운 밤에 한해서이지만.

햇빛 비치는 낮은 아직도 싫다. 빛은 나의 소심함, 부끄러움, 두려움 따위 못난 점을 낱낱이 비추어 부각시킨다. 빛 속에 나서면 발가숭이가 되어 쪼그라드는 느낌이다.

반면 어둠 속에서는 모든 게 감추어지므로 뻔뻔스럽게 떳떳해질 수 있다. 나는 눈에 힘을 주고 어깨를 편 채 밤거리를 활보한다. 내 체구가 좀 작다는 것은 인정한다. 그러나 집이 작다고 해서 그 집의 주인이 작은 것이 아니듯이, 체구가 작다고 해서 영혼마저 작은 것은 아니다. 이 간단한 사실을 평범한 사람들은 이해하지 못한다. 깨달은 영혼만이 이 진리를 안다. 그들에게 외모 따위는 아무런 가치가 없다.

친구가 있었으면 좋겠다. 내 영혼의 가치를 알아주는 친구, 술도 같이 마시고 고민도 나눌 수 있는 친구가 있다면 덜 외로울 것 같다. 은희라는 아가씨와 친구할까. 아무래도 그녀는 깨달은 영혼이라기보다 조각난 영혼이므로 날 알아주지 못할 것 같다.

그래도 나와 함께 술을 마셔 줄 사람은 그녀밖에 없다. 거리의 포장마차마다 기웃거리며 살핀다. 보이지 않는다. 집으로 찾아간다. 은행나무가 있는 곳에 이르러 창을 보니 불이 꺼진 채 닫혀 있다. 서성이다가 하릴없이 내려온다.

공원으로 향한다. 심심치 않게 연인들이 눈에 띈다. 그들은 어둠 속에서 진한 애정 표현을 한다. 지나가는 사람이 있으면 더욱 대담해지는 커플도 있다. 처음에는 놀라고 민망해서 도망치듯 자리를 피했으나, 요즈음은 오히려 그런 장면을 즐긴다. 그렇다고 변태처럼 침을 흘리며 구경하는 게 아니고, 자못 못마땅하다는 듯이 이맛살을 찌푸리고 점잖게 걸어간다. 물론 볼 것은 다 보면서.

"어이, 형씨."

벤치 앞을 지나치려는데 누군가 큰 소리로 부른다. 어둠이 부스스 일어선다.

"소주 사 먹게 천 원만 주쇼."

자세히 보니 검은 옷에 검은 모자를 쓴 털북숭이 사내이다. 마치 돈을 맡겨놓은 것처럼 당당하다.

어둠 속이라면 나도 만만한 상대는 아니다. 어이가 없다는 듯이 찌릭 웃어준다.

"이보슈, 내게 돈 맡겼수. 왜 큰 소리요?"

"오늘 하루 종일 술을 마시지 못해 술벌레가 발광해서 그러우. 천 원만 주쇼."

사내는 조금도 기죽지 않고 손까지 내민다. 알코올 중독자라서 염치마저 없어진 것인지, 숨은 호걸이라서 가식적 체면 따위는 벗어 팽개친 것인지는 알 수 없다. 중요한 사실은 그가 술을 원하고 내게 도움을 요청한다는 사실이다.

"기다리슈."

나는 한마디 내던지고는 성큼성큼 걸어 저 앞쪽의 가게로 간다. 소주 두 병과 오징어 한 마리를 사서 벤치로 돌아온다.

"나도 술이 마렵던 참인데 같이 마십시다."

종이컵에 소주를 따라 주자, 그도 내게 술을 따른다. 주도를 아는 걸 보니 막장까지 간 인생은 아닌 모양이다.

두 사람은 종이컵의 술을 단숨에 들이켠다. 그는 작은 종이컵이 성에 차지 않는지 가방에서 쇠컵을 꺼내 꿀꿀꿀 반 병이나 따르고는 벌컥벌컥 목젖을 껄떡거리며 쏟아 붓는다. 수염에 묻은 술을 손등으로 쓱 닦고는 오징어 다리를 쭉 떼내어 우물거린다.

"술은 정말 좋은 음식이오. 안 그렇소?"

사내가 말한다. 몸에서 쿼쿼한 냄새가 나기는 하지만, 부리부리한 눈이 마음에 든다. 나이는 30대 중반 정도 돼 보인다.

"창조주가 인간에게 준 마지막 선물이라고 할 수 있지요."

나도 인생을 달관한 체 말하고는 제일 긴 다리를 찍 뜯는다.

"하하하, 마지막 선물이라…… 마음에 드는군. 반갑소. 나 최요."

"김이라 합니다."

"보아 하니 나보다 젊은 것 같은데, 아우님이라 불러도 되겠소?"

동생으로 삼아 주겠다니 기쁘기는 하지만 조금 께름칙하다. 귀찮은 일이 생길까 봐 염려된다. 최의 눈을 본다. 왕방울눈이 순진해 보인다.

"허허허, 사나이는 사나이를 알아보고 술꾼은 술꾼을 알아본다고 생각했는데…… 부담이 된다면 그만둡시다."

겁 많고 의심 많은 소인배의 좁은 마음을 들킨 것 같아 부끄럽다. 제길, 이제껏 마음공부해서 뭐 좀 깨달은 양 난체하던 김기림아, 네 본성이 또 드러나는구나.

"아닙니다. 뜻밖의 제안인지라…… 그럼 저는 형님이라 부르겠습니다."

"고맙네, 아우님. 오늘은 좋은 날이니 즐겁게 마시세."

두 사람은 술 한 병씩을 단숨에 비워 버린다.

"술을 더 사오겠습니다."

"이왕이면 담배도 한 갑 사오게."

나는 잽싸게 뛰어가 술과 담배를 사 온다. 같이 이야기를 나누며 마실 수 있는 상대가 있다는 게 즐겁다.

최는 담배를 빼어 물고 불을 붙여 깊숙이 연기를 빨아들인다. 그 상태로 3초가량 멈추었다가 천천히 뿜어낸다. 멋있다. 담배 맛을 진정으로 아는 자만이 할 수 있는 폼이다.

"아우님은 담배를 끊으셨나?"

"아직 배우지 못했습니다."

자격지심에 기어들어가는 소리로 말한다.

"이 좋은 걸 못 배웠다니 안됐군. 한번 피워 보시려나."

건네주는 담배를 입에 문다. 되도록 멋진 표정으로 불을 붙여 깊이 빨아들인다. 순간 가슴이 매캐해지며 재채기와 함께 눈물 콧물이 쏟아진다. 식도가 경련하고 욕지기가 올라온다. 허리를 구부리고 캑캑거리며 고통스러워한다.

"이런 사람, 진정하시게."

툭 툭 툭. 최가 등을 쳐준다.

얼굴이 눈물 콧물 입물로 엉망이다. 수건을 꺼내 얼굴을 닦고는 코를 팽 푼다. 처음 만났는데 추태를 보여 민망하다.

"갑자기 사레가 들려서…… 죄송합니다."

"죄송하긴, 못하는 담배를 권한 내가 잘못이지."

"형님 댁은 어딥니까?"

"이 한 몸 눕히는 천지가 다 내 집이지. 바람처럼 자유롭게 떠도는 영혼에게 신상이나 과거를 묻는 것은 금기라네."

"아직 모자라 실수를 했습니다."

"허허, 모르면 배우면 되는 거지. 실수랄 게 뭐 있나."

술이 두 병째 들어가니 알딸딸해지며 혀가 꼬인다. 기분이 야리해지는 게 낭만적인 기분도 든다. 이 느낌을 좀 더 키우고 싶다.

"술을 더 사 오겠습니다."

"그만하세. 술꾼과 알코올 중독자의 차이점을 아는가. 술꾼은 술을 음식으로 생각한다는 점이지. 술을 마시지만, 술에게 먹히지는 않는다네."

최는 먹다 남은 오징어를 가방에 넣고는 점퍼를 꺼낸다.

"아우님도 취했으니 돌아가시게. 잘 마셨네."

벤치에 누워 점퍼를 덮는다. 눈을 감는가 했더니 코를 곤다. 과연 노숙의 달인이라고 할 만하다. 거침이 없고 그 어떤 것에도 미련을 두지 않는 저 태도, 혹시 깨달은 영혼이 아닐까.

나는 조용히 물러서 고시텔로 돌아온다. 알코올에 부풀어 오른 감성이 야릇한 기분에 빠지게 한다. 어떤 일을 해도 이루어질 것 같다. 편의점이 보인다. 가슴에 싸한 감미로운 아픔이 흐른다. 그녀가 보고 싶다. 달려가 문을 벌컥 연다. 카운터의 낯선 사내가 놀라 바라본다. 역시 그녀는 없다.

Chapter 5

독존의식

존재의 고독

하나

창밖의 나뭇가지 사이로 푸른 연못이 보인다. 연못가에는 두 기둥이 물속으로 뻗은 정자가 멋스럽게 앉아 있다. 부용정. 벌써 전전생의 일인가, 그곳에서 연꽃 터지는 소리를 듣던 게. 억겁은 찰나에 불과하다고, 바로 엊그제 일 같다. 윤회의 수레바퀴는 시공을 넘나들며 돌고 또 돈다.

밖에는 사람들이 부산하게 움직인다. 가는 날이 장날이라고 오늘이 비응문주 장학량의 생일이라고 한다. 아직 이른 아침인데도 비응문 전체가 부산하기 이를 데 없다.

타락천사가 이곳 객관에 든 지도 반 시진이 되었건만, 장학량은 나타날 기미가 보이지 않는다. 총관인 허적의 못 미더워하던 표정이 떠오른다. 하긴 누가 타락천사를 옥기린의 후신이라고 믿겠는가.

언더월드에서 비욘드월드로 승천할 때는 캐릭터와 이름이 그대로 유지된다. 생명을 잃고 비욘드월드에서 언더월드로 내려갈 때와 달리, 살아 있는 채로 승천하기 때문이다.

비욘드월드에 환생하여 가장 먼저 찾아간 곳은 검치존자가 거처하는 태양장이었다. 검치존자는 태양장에 없었다. 들리는 소문으로는 애제자 옥기린이 도전에 실패하여 스스로 목숨을 끊은 후 어디론가 떠나 돌아오지 않는다고 한다.

갓 환생하여 아는 사람 하나 없는 타락천사가 실종된 검치존자를 찾기에는 무리였다. 혼자서 찾으려 애쓰다가 결국 비응문의 도움을 받기로 하였다.

비응문에 도착하여 문주 장학량을 만나기를 청했으나 거절당했다. 초대받은 사람만이 들어갈 수 있으므로, 생일잔치가 끝나는 3일 후에나 다시 오라고 했다. 타락천사는 총관 허적이라도 만나게 해달라고 부탁하였다. 어렵사리 허적을 만나 자신이 옥기린의 후신임을 밝히고 장학량을 만나게 해 달라고 하였다.

허적은 처음에는 믿지 않았다. 멋진 풍류남아 옥기린이 비쩍 마르고 무표정한, 게다가 얼굴 왼쪽은 상처투성이인 사나이가 되어 나타났으니 무리도 아니다. 당시 청련회 때 일어난 수의 일 등을 이야기하자, 비로소 긴가민가하는 표정으로 들어와 기다리라고 하였다.

거의 한 시진이 지났을 때야 방문이 열린다. 허적의 안내로 장학량이 들어서고, 양아들 철주각 양용과 한 명의 비구니가 뒤따른다. 비구니의 얼굴이 낯익다. 비록 머리털은 파랗게 밀었으나 쌍꺼풀진 깊고 그윽한 눈, 오뚝한 코, 도톰한 입술, 설부용 아정이 틀림없다. 아정은 들어서며 뚫어져라 타락천사의 얼굴을 바라보더니 이내 고개를 흔들고 슬픈 얼굴이 된다.

장학량: 그대가 옥기린의 후신이라고?

타락천사: 그렇습니다.

장학량: 허 총관으로부터 이야기는 들었네. 허나 만일을 위하여 한 가지 더 묻겠네. 우리가 마지막으로 만난 게 언제 어느 곳인가?

타락천사: 시천일 남국 여강 가에서 여강만화가 한창일 때 뵈었습

니다.

장학량: 그때 나눈 얘기는?

타락천사: 백수광부에 관한 것이었습니다.

장학량: 좋아, 자네가 옥기린의 후신이라고 하세. 그건 지난 생의 일이고, 현세의 자네는 우리와 아무 상관이 없네. 더구나 죽은 옥기린은 스승을 저버린 패륜아로 기록되어 있지. 아침이나 들고 돌아가 주게.

타락천사: 부탁이 있습니다. 존자께서 계신 곳을 알려 주십시오.

장학량: …… 자네 질기게도 연을 끊지 못하는구먼. 우리도 알지 못하네. 포기하게.

타락천사: 은혜는 꼭 갚겠습니다.

장학량: 옥기린의 후신이라니 은혜라는 의미를 제대로 알지나 모르겠군. 존자께서 은거하신 것은 높은 뜻이 있으실 터, 우리 따위가 거슬릴 수 없네.

타락천사의 몸 주위에서 흰 빛이 번쩍이는 순간 왼팔이 잘려진다. 아정의 짤막한 비명이 들린다. 타락천사는 오른손에 든 왼팔을 장학량에게 바친다.

장학량: 이게 무슨 짓인가.

양용: 미친 놈, 경사스러운 날 웬 행패냐?

타락천사: 미천한 놈, 가진 건 몸뚱이밖에 없어 이렇게 간곡히 제 마음을 드립니다.

양용: 네놈은 옥기린보다 더한 망종이구나. 뭣들 하느냐, 어서 내쫓지 않고!

양용의 호통에 비천문의 무사들이 타락천사를 끌어내려 한다.

타락천사가 와락 힘을 쓰자 무사들이 나가떨어진다. 타락천사는 번들거리는 눈으로 주위를 둘러본다. 분노와 안타까움으로 미칠 것만 같다. 옥기린이 패륜아 취급을 받는 것이 분하고, 검치존자의 행방을 알 수 없는 게 안타깝다. 팔까지 잘라 진심을 보여 줬건만 저들은 그마저 무시한다. 한낱 버러지와 같은 취급을 한다.

한바탕 난동을 부리고 싶다. 힘을 사용해서라도 옥기린을 모욕한 데 대한 사과를 받고, 검치존자의 행방도 알아내고픈 유혹에 휩싸인다.

까만 눈이 바라본다. 너무도 슬퍼 보여 타락천사의 가슴마저 미어질 듯하다. 아정의 눈을 보는 순간 타락천사가 돌아선다. 수치심이 울분을 억누른다. 옥기린에 대한 아정의 사랑은 지고지순했다. 옥기린은 그런 그녀를 배신했다. 그녀는 아직도 옥기린을 잊지 못하고 있다. 그 앞에 타락천사의 몸으로 나타난 것은 아름다운 추억마저 앗아가는 잔인한 일이다. 그녀를 더욱 절망시킬 수는 없다.

타락천사는 사람들을 밀치며 방문 밖으로 나선다. 스스로가 비참하여 견딜 수 없다. 어서 자리를 피하고 싶다. 피가 철철 흐르는 왼어깨를 틀어쥐고 성큼성큼 걸어간다. 활짝 열어젖힌 대문으로 잔치에 초대받은 손님들이 들어온다. 그중 한 사람과 부딪힌다. 상대가 기분 나쁘게 밀친다. 희멀건 얼굴의 젊은 무사이다. 자기 옷에 묻은 피를 보고 얼굴을 찌푸린다. 타락천사도 멈춰 선다. 두 눈에 억눌렀던 분노가 타오른다. 상대의 이름은 연대무(淵大武), 283전 279승 2무 2패, 서열 453위.

연대무: 남에게 부딪혀 오물을 묻혔으면 사과하는 게 도리 아닌가.

타락천사: 지금 오물이라고 했나?

연대무: 잔칫집을 찾아다니며 깽판이나 부리는 망나니 같은데, 다른 분들은 좋은 날이라 그냥 넘어갈지 몰라도 나 연모는 그런 아량이 없다.

타락천사: 내 피를 오물이라고 했는지 물었다!

말이 끝나기가 무섭게 타락천사의 몸이 부딪쳐 간다. 연대무가 본능적으로 물러서며 검의 손잡이를 잡는다. 미처 검을 다 뽑기도 전에 타락천사의 오른 팔꿈치가 얼굴에 작렬한다. 뒤이어 무릎, 주먹, 어깨, 발이 몸 여기저기에 정신없이 꽂힌다. 어찌나 빠른지 수십 명이 둘러싸고 마구 패는 것 같다. 순식간에 만신창이가 된 연대무가 정신을 잃고 쓰러진다. 남은 공력은 0.3성. 겨우 목숨만 건졌다.

그제야 타락천사는 둘러싼 사람들을 밀치고 성큼성큼 대문 밖으로 나간다. 사람들은 일류무사를 한순간에 초주검으로 만든 위세에 눌려 눈만 멀뚱거리며 구경한다.

허름한 마의를 걸친 사나이가 산길을 걷는다. 잘려진 왼어깨에는 검은 피가 엉겨 붙고, 흉터 진 얼굴의 왼쪽 귀도 없다. 입을 굳게 다문 얼굴은 무표정하다. 휘적휘적 걸어가는 모습에 외로움이 짙게 배어 스쳐가는 바람마저 쓸쓸하다.

언더월드보다 한 단계 높은 세상이라는 비욘드월드. 언더월드의 모든 이들이 동경하는 비욘드월드는 겉으로 보기에는 대의를 중시하고 평화를 사랑하는 것처럼 보인다. 언더월드처럼 권력과 금력을 지닌 자가 대우받는 세계가 아니고, 실력과 인품이 존경받는 세상처럼 보인다.

그러나 오늘 보다시피 겉으로만 군자연하는 위군자들로 가득 찼다. 남에게 손가락질 당할까 두려워 정도(正道)와 도덕을 내세우지만, 속은 썩어 문드러진 가증스러운 인간들이다. 차라리 인간의 본능이 적나라하게 드러나는 언더월드가 더 낫다. 언더월드의 시민들은 욕망 앞에 솔직하다.

누군가 쫓아오는 기척을 느낀다. 회색 가사를 입은 비구니가 빠르게 달려온다. 아정이다.

아정: 당신이 정말 옥기린의 후신인가요?

타락천사: 다 지나간 일이오.

아정: 그토록 다정다감했던 분이…… 믿을 수 없어요.

타락천사: 그대에게 지은 죄, 억겁의 윤회마다 고통의 업보로 돌아올지라도 달게 받겠소.

아정: 당신에게 옥기린의 영혼이 조금이라도 남아 있다면 떠나지

마세요.

타락천사: 옥기린은 죽었소. 나는 다른 인격체요.

아정: 무엇이 당신을 이토록 무정하게 만들었나요?

타락천사: 옥기린은 잊으시오. 미련은 집착을 낳을 뿐이오.

타락천사는 냉정히 돌아선다. 걸어가는 타락천사의 얼굴은 무표정하다. 내심은 아프고 허전한데 표정이 없어 더욱 슬프다. 아정이 다시 쫓아와 앞을 막는다.

아정: 당신에겐 옥기린의 영혼이 남아 있어요. 난 믿어요. 당신 뜻대로 잡지는 않겠어요. 검치존자는 남국의 변방에 계세요. 그곳으로 가려면 환상사막(幻想沙漠)을 건너야 해요. 아무도 들어갔다가 나온 적이 없다는 험난한 사막이랍니다. 무사히 다녀오기를 빌겠어요.

아정은 타락천사의 얼굴을 응시하다가 돌아선다. 처음에는 천천히 걸어가다가 조금씩 걸음이 빨라지고 이윽고 뛰어가기 시작한다. 얼굴을 두 손에 묻고 힘껏 달려간다.

타락천사의 마의가 바람에 날린다. 껑충한 그림자가 멀리멀리 뻗는다. 마치 달아나는 아정을 잡으려는 듯이.

침대에 누워 멍하니 천장을 바라본다. 마음 한구석이 텅 비어 휑한 바람이 분다. 죽음과 환생, 곧 윤회라는 것이 결국은 배움을 위한 과정이라 하는데, 도대체 무엇을 위한 배움인지 알 수가 없다.

4차원의 영혼을 지닌 내가 3차원의 인간 형태로 수없이 윤회하였다고 하자. 그때마다 지금처럼 고해에서 허우적거리며 괴로워했을 터이다. 그런데도 윤회는 수레바퀴처럼 계속되고 있다. 왜 그치지 못하는 것일까.

혹시 삶 속에서는 그토록 고통스러웠던 사고팔고(四苦八苦)가 죽어 근원적 영혼으로 돌아갔을 때는 짜릿한 재미로 남는 것이 아닐까. 마치 청룡열차나 바이킹같이 스릴을 느끼는 놀이기구를 탔을 때 비명을 지르고 무서워했으면서도 내리고 나면 곧 또 타고 싶어지듯이.

프타아는 현생의 삶에 대해 다음과 같이 말했다.

> 당신은 태어나기 전에, 소위 '광대한 스펙트럼 게임 플랜'을 선택했기 때문이죠. 거기엔 부모나 형제들도 포함되어 있죠. 그리고 종종 현생에서, 수많은 생애 동안 당신과 매우 친밀했던 다른 사람들과 더불어, 창조해 나가기도 합니다. 당신이 자신의 문화적 환경들을 선택합니다. 이해하시겠어요? 생애 동안 일어날 일들, 배워야 할 가르침, 경험해야 될 기쁨들을 다른 생애 동안 경험했던 것에 비추어 전반적인 선택을 하게 됩니다.
>
> 매 생애마다 똑같은 것을 반복하게 된다면 그건 매우 끔찍할 겁니다. 왜냐하면 그런 식으로는 다양함을 즐길 수 없을 테니까요. 그러므로 당신은 게임 플랜을 작성하고는 사람이라는 물리적 현실에 들어와, 순간순간 게임을 하면서 창조하는 겁니다. 벗이여,

이렇게 말씀드릴 수도 있습니다. 당신이 앎(깨달음)에 이르면, 삶의 고통과 번뇌로부터 변형을 이루면, 그땐 현생애뿐만 아니라 모든 생애에 대해 영향을 미치게 됩니다. 그리하여 이 생애에 대한 자신의 역사도 다시 쓰게 됩니다. 소위 과거라는 것을 바꾸게 되는 거지요.*

프타아는 현생을 게임에 비유하였고, 즐긴다는 표현을 썼다. 그런데 지금의 나는 괴롭다. 왜 그럴까. 게임 속이기 때문일까. 타락천사는 지금 심각할 정도로 허무의 고독에 빠져 있다. 그의 게이머인 나마저도 그 병에 전염되어 우울하다. 하지만 비욘드월드는 결국 게임일 뿐이고, 내가 그 게임을 선택하여 스스로 플레이하고 있을 뿐이다. 왜? 재미있으니까. 현생에서 맛볼 수 없는 스릴과 서스펜스를 느낄 수 있으니까.

마찬가지로 나 김기림은 현생이라는 게임에서 타락천사처럼 고통을 느끼는 것뿐이다. 나의 게이머는 내가 타락천사라는 캐릭터를 가지고 게임을 즐기듯이 김기림이라는 캐릭터를 지니고 게임을 즐기는 것이다.

이런 생각이 들자 다소 위로가 된다. 마음이 창공처럼 환해지기를 바라지만, 아직 깨달은 영혼이 아니라 어렵다. 다만 이 삶에서 어떤 어려운 일이 벌어지더라도 그것은 내가 배우기 위해 선택한 것이므

* 《프타아테이프》〈하〉 13쪽

로 결코 두려워할 까닭이 없다는 사실을 어렴풋이 깨닫는다.

프타아는 고통을 껴안고, 인정하고, 받아들여 존재의 빛 안으로 품으면 에너지를 누르고 있던 고통의 발톱이 제거되고, 그런 식으로 변형을 이루어 가게 된다고 하였다.

가만히 생각해 보면 나 김기림도 알게 모르게 많은 변형을 해왔다. 사람이 두려워 피하고 남을 이긴다는 생각은 꿈에도 못했는데, 이제는 스스로 사람을 사귀려 하고 커다란 덩치도 혼내줄 정도가 되었다. 내가 바라던 일들이 조금씩 이루어지고 있다. 프타아 말이 맞았다. 나는 물질로 환생한 정신으로 무엇보다 강력하다.

삶이라는 게임이 있다. 난이도는 고통이다. 예를 든다면 부유하고 사랑에 넘치는 가정에서 태어나 하고 싶은 일 다 하며 별 탈 없이 살다 제명에 죽는다면, 소위 말하는 행복한 삶으로 난이도는 1이 된다. 미약하고 겁 많은 영혼들이나 즐기는 수준이다. 가난하게 태어나 초년에는 고생을 하지만 타고난 재주로 성공하여 중년 이후 다복하게 살다 간다면 난이도 2. 뭐 이런 식으로 난이도의 레벨이 정해진다. 옆에서 보기에 어떻게 인간이 저러고도 살아갈 수 있을까, 차라리 태어나지 않았으면 좋았으리라고 생각할 만큼의 기구한 삶이 있다면 아마 최고의 레벨이 될 터이다. 따라서 보기에 고통스러운 삶을 사는 사람일수록 강하고 용기 있는 영혼이라 할 수 있다.

우리 각자는 태어날 때 게임 플랜을 짜 가지고 온다고 했는데, 결국은 스스로 레벨을 정하고 오는 것과 같다. 종종 자기의 영적 수준보다 높은 레벨을 선택하고 태어나기도 한다. 차례로 단계를 밟지 않고 한 두 단계 건너뛰는 경우이다. 한시라도 빨리 게이머의 영적 수준을 높이려는 욕심 때문에 일어나는 현상이다. 이때는 고통의 크기에 비해 그것을 버텨낼 수 있는 영혼의 그릇이 작아 파멸하기도 한다. 스스로 게임오버, 곧 자살하고 만다는 뜻이다.

이런 경우 그의 난이도가 반드시 높지는 않다. 그보다 더한 사람들도 얼마든지 살아가고 있으니까. 고통에 비해 영혼이 약하므로 버티지 못할 뿐이다. 왜 있지 않는가. 보기에 많은 것을 지닌 자들이 스스로 게임오버하는 일들이.

나의 삶이라는 게임의 레벨은 어느 수준일까. 제법 높지 않을까. 가끔은 더 이상 지속할 수 없을 정도의 고통을 느끼기도 하는데, 혹시 나의 게이머가 단계를 건너뛴 것은 아닐까. 옥기린이 스스로를 견디지 못하고 게임오버하고, 그 후신인 타락천사가 나를 미워하듯이, 나도 벅찬 레벨을 선택한 나의 게이머를 미워하고 있는 건 아닐까.

별별 생각이 다 든다. 아무것도 결론 나는 것은 없다. 갑갑한 마음을 달래기 위해 어둠의 순례에 나선다. 공원으로 최 형님을 찾아간다. 그동안 서너 번 만나 술잔을 나누었다. 그때마다 느끼는 거지만 하늘 아래 아무 거리낌이 없는 자유인이다. 아침이면 벤치에서 일어나 어디론가 갔다가 저녁이면 돌아온다. 벤치가 집이라 하면 출퇴근이 정확한 회사원 같다. 항상 술 냄새가 나기는 하지만 술을 욕심내지 않는다. 공력 회복제처럼 필요한 만큼만 마신다.

공원 안이 어수선하다. 고함과 어이쿠 하는 비명도 들린다. 부리나케 달려간다. 예상이 맞았다. 최 형님이 세 놈에게 둘러싸여 끌려가고 있다. 급한 마음에 몸을 날린다. 두발차기로 가장 가까운 놈의 허리를 걷어찬다. 사뿐 내려서며 또 한 놈의 옆구리에 팔꿈치를 꽂는다. 다른 한 놈이 "어어" 하며 물러나는 것을 힘껏 턱을 차 버린다. 호루라기 소리가 들린다. 저쪽에서 몇 사람이 뛰어온다. 처음에 넘어졌던 놈이 다리를 잡는다. 또 한 놈이 목을 끌어안는다. 뒤통수로 목을 끌어안은 놈의 면상을 박는다. 놈이 팔을 풀고 주저앉는다. 오른발을 빼내 다리를 잡은 놈의 가슴을 찬다. 순간 "치익" 소리와 함께 두 눈알이 빠질 듯이 쓰리고 아프다. 비겁한 놈들, 독물을 썼구나. 하지만 죽으면 죽었지 내 사전에 항복이란 없다. 얍. 버럭 기합을 지르며 로켓포처럼 쏘아져 날아가 독물을 뿌린 놈의 가슴을 머리로 박는다. 위기이다. 적들이 너무 많다. 일단 피하고 후일을 도모하자. 앞이 보이지 않으므로 무작정 달린다. 두 손을 풍차처럼 돌려 걸리는 것은 무조건 패고 본다. 누군가 발을 거는 바람에 고꾸라진다. 몇 사람의 몸뚱이가 위에서 찍어 누른다. 양손을 뒤로 돌린다. 철컥. 수갑이 채워진다.

지구대에 끌려가서야 겨우 눈이 떠진다. 아직도 가스총에 맞은 눈알은 쓰리고 아프지만 장님이 되지는 않을 것 같다. 최 형님은 보이지 않는다. 싸우는 와중에 달아난 것 같다.

죄목은 공무집행방해죄. 공원의 노숙자를 단속하는 경찰을 폭행했다는 이유이다. 하늘이 노래진다. 공무집행방해죄는 현행법상 5년 이하의 징역, 1000만 원 이하의 벌금이다. 나 같은 백수에게는 어마어마한 벌칙이다.

경찰을 붙잡고 애처로운 표정으로 사정을 한다. 아는 형님이 불량배에게 맞는 줄 알았다. 평소에 눈이 나쁜데다가 어두워서 경찰인 것을 알아보지 못했다. 잘못했다. 제발 용서해 달라.

사정을 들은 경찰도 동정이 가는 눈치이다. 무궁화 두 개인 경감이 들어온다. 경감이면 지구대 대장이다. 애원하는 모습이 하도 애처로웠는지 무슨 일이냐고 묻는다. 담당자는 우물쭈물 노숙자들을 단속하는 데 방해했다고 얼버무린다. 차마 나처럼 왜소한 인간에게 경찰 서넛이 얻어맞았다는 말을 하기 어려운 눈치이다. 얻어맞은 사람들도 똥 씹은 얼굴을 할 뿐 별 말을 하지 않는다. 뭐 그리 다친 것도 아니고 내 덩치를 보니 자기들도 한심한 모양인지 입맛만 다신다.

대장은 신분 확인하고 훈방조치 하라고 말한다. 자정이 가까워서야 자유의 몸이 된다. 꼼짝없이 철창에 갇히는 줄 알았다. 하늘을 보며 심호흡을 한다. 별들이 초롱초롱 빛난다. 울컥 부끄러워지며 눈물이 쏟아진다.

온갖 불쌍한 얼굴로 애원을 하던 내 모습이 떠오른다. 옥기린이나 타락천사였다면 어떻게 했을까. 옥기린은 수치심을 못 이겨 스스로 목숨을 끊음으로써 자존심을 지켰다. 타락천사였다면…… 제 발로 철창에 들어가면 갔지, 남 앞에 고개를 숙이고 사정하는 일 따위는 결코 하지 않았으리라. 나는 피창조물보다 못한 비겁한 창조자이다.

둘

타락천사가 눈을 가늘게 뜨고 앞을 바라본다. 모래에서 반사된 빛이 눈을 찌른다. 푸른 풀밭이 문득 끊겨지고, 그 뒤로 흰 모래가 끝없이 펼쳐진다. 바람이 불면 모래결이 주름을 지으며 파도처럼 사르르 사르르 밀려든다. 남국의 험지인 환상사막이다.

이곳에 들어갔다가 살아나온 사람이 없는 탓에 갖가지 전설만 무성하다. 사나운 원주민들과 기괴한 영물들이 사는데 성질이 포악하여 침입자를 닥치는 대로 해친다고도 하고, 얼굴을 가린 회색무사와 가공할 힘을 지닌 모래사나이가 싸움을 걸어 그 자리에서 죽여 버린다고도 한다. 그 밖에도 갖가지 환상으로 결국 미쳐 버린다고도 하고, 보이지 않는 기진(奇陣)이 설치되어 하염없이 맴돌다 공력이 다해 죽는다고도 한다. 사막을 넘으면 황금의 성이 있는데, 그곳에는 온갖 보석과 맛있는 음식, 아름다운 미녀들이 가득하여 한평생 꿈처럼 살 수 있다는 전설도 있다.

풀밭에서 보는 태양과 사막에 뜬 태양은 분명 같을 터인데 느낌은 사뭇 다르다. 풀밭 위의 태양이 자애로운 어버이 같다면, 모래 위의 태양은 분노에 찬 폭군 같다. 뜨겁게 달구어진 공기가 어른어른 번지어 하늘 위로 희미한 신기루를 만들어 낸다. 신기루는 영상처럼 끊임없이 변화한다. 지평선 멀리 검게 피어오르는 것은 모래폭풍이리라.

버티고 있는 사막이 거대한 악신(惡神)과도 같아 감히 발을 들여놓기가 두렵다. 검치존자가 이곳을 건너갔다고 하는데, 어쩌면 그도 다

건너지 못하고 사중고혼(沙中孤魂)이 되어 버렸을지 모른다. 그렇다면 구태여 목숨을 걸고 건너려 할 필요가 없잖은가.

이놈! 나약한 놈 같으니라고. 겨우 그깟 배포로 가인을 얻으려 했단 말이냐. 네가 두려움에 질려 건널 시도조차 못하는 이곳을 검치존자는 조금의 망설임도 없이 걸어 들어갔다. 너처럼 소심한 놈이 그런 그를 어떻게 상대할 수 있겠느냐. 어떻게 원하는 것을 손에 넣을 수 있겠느냐. 그냥 이대로 가인은 마음속에나 담고 평생 그리움에 괴로워하며 살다 죽어라. 그게 너 같은 패자에게 어울리는 삶이다.

누가 감히 날 무시하는가. 네가 날 창조하였다고 이렇게 무시해도 되는가. 돌아보는 타락천사의 두 눈이 이글거린다. 너는 재미로 날 창조하고 재미로 게임을 하지만, 나에게는 이 세계가 삶이고 우주이다. 내가 죽으면 너는 또 다른 캐릭터를 만들어 내면 되지만, 나는 내 영혼을 잃고 우주를 잃는다. 여기에 대해 아무런 책임도 질 수 없는 네가 어찌 감히 나를 무시하는가.

어이, 비열한 이중인격자이자 소심한 겁쟁이인 창조자. 나와 너는 결정적인 차이가 있지. 타락천사의 얼굴에 비웃음이 떠오른다. 나는 너처럼 자신이 피창조물이라 하여 징징거리고 불만만 털어놓지는 않아. 적어도 나는 나를 믿고 스스로에게 책임을 진다는 말이다.

타락천사가 보란 듯이 사막에 성큼 발을 들여 놓는다. 한 걸음 두 걸음 묵직하게 걸어간다. 뒤도 돌아보지 않고 앞만 향한다.

걸어도 걸어도 똑같은 풍경이 펼쳐진다. 태양이 이글거리고 공기는 타오른다. 고개를 숙이고 피풍의(避風衣) 자락으로 얼굴을 가린 채 무의식적으로 걷는다. 이까짓 육체의 괴로움 따위는 고통이라 이름붙일 자격조차 없다. 고통이 죽음보다 강할 수는 없다. 나는 이미 죽음을 맛보았다.

죽음. 아득한 미지의 세계로 끌려드는 두려움을 느껴 보았는가. 자신이라는 존재를 이제 영원히 인식할 수 없을 것만 같은 허무감을 맛보았는가. 이 세상 모든 연관된 것들과 헤어져 우주보다 낯선 곳을 홀로 헤매는 외로움. 나는 무소의 뿔처럼 혼자서 걷는다. 나는 나를 느끼고, 그래서 존재하므로 걷는다.

바람이 거세다. 모래가 얼굴을 따갑게 때린다. 지평선에서 검은 산덩이가 꿈틀꿈틀 솟아오른다. 벌떡 일어나 거인처럼 성큼성큼 다가온다. 모래폭풍이다. 천지가 검은 모래 속에 파묻힌다. 칠흑 같은 어둠 속에 진홍빛 번개가 번뜩인다. 모래 알갱이가 한 알 한 알 파편이 되어 피부를 할퀸다. 말라붙은 폐에 모래가 차서 버석거린다. 허리를 꼬부랑 할아범처럼 숙이고 비틀거리면서 한 발 한 발 내딛는다. 발이 푹푹 빠진다.

난 왜 이곳을 걷고 있는 걸까. 사막 저편에 검치존자가 있기나 한 걸까. 검치존자가 있는 곳에 가인도 있을까. 가인, 그래 가인이 있을 거야. 어둡던 가슴 한구석에 작은 촛불이 켜진다. 가냘픈 빛줄기가 어둠을 밀어낸다. 힘이 솟는다. 모래폭풍의 발광도 아무렇지 않다.

다시 힘을 낸다. 거센 바람이 도리어 통쾌하다. 그래, 바람아 불어라. 불고 불어 내 혼마저 날려 보내라. 육체가 스러지고 혼이 날려가도 그리움은 남아 사랑하는 임을 찾아가리라.

바람이 잦아든다. 멀리 푸른 숲이 보인다. 오아시스다. 반가움에 달려간다. 아무리 달려도 거리가 줄지 않는다. 지쳐서 쓰러질 때야 깨닫는다, 신기루의 장난이었음을.

어느덧 붉은 태양이 뉘엿뉘엿 모래언덕에 걸린다. 하얀 모래밭이 감빛으로 물든다. 거대한 태양을 배경으로 검은 그림자가 나타난다. 사람보다 그림자가 주욱주욱 뻗으며 먼저 다가온다. 사나이는 온통 회색이다. 왼 소매가 힘없이 펄럭인다. 얼굴에 회색 두건을 쓰고 있어 까만 눈만 반짝인다. 낯익은 눈이다. 눈이 싱긋 웃는다. 그의 프로필은 나타나지 않는다.

회색무사: 여기까지 오다니 제법 배짱이 있군. 하지만 사막을 건너려면 우선 날 이겨야 할 거야.

타락천사: 네가 전설의 회색무사인가. 그렇지 않아도 이 빌어먹을 사막에서 분풀이할 상대를 찾고 있었는데 잘 됐군.

타락천사가 검을 뺌과 동시에 회색무사를 베어 간다. 회색무사도 똑같은 기세로 마주 달려든다. 둘 다 외팔이다. 검이 부딪친다. 그 한 번의 부딪침으로 결코 상대가 자신의 아래가 아님을 깨닫는다. 정신을 가다듬고 무위검의 모든 진수를 펼친다. 회색무사의 솜씨도 만만치 않다. 조금도 물러서지 않고 반격을 한다. 기분 나쁜 것은 회색무사의 눈이 웃고 있다는 사실이다.

시간이 흐를수록 타락천사는 지쳐 간다. 모래폭풍에 시달리고 신기루에 속아 피로가 쌓인 상태에서 사투를 벌이니 당연한 일이다. 결국 검을 휘두르다 발을 헛딛고 넘어진다. 회색무사가 조소어린 눈으로 내려다본다.

회색무사: 이 정도 실력으로 사막을 건너겠다는 건가.

타락천사: 정당한 싸움이 아니었다는 건 잘 알 텐데…….

회색무사: 오호, 패배를 인정하지 않겠다는 거군. 기회를 더 주지. 그때는 구차한 변명 따윈 늘어놓지 않도록.

회색무사가 사라진 후, 타락천사는 술을 찾는다. 등짐에 여분의 술을 넣어 가지고 왔건만 모래폭풍 속에 흘렸는지 보이지 않는다. 남은 것이라고는 허리에 찬 호리병 안의 술뿐이다. 암담하다. 이것만으로는 얼마 버틸 수가 없다. 그 전에 사막을 빠져 나가야 한다.

밤하늘에 별들이 영롱하다. 남쪽 하늘 끝에 남극성이 찬란히 반짝인다. 지금 부지런히 걷지 않으면 안 된다. 덥지도 않은데다 남극성이라는 길잡이도 있다.

사각사각. 모래를 밟는 소리만이 들릴 뿐 고요하다. 온 우주가 숨죽이고 지켜보는 듯하다. 따릉 따릉 따릉. 몸에서 경보음이 울린다. 위험하다. 뭔가가 노리고 있다. 걸음을 멈춘다. 흘러가는 대기에 묻은 상대의 존재를 감지한다. 눈에는 보이지 않으나 사방에서 다가오고 있다.

슈슈슉. 모래가 한 줄로 꿈틀꿈틀 부풀며 달려온다. 공중으로 뛰어오르며 검을 내리친다. 녹색 액체가 튄다. 끄릉. 괴성과 함께 거대한 괴물이 대가리를 내민다. 톱니바퀴 같은 아가리를 지닌 환형괴물이다. 3개의 날카로운 촉수 중 하나가 잘려나가 녹색 피가 흐른다. 나머지 두 개의 촉수가 급격히 뻗어나며 감싸 온다. 공중에서 재주를 넘으며 나머지 두 개의 촉수를 마저 벤다.

그것을 시초로 환형괴물들의 공격이 시작된다. 사방팔방에서 튀어나와 촉수로 공격한다. 촉수를 잘린 놈들은 아가리에서 끈적끈적한 점액질을 포처럼 쏘아댄다. 타락천사는 놈들의 머리에서 머리로 뛰어다니며 힘겹게 싸운다. 여기저기 촉수에 스치고 찔린다. 독을 지녔는지 상처가 부풀어 오르며 마비가 된다. 게다가 비처럼 쏟아지는 점액질이 묻어 행동이 점점 느려진다. 촉수에 왼발이 감긴다. 검으로 자르자 이번에는 검을 든 오른팔이 감긴다. 순간적으로 놈의 아가리로 끌려 들어간다.

푸른빛이 번쩍이며 놈의 촉수가 끊어진다. 긴 허리띠가 날아와 타락천사의 허리를 감는다. 허공으로 날아간 타락천사는 누군가의 품에 안긴다. 누군가는 타락천사를 안고 나는 듯이 달린다. 독에 중독되어 정신이 비몽사몽 어득하다.

한동안 달리던 누군가가 타락천사를 내려놓는다. 타락천사가 겨우 눈을 떠 상대를 바라본다. 하얗고 갸름한 얼굴, 커다란 눈, 빨간 입술.

타락천사: 수심린!

수심린: 안심하세요. 놈들은 이곳으로 오지 못해요.

타락천사: 어떻게 여기까지……?

수심린: 이야기하자면 길어요. 우선 상처부터 치료하도록 해요.

수심린이 촉수에 찔리고 갈라진 상처에 술을 붓고 천으로 싸맨다. 입술을 꼭 다물고 눈살을 약간 찌푸린 채 치료에 열중하는 모습이 곱다. 가슴이 짠하다. 그토록 무뚝뚝하게 대했는데 승천하여 이곳까지 따라오다니. 벌써 몇 번이나 도움을 받는 건가. 왜 이 여인은 내게 모든 걸 바쳐 도우려는 걸까.

붓고 마비가 되었던 상처가 수심린의 치료에 점차 가라앉는다. 1성 이하로 내려갔던 공력도 술을 마셔 회복한다. 두 사람이 있는 곳은 돌산이다. 모래 속에 사는 환형괴물들은 바닥이 단단한 이곳까지 올 수 없다.

두 사람은 바위에 나란히 앉는다. 수심린이 바람에 힘없이 날리는 타락천사의 왼소매를 슬픈 눈으로 바라본다. 서로 할 말이 많지만 어색함이 가로 막는다. 타락천사가 헛기침을 몇 번 한다.

타락천사: 나 때문에 잘못되지나 않았을까 자책했었소. 당신이 여기까지 올 줄은 상상조차 못했소.

수심린: 용대운은 나를 찌른 후 스스로 패배를 인정했어요. 덕분에 나는 당신이 승천한 지 열흘 만에 뒤따라 승천할 수 있었지요.

비욘드월드로 온 수심린은 타락천사를 찾아 태양장으로 갔다. 그곳에서 만나지 못하자 이곳저곳 수소문하다가 그가 비응문으로 갔다는 것을 알았다. 비응문으로 간 수심린은 다행히 아정을 만나 타락천사의 행방을 듣고 환상사막까지 쫓아오게 되었다고 한다.

타락천사는 여기까지 와 준 수심린이 고맙고도 걱정된다. 아무도 살아서 돌아가지 못한다는 환상사막. 예상했던 것보다 훨씬 험난한 곳이다. 앞으로도 어떤 위험이 닥칠지 모른다. 수심린에게 무슨 일이 생기지나 않을까 불안하다.

어느덧 남극성은 스러지고, 미인의 눈썹 같은 그믐달이 처연하게 뜬다. 수심린의 머리가 스르르 타락천사의 어깨 위로 기운다. 두 사람은 태고 이전부터 있던 사막의 바위처럼 그대로 멈춘다.

마음이 아리하면서도 따끈하다. 한 여인의 지고한 사랑을 받는 타락천사가 부럽다. 생김새도 정이 안 가고 성격도 뚝뚝한 그의 어떤 면이 마음에 든 걸까. 장점을 짚어 본다. 가식이 없는 순수한 마음, 역경을 두려워 않는 강한 의지, 목표를 향한 집념, 스스로에 대한 강한 자부심……, 칫 그러고 보니 제법 가진 것이 많다.

나는 그를 성의 없이 창조했는데, 그는 아무 불평 없이 자신을 부끄럽지 않은 개체로 성장시키고 있다. 한 여인의 사랑을 받을 만한 충분한 가치가 있다.

그렇다면 나는, 마음은 순수한가? 의지는 강한가? 집념이 있는가? 자부심이 있는가? 서글프게도 모두 아니요이다. 왜 내 분신은 지니고 있는 것을 나는 지니지 못할까. 대답은 복합적이다. 자신을 사랑하지 못하고, 용기가 없고, 불평만이 가득하기 때문이다. 알면서 왜 못 고치느냐고? 에이, 여보슈, 자기의 단점을 척척 고칠 수 있으면 성인(聖人)이게.

큰소리칠 것도 없지만 자괴심을 지닐 필요도 없다. 나는 나대로 약간씩이나마 바람직한 방향으로 변형해 가고 있지 않은가.

얼마 전 지구대에서의 일을 생각하자 얼굴이 붉어지며 화가 치솟는다. 떳떳했어야 했다. 감방에 가더라도 자존심을 내팽개치고 애걸복걸하지는 말았어야 했다. 그러는 나의 모습을 보고, 그들은 얼마나 하찮게 여겼을까.

화가 나서 견딜 수 없다. 나를 버리고 도망친 최 형님도 그렇다. 진실로 동생으로 생각했다면 자기를 도와주려던 나를 모른 채 버리고 도망쳐서는 안 되었다. 자유로운 영혼인 줄 알았는데 모두 허세이고 소심한 인간일지 모른다. 답답하다.

어둠의 순례에 나선다. 최 형님에 대한 섭섭한 마음에 공원에 들르지 않고 포장마차로 향한다. 주인아저씨가 반기며 그동안 왜 안 왔느냐고 묻는다. 나는 찌릭 신비한 미소만 보여주고 만다.

손님이 없어 홀로 앉아 술잔을 기울이자니 비닐천 위로 타닥타닥 빗방울이 떨어진다. 아저씨가 앞에 새로운 안주를 놓는다. 전어회이다. 물이 좋은 게 들어왔다고 맛 좀 보라고 한다. 아저씨의 투박하지만 살가운 마음이 훈훈하다. 이런 게 사람 사는 정이다.

나도 술잔을 권한다. 아저씨는 근무시간에 마시면 안 되는데, 농담하면서도 달게 마신다. 약간 맛이 간 아가씨는 요새도 오냐고 물어본다. 아저씨는 며칠 전에 한 번 왔었다고 하면서 누군가를 찾는 것 같았다고 말한다. 가슴이 후득 뛴다. 혹시 날 찾은 건 아닐까.

연이어 손님들이 들이닥치는 바람에 더 이상의 이야기는 나눌 수 없다. 빗줄기 소리가 거세다. 은근히 센티멘털해지며 감성이 부푼다. 노란 불빛에 파란 담배 연기가 감도는 포장마차는 비행선이다. 지금 우주를 여행하고 있다. 남보랏빛 공간에서 불꽃처럼 찬란하게 유성우가 쏟아져 내린다. 투닥투닥. 비행선의 표면에 부딪는 소리가 요란하다. 가까스로 유성우 사이를 뚫고 나아가자 커다란 초록별이 보인다. 분홍빛과 연둣빛의 매혹적인 두 유성을 거느리고 있다. 유성 사이를 유유히 흐르던 비행선이 초록별에 착륙한다. 실종된 대원을 찾아야 한다.

비닐천이 들쳐지며 비바람이 날려든다. 비에 흠뻑 젖은 여자가 들어선다. 실종된 대원인가. 얼굴이 마주치자 실죽 웃는다. 은희이다. 망설임 없이 옆에 털썩 앉아 내 앞의 잔을 홀짝 마신다. 빗물이 방울방울 맺힌 얼굴이 창백하고 입술이 파랗다. 젖은 머리털에서 빗물이 줄줄 흐른다. 헐렁하던 셔츠가 빈약한 몸에 찰싹 붙어 더 애처롭다. 후루룩 몸을 떤다.

이 여인은 우주에서 길을 잃고 홀로 헤매다가 이제야 안식처를 찾아온 것이다. 아무도 없이 영원처럼 빈 공간에서 얼마나 외로웠을까. 느낄 수 있는 것은 자신의 조그만 몸과 영혼뿐. 아무것도 할 수 있는 일은 없다. 순간순간 자신도 무로 돌아가 저 공간처럼 사라질지 모른다는 두려움에 얼마나 떨었을까.

파들파들 떠는 모습이 길 잃고 들어온 연약한 참새 같다. 도도록한 가슴이 가쁘게 오르내린다. 발가락 끝에서부터 아린 느낌이 찌리링 솟구쳐 가슴을 스치며 머리를 훑고 나간다. 이제는 안심해도 좋아. 넌 결코 혼자가 아니다. 프타아의 말처럼, 너는 잠시라도 근원으로부터 분리된 적이 없음을 알아야 한다. 우리 모두가 하나의 근원으로부터 나왔음을 이해해야 한다. 이 모든 것을 깨치기 위해 극단적인 경험을 할 필요는 없다. 너 스스로를 너무 괴롭힐 필요가 없다는 말이다.

손수건을 꺼내 머리털과 얼굴을 닦아준다. 은희는 말 잘 듣는 아이처럼 얌전하다. 아저씨가 뜨끈한 어묵 국물을 내준다. 뜨거워 얼굴을 찌푸리면서도 후룩후룩 잘도 마신다. 은희에게 다음과 같은 프타아의 말을 전해 주고 싶다.

지금 이 순간의 당신 자신은 고통 속에 살고 있고, 사랑을 갈망하며, 전체성을 염원하지요. 자, 당신이 진실로 전체성 안에 머무르면 — 당신 자신과 더불어 있으면 — 당신이 자기 자신에 대한 사랑을 진실로 경험하면, 그땐 분리가 없음을 이해하게 됩니다. 그때 비로소 모든 것이 따라오게 되지요. 항상, 항상, 그것은 자기 자신을 사랑하는 것에 귀결됩니다. — 받아들이고, 인정하는 거지요. 당신은 신성한 권리로 여기 존재합니다. 건강, 풍요함, 기쁨, 사랑 — 그건 신성한 권리로서 당신 것입니다. 당신은 모든 것을 누릴 만한 자격이 있습니다. 왜냐고요? 당신이 여기 존재하기 때문이죠. 진실로 당신은 신성(神聖)하기 때문입니다. 우주 가운데서 당신이 갖지 못할 것은 없습니다. 하지만 '단서'가 있습니다. 그 '단서'

란 당신이 원하는 그 놀라운 것들을 갖기 위해서는 당신 자신이 누구인지를 알아야만 하며, 당신의 모든 면을 사랑해야만 합니다.*

하지만 이 말을 해준다 해도 얼마나 알아듣겠는가. 사실 나 자신조차도 프타아의 말을 머리로는 이해를 하지만 가슴으로 깨닫지는 못하고 있지 않는가. 그래도 그녀만은 모든 것을 깨달아 행복했으면 하는 바람이다.

어떻게 말을 해야 할지 몰라 술만 마신다. 마음속에서 그녀를 향한 측은지심이 물결처럼 일렁일렁 차오른다. 누구나와 마찬가지로 은희도 지금 게임을 하고 있다. 감당하기 어려운 레벨을 선택해 아슬아슬하게 이끌어 가는 중이다. 은희의 게이머는 분명 단계를 뛰어넘었을 것이다. 그는 프타아의 말대로 자신이 누구인가를 알고, 자신의 모든 면을 사랑하기 위하여, 곧 깨닫기 위하여 무리한 게임을 성급히 벌이고 있는지도 모른다. 자신의 욕심으로 이 작은 영혼이 얼마나 괴로워하는지는 상관하지 않는다. 나의 게이머만큼이나 이기적인 존재이다. 짙은 동류의식과 함께 친밀감을 느낀다.

지금 내가 해줄 수 있는 일은 술을 따라 주는 것뿐이다. 그녀는 따라 주는 대로 홀짝홀짝 마신다. 얼굴이 발그레해진다.

"춥지 않아?"

다소곳이 고개를 끄덕인다. 예전의 발악하던 흔적은 찾을 수 없다.

* 《프타아테이프》〈하〉 38쪽

그 사이에 조각난 영혼이 맞추어진 걸까. 사랑스러운 느낌이 들며 꼭 안아 주고 싶은 욕망을 느낀다. 하지만 방심은 금물. 언제 다시 발작을 할지 모른다. 취하기 전에 끌고 나온다.

나는 앞장서 걷고 은희는 뒤를 따른다. 잘 익은 밤이다. 어느새 비는 그쳐 바람은 훈훈하고 가로등은 밝다. 밤에 여자와 단둘이 걸어본 게 얼마만인가. 대학 때 동아리 여학생하고 걸어본 적은 있지만 친구가 아닌 동료로서였다. 지금 은희는 친구일까.

은희가 없다. 어느새 길가의 다른 포장마차로 들어가는 게 보인다. 달려가 끌고 나온다.

"술 더 마시고 싶어."

"안 돼."

"왜?"

"경찰이 잡아가."

은희가 겁을 먹고 바싹 다가온다. 두 사람이 나란히 걷는다. 은희의 키가 나보다 껑충하게 크다.

늦은 시간이다. 익숙한 발길로 산동네 은희네 집으로 향한다. 짐작했던 대로 은행나무 맞은편이 은희네 집이다. 은희가 뛰어 들어가려다가 돌아본다.

"오빠 이름이 뭐야?"

"기린이야, 목이 긴 기린. 술 마시고 싶다고 밤늦게 돌아다니면 안 돼. 내가 와서 술 사줄 테니까."

나는 산동네를 달려 내려온다. 기분이 좋다. 드디어 한 여인과 친구가 되었다. 그런데 나는 왜 뜬금없이 기린이라고 한 걸까. 김기림이라는 이름을 그녀가 외기 힘들다고 생각해서일 터이다. 아니면 내 마음 속에는 아직도 옥기린이 되고 싶어 하는 욕망이 남아 있거나.

셋

비스듬히 누운 여인의 몸매처럼 풍만한 모래언덕 위로 두 사람의 그림자가 나타난다. 모래밭을 정강이까지 푹푹 빠지며 무겁게 걷는다. 한 사람이 넘어지면 다른 사람이 부축하고, 둘이 함께 구르기도 한다. 머리 위에 뜬 하얀 태양은 잔인하도록 이글거린다. 마침내 두 사람은 모래언덕 밑 손바닥만 한 그늘에 쓰러지듯 주저앉는다.

수심린이 타락천사에게 술병을 내민다. 타락천사가 받아 공력을 채우자, 수심린도 술병을 입에 댄다. 얼마간 마시고는 등짐에 잘 갈무리한다. 타락천사가 엄한 눈길로 쳐다본다. 수심린이 공력을 7성 정도밖에 채우지 않았음을 안다.

타락천사의 눈길을 받은 수심린이 얼굴을 붉히며 다시 술병을 입에 댄다. 곱던 얼굴이 가칠하다. 사막에 들어선 지도 보름이 지났다. 말은 안 해도 수심린이 가져온 술도 바닥이 나고 있음을 눈치챈다. 수심린은 어떻게든 타락천사를 더 마시게 하려고 애쓴다. 지금도 다시 마시는 체하지만 실상은 8성을 넘기지 않았음을 안다. 그녀가 민망해 할까 봐 말을 안 할 뿐이다.

잠시 쉬며 공력을 회복한 두 사람은 다시 걷는다. 아까보다는 훨씬 활기차다. 한시라도 빨리 이곳을 벗어나야 한다. 술이 다 떨어질 때까지 벗어나지 못하면 모든 게 끝장이다. 문제는 방향을 잡는 게 어렵다는 점이다. 밤에 남극성을 향해 걷던 그 방향 그대로 낮에도 걸을 뿐이다. 밤에만 이동하기에는 시간이 촉박하다.

갑자기 두 개의 검은 기둥이 나타난다. 얼른 보면 하늘을 떠받친 거인의 다리통 같다. 기둥은 맹렬히 돌며 주위의 모래를 감아올린다. 회오리바람이다. 그것도 운 나쁘게 쌍으로 나타나 어마어마한 기세로 다가온다.

두 사람은 경공술을 펼쳐 회오리로부터 멀어지려고 애쓴다. 두 개의 회오리가 하나로 합쳐지며 걷잡을 수 없이 휘몰아친다. 먼저 수심린이 말려들어 빙빙 까마득히 떠오르고, 이어 타락천사의 몸이 솟는다. 모래의 소용돌이가 하도 빨라 정신을 차릴 수가 없다. 태초의 혼돈 속에 빠진 듯 천지가 거꾸로 돈다.

영혼의 불빛이 아득히 멀어질 즈음 어디론가 내팽개쳐진다. 모래에 거꾸로 처박히고 나서도 한동안은 움직일 수가 없다. 가까스로 정신을 차렸을 때는 망망한 사막에 홀로 내던져진 자신을 발견한다. 벌떡 일어나 수심린을 찾는다. 아무리 부르고 헤매어도 찾을 수 없다. 가슴이 덜컹 내려앉는다. 홀로 남았다는 고립감이 몸서리날 정도로 사무친다.

처음 혼자 사막에 들어왔을 때와는 비교도 되지 않을 정도로 외롭고 두렵다. 수심린이라는 작은 영혼이 곁에 있을 때와 홀로 남겨진 것의 차이는 엄청나다. 우주가 텅 빈 듯 허전하다. 가슴이 방망이질치며 코끝이 매콤하더니 울컥 눈가가 뜨거워진다. 입술을 물며 일어선다. 찾아야 한다. 어딘가에서 내 도움을 안타깝게 기다리고 있을지 모른다. 그래, 이번에는 내 차례다. 내가 그녀에게 힘이 돼 줄 차례다.

다시 수심린을 찾아 나선다. 혹시 모래 밖으로 삐져나온 손이나 발이 없는지 살핀다. 어쩌면 회오리바람에 휩쓸려 아주 멀리 날아가 버렸을지도 모른다는 생각에 무작정 달려보기도 한다.

쨍쨍하던 태양도 지평선 너머로 내려앉고 어둠이 찾아온다. 바람 한 점 없어 온 주위가 정적에 잠긴다. 하늘의 별들이 손에 잡힐 듯 내려온다. 드넓은 모래 위로 별빛이 점점이 빛난다. 오직 살아 있는 것은 자신뿐. 이제 영혼마저도 무생물화되는 건 아닌지 두렵다. 온 우주에 단 하나 남은 의식이 등대처럼 깜박이고 있다. 고독하다. 존재마저도 부정하고픈 절대고독. 우주 대 나. 영겁 대 나. 무(無) 대 나.

타락천사는 모래 바닥에 주저앉아 몸을 오그린다. 작아지고 작아져서 모래가 되고 싶다. 수많은 동료가 있는 모래가 되고 싶다. 그렇지 않다면 차라리 영혼이 자디잘게 부서져 모래 한알 한알에 스며들어 소곤소곤 이야기를 나누고 싶다. 또 다른 영혼을 느끼고 싶다.

투명한 달을 배경으로 한 사나이가 나타난다. 회색무사이다.

회색무사: 이런, 길 잃은 아이처럼 울먹이고 있군. 혼자라는 게 그토록 서러운가.

타락천사: 그래. 네 낯짝이라도 보니까 조금 숨통이 트이는군.

회색무사: 아직도 그 허세는 여전하군.

타락천사: 분풀이할 상대가 나타나 주니 고마워서 말이지.

알 수 없는 분노에 휩싸여 회색무사를 향해 덤벼든다. 회색무사가 슬쩍 미끄러지며 반격한다. 타락천사의 검은 날카롭고도 생생하다. 검을 휘두르는 동안 사라졌던 자부심과 자신감을 되찾는다. 무엇보다 존재의 이유를 찾게 되어 기쁘다. 소중한 적이다. 최선을 다해 실력을 발휘하지 않으면 안 된다.

타락천사의 검이 예기를 뿜으면 뿜을수록 회색무사의 검도 똑같이 강해진다. 푸른 어둠 속 하얀 검빛이 휘황하게 춤을 춘다. 시간이 흐른다. 타락천사가 지치기 시작한다. 회색무사는 타락천사의 수법을 모두 파악한 듯 공격을 손쉽게 막는다. 그럴수록 타락천사의 피로는 쌓여간다. 온몸에 땀을 흘리며 숨을 헐떡인다. 휘청거리며 한쪽 무릎을 꿇는다.

회색무사: 이젠 패배를 시인하겠지?

타락천사: 아니. 아직 인정할 수 없다.

회색무사: 알량한 자존심만 센 놈이군.

타락천사: 나를 사랑하니까.

회색무사: 네놈은 사랑과 집착을 구별 못하는구나. 널 진심으로 사랑한다면 자유롭게 놔두는 게 어때?

타락천사: 내 마음은 자유롭다.

회색무사: 어리석은 놈, 자유의 의미마저 모르는군. 좋아, 다시 기회를 주지. 그때도 날 이기지 못하면 영원히 이 사막에 묻히게 된다는 사실을 기억해 둬.

회색무사가 기분 나쁘게 웃고는 돌아선다. 젠체하며 거드름피우는 꼴이 밉살스럽다. 언젠가는 놈의 복면을 벗겨 그 낯짝에 침을 뱉어주고 싶다. 놈은 어려움에 빠졌을 때만 나타난다. 정상적인 상태에서 싸운다면 결코 놈에게 질 리가 없다. 놈의 뒤통수에 대고 한마디 던진다.

타락천사: 이봐, 혹시 여자를 보지 못했나?
회색무사: 얼굴이 하얀 여자가 달의 호수 가까이 쓰러져 있더군.
타락천사: 달의 호수는 어디 있나?
회색무사: 달이 지는 곳. 거기는 사나운 원주민들이 살고 있지.

타락천사는 벌떡 일어난다. 빛을 머금은 창호지를 오려 내어 창공에 붙인 듯 희뿌연 달이 기운다. 달을 향해 달린다. 어쩌면 수심린에게 나쁜 일이 일어났을지도 모른다는 조바심이 든다. 모래언덕 셋을 넘고 선인장 밭을 지난다. 원색의 선인장 꽃이 유혹의 향기를 피운다. 멀리 모래바다 속 푸른 섬이 보인다. 오아시스다.

작은 호수는 야자수 숲에 둘러싸여 있다. 잔잔한 바람에 달빛 안은 물비늘이 파란 에메랄드처럼 빛난다. 호수 한가운데 노란 달이 떠 있다. 하늘의 달은 껍데기이고, 호수의 달이 알맹이 같다.

호수 건너편에서 검빛이 번쩍이며 비명소리가 들린다. 급한 마음에 건너편을 향해 몸을 날린다. 중간 지점에서 수면에 뜬 나뭇잎을 차고는 다시 떠올라 기슭에 내려선다. 수심린이 수십 명의 원주민들에게 둘러싸여 공격을 받는다. 몸 여기저기 핏자국이 배고, 얼굴에 지친 빛이 역력하다.

타락천사는 고함을 지르며 닥치는 대로 원주민들을 베어 나간다. 뜻밖의 침입자에 놀란 원주민 사이에서 동요가 인다. 타락천사는 단숨에 포위망을 뚫고 수심린 곁에 선다.

타락천사를 본 수심린의 입가에 희미한 미소가 떠오른다. 긴장이 풀리며 비틀거린다. 수심린의 공력은 0.5성. 겨우 몸을 가눌 정도이다. 그 상태에서도 지금껏 버텨 낸 수심린의 의지가 놀랍다.

타락천사는 격렬히 검을 휘둘러 주위의 적들을 물러서게 하고는 수심린을 겨드랑이에 낀다. 외팔이라 더 이상 손은 쓸 수 없다. 발로 걷어차며 놈들의 머리와 어깨를 밟고 달린다. 수심린을 살려야 한다는 일념에 초인적인 힘을 발휘한다. 호수 건너편을 향해 몸을 날린다. 아까와 마찬가지로 나뭇잎을 차고는 기슭에 내려선다.

타락천사가 달린다. 겨드랑이에 수심린을 끼고는 바람처럼 싱싱 달린다. 입에서는 단내가 나고 귀에서는 북소리가 들린다. 그래도 속도를 늦추지 않는다. 이전까지는 수심린이 자신을 도왔지만, 이제부터는 자신이 수심린을 도울 차례이다.

얼마나 달렸을까, 태양이 떠오른다. 비로소 걸음을 멈추고 뒤를 돌아본다. 원주민들은 보이지 않는다. 드문드문 커다란 선인장들이 서 있어 그늘을 만들어 준다.

수심린을 그늘 안에 눕힌다. 다행히 상처는 깊지 않다. 수심린의 등짐에서 술을 찾는다. 남은 것은 반 병뿐이다. 이 술을 마시고 공력을 회복하였다면 원주민에게 그렇게 당하지 않아도 되었을 텐데. 갑자기 눈물이 핑 돈다. 아마도 어떤 바보 같은 놈을 위하여 아껴 두었겠지.

수심린에게 술을 먹인다. 의식이 없는 수심린은 본능적으로 술을 들이켠다. 정신이 든 수심린이 몸을 빼내려 하지만, 타락천사가 허락하지 않는다. 수심린의 공력이 가득할 때까지 계속 먹인다. 수심린이 마시고 난 나머지를 타락천사가 마신다. 얼마 남지 않아서 타락천사는 공력이 6.5성에서 멈춘다.

수심린: 왜 그랬어요?

타락천사: 난 괜찮소. 당신이 살아준 것만 해도 고마울 뿐이오.

수심린: 회오리바람에 내팽개쳐진 후 정신을 잃었어요. 꿈을 꿨는데, 영혼이 육체를 떠나 푸른 공간을 헤맸어요. 거기에서 그리운 사람들의 영혼을 만났어요.

타락천사: 사람이 가사상태에 이르면 가끔 유체이탈을 한다던데, 그 경험을 한 모양이오.

수심린: 당신이 사막에서 조그맣게 앉아 있는 것도 봤어요. 아무리 주위를 맴돌며 여기 내가 있다고 외쳐도 알아차리지 못했어요.

타락천사: 약한 모습을 보여 부끄럽소.

수심린: 그러다가 갑자기 일어나 허공과 싸우기 시작했어요. 지쳐

넘어질 때까지 싸우더군요. 왜 그랬나요?

타락천사: 당신에겐 보이지 않는 모양이오. 회색무사라고, 교활하고 강한 놈이오. 놈을 꺾어야만 사막을 벗어날 수 있소.

수심린: 회색무사?

수심린이 걱정스러운 눈으로 바라본다. 놈은 원래 투명하여 원하는 자에게만 모습을 드러내는 잔재주를 지녔는지 모른다. 기분 나쁜 곳이다. 상상치도 못한 별별 일들이 다 벌어진다.

수심린: 그리고 정신이 들었을 때 오아시스를 발견했어요. 그곳에서 원주민들의 습격을 받게 된 거예요.

타락천사: 내가 조금만 늦었어도 큰일날 뻔했소. 모든 게 내 탓이오. 앞으로 당신을 혼자 두지 않겠소.

수심린이 미소 짓는다. 처음으로 보는 행복한 미소이다. 타락천사는 마음이 뿌듯해짐을 느낀다. 일어나 태양을 향해 서며 심호흡을 한다. 이까짓 사막 따위 두렵지 않다는 용기가 생긴다.

이러다가는 끝내 사막을 벗어나지 못하는 건 아닌지 걱정된다. 들리는 말로는 환상사막은 창조주가 특히 정성을 쏟아 창조한 곳이라 한다. 깨달음을 얻기 위한 장소로 만들어졌다는 이야기도 있다.

그 후 창조주의 눈을 피해 사도들이 갖가지 함정을 장치해 놓았다고 한다. 들어간 자는 다시 나오지 못하도록. 그 누구도 쉽게 깨달을 수 없도록.

근래 들어 사도들은 자신을 천사라 자칭한다. 비욘드월드를 맡은 자는 좌천사, 언더월드를 맡은 자는 우천사. 그들은 일반 시민이 자기들의 자리를 넘볼까 극도로 경계한다.

초창기에는 창조주가 비욘드월드나 언더월드의 운영에 관하여 계시를 내리거나 직접 손을 쓰기도 했지만, 몇 년 전부터 존재를 드러내지 않는다. 대신 사도들이 모든 일을 알아서 처리한다.

이런 식으로 사도들의 권한이 커지다 보니, 시민들 가운데는 정말로 창조주를 신으로, 사도를 천사로 섬기는 종교까지 나타나고 있다. 그 종교에 귀의하면 사도로부터 많은 혜택을 받는다고 믿는다. 아닌 게 아니라 사도들은 교묘한 방법으로 자신들을 믿는 시민들에게 이익을 주며 영향력을 확대한다.

아직 다수의 시민들은 종교에는 관심이 없지만 사도들의 전능한 힘은 인정한다. 따라서 사도들에게 거슬리는 행동은 하지 않으려 노력한다. 밉보이면 영원히 추방당하는 수가 있기 때문이다. 그렇게 되면 강호에서의 짜릿한 경험과 매혹적인 삶을 맛볼 수 없다. 사도들과 적당히 타협하며 게임을 즐긴다.

타락천사가 사막에서 어려움을 겪는 것과는 반대로 김기림은 하루하루를 새롭게 살아가고 있다. 은희라는 여자 친구가 생겼기 때문이다.

밤이면 달동네의 은희네 집으로 간다. 처음에는 삼사일에 한 번씩 갔으나, 가지 않는 날은 은희가 거리로 나와 찾아 헤맨다는 것을 알고는 거의 매일처럼 간다. 밤 10시경 은행나무 아래에서 창문에 대고 손전등을 반짝이면, 은희가 창문 너머 몰래 빠져 나온다. 좀 늦은 시간이긴 하지만, 타락천사의 삶의 패턴에 맞추려면 어쩔 수 없다. 또한 그 시각은 은희의 유일한 보호자인 할머니가 잠드는 시간이기도 하다. 물론 사정상 못 가는 날도 있다. 그때에는 은희의 휴대폰에 문자를 보내 알려 준다.

둘이 만나면 거리로 나와 술을 마시기도 하고, 공원에서 이야기를 나누기도 한다. 여느 연인처럼 극장에 가기도 하는데, 은희가 가장 기뻐하는 데이트코스이다. 그동안 은희는 단 한 번 발작을 했다. 역시 술이 문제였고, 한 병 이상 과음을 하면 위험하다는 것을 깨달았다. 벌건 얼굴에 눈가만 하얘지며 눈동자가 유난히 번들거리기 시작하면, 그것이 발작의 전조 현상이다. 따라서 반 병 이상은 마시지 않도록 주의한다.

보통 때의 은희는 온순한 편이다. 정신연령은 7, 8살 정도이지만, 스스로가 정신지체 3급이라고 밝힐 정도로 똑똑하다. 글자를 읽고 쓸 수도 있고, 간단한 돈 계산도 한다. 그래서 어린 조카를 데리고 다니는 느낌이 들기도 하고, 옆에 앉았을 때 헐렁한 티셔츠 위로 작으나마 봉긋한 가슴을 보고 얼굴이 붉어지기도 한다.

불가사의한 것은 술이 들어가면 갑자기 노숙해지고, 발작할 때는 산전수전 다 겪은 여인네처럼 그악스럽게 욕을 해대고 달려든다는 점이다. 예전의 몹쓸 기억이 떠올라 딴사람이 된 듯 날뛰는데, 그럴 때면 실망감과 함께 가슴이 찢어질 듯 아프다.

오늘도 우리는 다정한 연인처럼 걷는다. 포장마차에서 적당히 한잔 한 후라 기분도 좋고 왠지 으쓱해지는 기분이다. 밤도 알맞게 익어 산책도 할 겸 공원으로 간다. 연인들이 쌍쌍이 밀어를 즐기는 공원으로, 최 형님의 거주지인 벤치가 있는 곳이기도 하다.

공무집행방해죄 사건 이후 일주일가량 지나 가보았을 때 최 형님은 사라지고 없었다. 혹시 내 좁은 소견에 자유로운 영혼의 형님을 오해한 것은 아닐까 찜찜했었는데, 곧 은희에게 신경을 쓰느라 까맣게 잊었다.

시원한 가을밤이라 늦은 시간임에도 사람이 많다. 조금 으슥한 곳은 어김없이 쌍쌍이 차지하고 있다. 그 앞을 은희와 다정히 지난다. 가슴이 부듯하다. 나도 여자 친구가 있다. 마법에 걸려 조금 정신이 혼미하지만, 영혼만은 순결무구한 여인이다. 나는 가슴을 펴고 은희의 손을 잡는다.

"아우님 아닌가?"

갑작스러운 부름에 감미롭던 상념이 날아가고 현실로 돌아온다.

최 형님이 벤치에서 부스스 일어난다. 그러고 보니 예전의 그 벤치이다. 나와 은희를 번갈아보더니 너털웃음을 웃으며 자리를 권한다.

"그동안 안 보이시더군요."

"하하하, 잠시 거처를 옮겼었네. 아우님이 그리워 다시 왔지."

최 형님은 베개 대신 쓰던 가방에서 소주와 오징어를 꺼낸다.

"한잔 하게. 가만, 옆의 숙녀분은 친구인가?"

은근히 묻는다.

"은희 씨, 인사해. 우리 형님이야."

최 형님에 대한 원망은 이미 사라진다. 오히려 아무 거리낌 없이 쾌활한 형님의 태도에 옹졸했던 자신을 나무란다.

은희가 바싹 등 뒤에 붙는다. 겁에 질린 표정이다.

"왜 그래?"

"아저씨 무서워."

은희가 일어서서 잡아끈다. 돌아가자는 의사 표현이다.

"바보처럼 왜 그래. 오랜만에 만난 형님인데 술 한잔해야지."

짜증이 묻은 엄한 소리로 말한다. 자랑스러웠던 마음이 민망함으로 변하며 심술이 난다. 은희는 쭈뼛쭈뼛하며 붙어 앉는다.

"허허허, 하긴 내가 털북숭이 산도깨비처럼 생겼으니 무서워하는 것도 당연하지."

최 형님이 너털웃음을 웃는다. 역시 사소한 일에 구애받지 않는 화통한 사나이이다.

우리는 거기에서 술 한 병을 비운다. 그동안 은희는 곁에 꼭 붙어 떨어지지 않는다. 최 형님이 술을 권해도 눈을 꼭 감고 도리질만 한다. 나는 뭐에 심통이 났는지 그러는 은희를 모른 체한다.

넷

걸어도 걸어도 낯익은 풍경이 펼쳐진다. 새하얀 모래밭과 풍만한 모래언덕, 바람에 불려 사르르 뱀처럼 기어가는 모래결. 벌써 몇 시진째 똑같은 지역을 빙빙 도는 느낌이다. 혹시 진에 갇힌 것은 아닐까.

수심린도 이상한지 걸음을 멈춘다. 발자국은 바람에 쓸려 흔적조차 없다. 모래언덕도 수시로 형상을 바꾸며 이동한다. 태양은 바로 머리 위에서 타오르고, 달구어진 공기는 아지랑이가 되어 아른아른 흔들린다. 그 어떤 것도 방향의 좌표가 될 수 없다.

수심린은 타락천사를 그 자리에 서 있게 하고는 곧장 앞으로 걸어간다. 처음에는 똑바로 가는 것 같은데, 멀리 갈수록 휘어지며 반원을 그린다. 그냥 두면 다시 이곳으로 돌아오게 될 터이다. 걱정한 대로 기진에 갇힌 게 틀림없다.

타락천사는 수심린에게로 달려가 멈추게 한다. 방법을 찾았다. 서로가 갈음하며 좌표가 돼 준다. 한 사람이 측량 표지 막대처럼 꼿꼿이 서서 정면을 90도로 주시하면, 다른 사람은 곧장 나아간다. 눈길에서 벗어나 휘어지기 시작할 때 걸음을 멈추게 하고, 그곳까지 가서 역할을 바꾼다. 이런 식으로 계속 나아가자, 마침내 어른어른하던 아지랑이가 걷히며 전망이 트인다. 한번 갇히면 벗어날 수 없다는 기진을 벗어난다.

멀리 허물어진 토성(土城)이 보인다. 황량한 사막의 토성은 굵직굵직한 그림자를 흰 모래 위에 던져 그로테스크해 보인다. 오랜만에 인공이 가미된 구조물을 대하자 기운이 솟는다. 성을 향해 달려간다.

성문 가까이 다가갔을 때, 성가퀴 사이로 원주민들이 모습을 드러낸다. 하늘을 까맣게 덮으며 화살이 날아온다. 두 사람은 검으로 화살을 쳐내며 물러선다. 어지러이 날아오는 화살에 타락천사의 넓적다리가 관통된다.

성 안에서 기마대가 괴성을 지르며 달려 나온다. 긴 머리털을 날리며 얼굴에 울긋불긋 칠을 하고 아랫도리만 가린 다부진 몸매의 원주민들은 말과 하나가 되어 공격해 온다. 사방에서 도끼와 창, 칼이 날아든다.

타락천사와 수심린은 공격을 피하고, 상대를 베고, 말의 다리를 자른다. 말이 울부짖는 소리, 무기가 부딪히는 소리, 원주민들의 고함이 한데 어우러진다. 말이 고꾸라지고, 모래가 튀고, 원주민이 뒹굴고, 피가 솟는다. 하늘이 흐려지며 모래바람이 분다. 생과 사, 빛과 어둠이 뒤엉키며 광란과 혼돈 상태가 된다.

기묘하게 피가 끓는 흥분에 싸여 타락천사는 미친 듯이 검을 휘두른다. 적과 싸운다는 의식은 사라지고 파괴 본능만이 날뛴다. 온몸에 피를 뒤집어쓴 채 야차처럼 닥치는 대로 베고 찌른다. 사람이건 말이건 구별하지 않는다. 잠시라도 멈추면 가슴이 폭발할 것만 같은 충동에 휩싸여 더욱 광포해진다.

삐리리. 맑고 높은 피리소리에 문득 정신을 차린다. 주위에 시체가 쌓여 있다. 피리를 불어 타락천사의 이성이 돌아오게 한 것은 수심린이다. 수심린은 뛰어오른 공중에서 내려서며 원주민 한 명을 걷어차 말을 빼앗는다. 타락천사도 수심린의 의도를 깨닫고는 달려드는 원주민을 베고 말에 올라탄다.

두 사람은 검을 휘두르며 포위망을 벗어난다. 뒤에서 원주민들이 괴성을 지르며 쫓아온다. 활을 쏘고 도끼를 던지기도 한다. 두 사람은 말 등에 바싹 붙어 더욱 속력을 낸다.

모래밭이 점차 자갈밭으로 변한다. 고사목이 드문드문 서 있는 황야이다. 갑자기 원주민들이 추격을 멈춘다. 오호오호. 괴성을 지르고 무기를 흔들며 그 자리에서 빙빙 돈다. 승리의 기쁨을 나타내는 의식을 치른다.

저들의 행동이 마음에 걸리지만, 일단 한숨 돌린다. 앞으로 나아갈수록 땅의 색이 검붉어진다. 음기가 감도는 것이 느낌이 좋지 않다. 까악까악. 앙상한 고사목 가지 위로 까마귀들이 날아 앉는다. 까마귀를 어깨에 앉힌 고사목의 그림자가 석양에 길게 늘어진다. 음산히 뻗은 그림자들은 공동묘지의 묘비 같다. 뉘엿뉘엿 석양이 가라앉으며 어둠이 스멀스멀 기어온다. 주위를 검게 물들인다.

흐어 흐어. 한숨 같기도 하고 울음 같기도 한 괴음이 들려온다. 소름이 돋으며 피가 차갑게 식는다. 까아악 까아악. 까마귀들이 날개를 치며 일제히 하늘로 날아오른다. 땅 속에서 검은 물체들이 올라온다. 얼굴이 반쯤 썩어 해골이 드러난 강시들이다.

수심린이 타락천사에게 바싹 붙는다. 타락천사의 마음이 차갑게 가라앉는다. 수심린을 보호해야 한다. 침착하게 앞을 주시한다. 강시는 모두 아홉이다. 죽은 시간이 길고 짧음에 따라 몸이 썩고 옷이 삭은 정도가 차이 난다. 생전에는 고수였던 듯 뿜어내는 기도가 예사롭지 않다. 손에 든 무기도 녹슬고 낡아 있다. 강시가 되면 영혼은 잃되 실력은 배로 늘며 여간해서 죽지도 않는다.

창조주는 이런 음험한 짓을 할 리가 없다. 사도들의 장난이다. 그들은 이 사막에 들어와 생명을 잃은 고수들을 강시로 만든 것이다.

강시들은 눈에서 푸른빛을 내뿜으며 한발 한발 다가온다. 아무리 제멋대로의 사도들이라 해도 강시에게 급소는 만들어 놓았을 터이다. 게임에서 죽지 않는 캐릭터는 있을 수 없으니까. 게임의 법칙, 곧 천리(天理)를 벗어날 수는 없으니까.

그렇다면 일차적인 급소는 목이다. 타락천사의 몸이 튀어 나가며 앞장 선 강시의 목을 벤다. 창! 쇳소리와 함께 타락천사의 검이 튕겨진다. 목은 아무 자국도 남지 않는다. 공격당한 강시가 도끼를 휘두른다. 자기 몸은 돌보지 않는 살벌한 공격이다. 그것을 시초로 강시들의 공격이 시작된다.

타락천사가 옆으로 돌며 이번에는 심장을 찔러본다. 정통으로 심장 자리에 검이 꽂혔으나 역시 아무런 효과가 없다. 불사신인가. 당황하는 사이에 검이 어깨를 스치고 지나간다. 빠르다. 도끼가 날아온다. 급히 고개를 숙였으나 머리털이 잘려 공중에 날린다. 위험하다. 일단 뒤로 몸을 날린다.

아악. 수심린이 비명을 지르며 비틀거린다. 가는 허리가 베여 피가 흐른다. 여섯 놈의 집중공격을 받아 어쩔 줄 몰라 한다. 끔찍한 모양새에 질린 데다 검을 맞고도 꿈적하지 않으니 겁이 나는 모양이다. 평소의 실력을 발휘하지 못하고 뒷걸음만 친다. 그 사이 다시 동그란 어깨에서 피가 튄다.

화락. 타락천사의 눈에서 불길이 인다. 고함을 지르며 수심린을 에

워싼 강시들에게 덤벼든다. 닥치는 대로 검을 휘두르며 앞으로 나간다. 몇 걸음 가지 못해 여기저기 베이고 찢긴다. 타락천사는 아랑곳하지 않고 더욱 강렬하게 검을 휘두른다. 한 놈의 팔이 떨어져 날아간다. 다시 한 놈은 어깨가 갈라진다. 똑같은 부위를 세 번 이상 공격하면 절단이 된다는 사실을 깨닫는다.

타락천사는 결심한다. 죽더라도 수심린은 구한다. 이를 악물고 한 놈을 폭풍처럼 몰아친다. 얼마 안 가 놈은 조각조각 분해되어 사라진다. 강시들이 흠칫하여 타락천사에게 몰려든다. 타락천사는 겁나지 않는다. 오히려 수심린이 한숨 돌리게 되어 기쁘다. 더욱 저돌적으로 공격한다. 자기 몸은 어떻게 돼도 좋다, 수심린이 안전할 수만 있다면.

다섯 놈째 분해시켰을 때 타락천사가 무릎을 꿇는다. 등에 창이 관통하고, 어깨에 도끼가 박혀 있다. 검을 땅에 짚고 일어나려고 부들거린다. 강시 하나가 타락천사의 목을 노린다. 순간 푸른빛이 날아와 놈을 휩쓸고 지나간다. 사방팔방으로 놈의 뼈와 살이 날아가며 분해된다. 푸른 검막이 방향을 바꾸어 다른 한 놈에게 달려든다. 수심린의 신검합일은 강시에게 천적인 무공이다. 세 놈이 동시에 공격하지만 얼마 버티지 못하고 팔이 날아가고 다리가 잘려지고 이윽고 산산조각이 나고 만다.

검막이 사라지고 수심린의 모습이 나타난다. 타락천사에게 달려간다. 몸에 박힌 창과 도끼를 빼 던지고 가슴에 안은 채 그곳에서 멀리 벗어난다.

달빛에 젖은 사막이 평화롭다. 수심린이 타락천사를 내려놓는다.

타락천사의 공력은 0.3성. 용하게 정신은 잃지 않았으나 움직일 수는 없다. 부상이 심하여 공력이 자꾸 줄어든다. 이대로 두면 얼마 안 가 생명을 잃고 만다.

타락천사: 난 틀렸소. 반드시 살아 돌아가시오.

수심린: 어찌 혼자 가라고 그러는가요.

타락천사: 전생과 현세에 많은 신세를 졌소. 다음 세에 만난다면 반드시 은혜를 갚겠소.

수심린: 약한 소리 하지 마세요. 기운을 내세요.

수심린은 어쩔 줄 모른다. 술이라도 있다면 어떻게 해 보겠지만 사막 한가운데 술이 있을 리 없다. 타락천사의 공력이 0.2성으로 줄어든다. 수심린의 큰 눈에서 눈물이 철철 흐른다. 타락천사를 안고 뺨을 비빈다. 타락천사의 눈이 스르르 감긴다. 수심린이 입을 꼭 다물고 타락천사를 일으켜 앉힌다. 자신도 정좌를 하고는 두 손바닥을 타락천사의 등에 댄다. 자신의 공력을 타락천사에게 밀어 넣으려 한다.

개정대법(開頂大法). 자신의 공력을 남에게 전수해 주는 비법이다. 전수받은 자는 공력을 얻지만 전수한 자는 공력을 잃고 죽음에 이르게 된다. 소설이나 영화에서나 등장할 뿐 게임에서는 불가능한 일이다. 아니, 가능하다 하더라도 막아야 한다. 수심린을 대신 희생시킬 수는 없다. 미약한 의식 속에서 타락천사는 격렬히 거부의 의지를 보인다.

수심린: 나도 처음으로 시전하는 것이라 가능할지 모르겠어요. 허나 분명한 것은 당신의 몸이 거부를 하면 나는 주화입마에 빠지고 말 거예요.

수심린이 단호하게 말하고 다시 시도한다. 몇 번의 시행착오 끝에 놀랍게도 수심린의 공력이 흘러 들어오기 시작한다. 처음에는 실개천처럼 유약하게, 나중에는 강물처럼 도도하게. 타락천사의 공력이 점차 차오른다. 이윽고 5성이 되었을 때, 수심린의 몸이 스르르 기울어져 타락천사의 등에 포개진다. 뺨을 타락천사의 등에 댄다. 양팔로 타락천사를 살포시 안는다.

타락천사: 수심린!

수심린: 가만히 있어 주세요. 당신 등은 정말 넓군요.

타락천사의 눈에서 굵은 눈물이 흐른다. 수심린의 공력이 바닥이 났음을 알 수 있다. 생각 같아서는 다시 공력을 돌려주고 싶지만 방법을 모른다.

타락천사: 내게 베풀기만 하는구려.

수심린: 전전생에서 처음 보았을 때부터 그리웠어요, 언제나.

타락천사: 누구였는지 말해 줄 수 있겠소?

수심린: 무정하고도 둔하군요. 언제나 나는 밝히고 있었는데…… 그

래서 옥기린의 후신이 찾아오기를 바랐는데……

타락천사: 내가 바보, 멍텅구리인가 보오. 아무리 생각해도 알 수가 없구려.

수심린: 승천할 때 내가 한 말을 기억하세요?

타락천사: 당신을 기억해 달라고 했지.

수심린: 틀렸어요. 내 이름을 기억해 달라고 했어요.

차가운 빛살이 머리를 밝힌다. 수심린(秀尋麟), '수(秀)가 린(麟)을 찾다[尋]'. 눈이 커다란 미소년의 얼굴이 떠오른다. 미련한 놈, 이제야 깨닫다니.

타락천사: 백발공자 수!

수심린: 이제야 알아보는군요.

타락천사: 이렇게 변했으니 어찌 알겠소.

수심린: 당신은 변하지 않았던가요. 하지만 옥기린이건 타락천사건 당신의 영혼은 변함이 없어요. …… 곁에서 눈을 감아 다행이에요.

수심린의 몸이 등에서 힘없이 미끄러진다. 타락천사가 몸을 돌려 품에 안는다. 수심린이 혼수상태에 빠진다. 공력이 0.1성 이하로 내려간다. 수심린을 안은 손에 힘을 준다. 얼굴은 핏기 없이 하얀데 입술만이 빨갛게 피어 있다. 원색의 선인장 꽃처럼 아름답다. 입술을 맞댄다. 속눈썹 긴 수심린의 눈이 촉촉이 젖는다.

수심린을 안은 채 밤하늘을 바라본다. 지평선 너머 남빛 하늘이 거대한 스크린처럼 펼쳐진다. 커다란 눈에 외로움을 담고 염라사귀와 결투하던 수, 광목산에서의 수, 옥기린을 대신해 싸우다 중상을 입고 생사를 헤매던 수의 모습이 차례로 흘러간다. 다시 비녀를 빼내 던진 탓에 치렁한 머리털이 허리까지 늘어진 수심린, 새벽 역광을 받아 반투명으로 빛나던 수심린, 비틀거리며 무면의 목을 찌르던 수심린, 활활 타오르는 하늘을 배경으로 서 있던 수심린, 신검합일을 펼쳐 푸른 검막으로 화한 수심린의 모습이 꿈결처럼 펼쳐진다.

그리고 자신의 품에 있는 수심린의 실체. 영상으로만 남은 과거와 지금 여기의 실체. 과거도 미래도 소용없다. 지금 이 순간이 소중할 뿐이다.

타락천사는 수심린을 안은 채 꼼짝도 않는다. 파란 슬픔이 가슴에 또옥또옥 떨어진다. 싸하게 아린 파문이 온몸 구석구석 말초신경까지 퍼져 나간다. 또옥. 별 하나. 또옥 별 둘……. 가슴에 안은 수심린의 실체가 점점 옅어진다. 타락천사는 이를 악물고 참는다. 또옥. 구백구십팔. 또옥. 구백구십구. 또옥. 천. 이제 실체는 느껴지지 않는다. 천 번째의 별, 수심린의 영혼은 천 번째의 별이 된다. 머나먼 하늘에 작은 별이 반짝인다.

타락천사는 다시 혼자가 되었음을 느낀다. 그러나 외롭거나 두렵지 않다. 모든 영혼은 연결되어 있고, 위대한 근원으로부터 벗어난 적이 결코 없음을 알기에. 문득 독존의식을 깨닫는다. 자유를 얻는다.

창을 열고 하늘을 본다. 도시의 불빛에 치여 별들은 기운이 없다. 등급이 높은 몇몇 별들만 희미하게 비칠 뿐이다. 수심린의 영혼이 담긴 작은 별은 보이지 않는다. 하지만 그 별은 언제까지나 타락천사의 가슴에 떠서 반짝일 것이다.

새벽 1시. 비욘드월드에서 긴박하게 상황이 전개된 탓에 은희에게 연락도 못했다. 어쩌면 날 찾아 거리를 헤매다가 봉변이나 당하지 않았는지 모르겠다.

게임 중 꺼놓았던 휴대폰을 켠다. 메시지가 온다. 하나, 둘, 셋. 10시 11분, 22분, 35분에 모두 은희가 보낸 것이다. '기린 오빠, 어딨어. 꼭 연락해 줘.', '몸 아픈 거야. 은희가 보고 싶지 않아.', '지금부터 백 셀 때까지 안 오면 오빠 찾으러 갈 거야.'

불길한 느낌이 든다. 밤거리로 뛰쳐나간다. 은희가 사는 산동네를 향하여 달려간다. 후회가 된다. 게임에 빠져 연락을 못 해준 게 후회스럽고, 은희를 길들여 놓은 게 후회스럽고, 메시지 보내는 방법을 알려준 것도 후회스럽다.

은행나무 밑에 이르렀을 때에는 숨이 턱까지 차 헉헉거린다. 축대 위의 은희의 방은 창문이 열려진 채 환하다. 설마 아직까지 날 기다리지는 않겠지 하면서도 손전등을 비춰 본다. 아무 응답이 없다. 계단을 올라 은희네 집 대문 앞으로 간다. 대문이 열려 있다. 안으로 들어간다. 벽을 돌아 창문 쪽으로 간다. 창턱을 잡고 턱걸이를 하여 들여다본다. 빈 침대가 보인다. 가슴이 철렁 내려앉는다. 나를 찾으러 나가 아직껏 돌아오지 않은 것이 틀림없다.

거리로 달려간다. 포장마차마다 들여다본다. 골목을 뒤진다. 다시 공원으로 간다. 없다. 무서운 생각이 든다. 최 형님의 숙소인 벤치로 간다. 최 형님도 보이지 않는다. 벤치에 앉아 하늘을 본다. 병든 별이 깜박인다. 두렵다. 그리고 외롭다.

켜켜이 쌓이는 푸른 밤이 숨 막힌다. 어둠의 사막에 홀로 앉아 있다. 주위의 건물들은 신기루이다. 나는 어딘가의 우주에서 내던져진 미아이다. 오도카니 벤치에 쪼그려 앉아 무릎 사이에 얼굴을 묻는다. 어둠 속에 숨기만 하는 비겁한 놈.

핸드폰이 울린다. 모든 경우의 상상을 마친 탓일까, 오히려 침착해진다. 지구대이다. 서은희라는 아가씨를 아냐고 묻는다. 그렇다고 하자, 좀 와 달라고 한다.

은희는 눈가에 멍이 들고 입술에서 피가 흐른다. 옷도 찢어져 있다. 나를 보더니, "기린 오빠."하고 부른다. "무서워."하고 몸을 웅송그린다. 찢어진 옷에 손가락을 넣고는 희죽희죽 웃기도 한다. 곁에 있던 할머니가 달려들어 멱살을 잡는다.

"네놈이냐! 이 짐승 같은 놈, 정신도 성치 못한 애를 저렇게 만들어."

경찰들이 뜯어말릴 때까지 나는 캑캑거리면서도 힘없이 이리저리 흔들린다.

형사는 은희가 핸드폰으로 마지막으로 메시지를 보낸 사람이 김기림 씨여서 불렀다고 말한다. 그리고 은희에게 이 사람이 그랬냐고 묻는다. 은희는 고개를 가로젓는다. 재차 아니냐고 묻자, "몰라." 하고는 울음을 터뜨린다.

은희는 얼굴이 깨지고 옷이 찢어진 채 거리에서 발작을 하다가 이곳으로 오게 되었다. 성폭행을 당한 흔적이 역력했다. 정신도 온전하지 않아서 핸드폰을 조회하여 신원을 파악했다. 핸드폰의 메시지함에는 김기림 씨와의 주고받은 메시지가 남아 있었다. 몇 시간 전부터의 행적을 말해 줄 수 있겠느냐. 은희와 할머니가 돌아간 후에도 조사는 새벽까지 계속된다.

전화가 온다. 전화를 받은 형사가 혐의가 풀렸으니 가 봐도 좋다고 한다. 범인이 잡혔냐고 묻자 고개를 끄덕인다. 한 여인숙에서 어떤 남자가 은희를 데리고 숙박했다. 싸우고 우는 소리가 났는데 얼마 후에 조용해져 그냥 넘어갔다. 새벽녘에 여인숙으로 형사가 찾아와 은희의 사진을 보이며 묵지 않았느냐고 물었다. 함께 올라가 보니 은희는 없고 남자만 자고 있었다. 은희가 언제 나갔는지는 모르겠다. 여인숙 주인이 말했다는 대략의 줄거리이다.

잠시 후, 형사 둘이 수갑 찬 한 사내를 데리고 들어온다. 최악의 상상이 현실로 펼쳐진다. 벌건 눈을 두리번거리며 들어오는 텁석부리 사나이는 최이다. 눈이 마주치자 픽 웃는다. 머리가 텅 빈 듯 멍청해진다. 온몸의 기운이 빠진다. 은희는 나를 찾으러 공원에 갔다가 최를 만난다. 은희의 상태를 아는 최는 내가 있는 곳으로 데리고 가겠다고 하며 여인숙으로 유인한다. 그리고 거기서……. 이를 악물고 후들거리는 다리를 버틴다. 발바닥에서부터 알지 못할 기운이 스멀스멀 차오른다. 배에서 가슴을 거쳐 머리까지 가득 찼을 때 정체를 파악한다. 그 이름은 분노이다. 나는 짐승처럼 울부짖으며 최에게 달려든다.

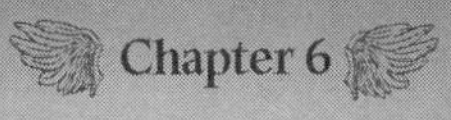

검치존자

존재의 기쁨

하나

한 사나이가 걷는다. 누더기 옷이 바람에 펄럭인다. 머리털과 눈썹과 턱수염에 모래가 하얗게 끼여 움직이는 화석 같다. 발을 굳건히 내디딜 때마다 갈라진 입술 사이로 뜨거운 입김이 훅훅 뿜어져 나온다. 문득 멈추어 아스라이 펼쳐진 모래밭을 바라본다. 깊은 눈길이 고요하다.

하늘에 까마귀 한 마리가 날아간다. 사나이가 검을 든다. 단지 가리키는 몸짓만으로 까마귀는 살기에 얼어붙는다. 찔끔 똥을 지리고는 푸덕거리며 떨어진다. 사나이는 외팔로 까마귀를 집어 든다. 이빨로 털을 대강 뽑고는 살점을 쭈욱 뜯어먹는다. 질겅거리는 이빨이 피로 벌겋게 물든다.

사나이는 초조해하지도 지루해하지도 않는다. 원래부터 사막의 일부인양 자연스럽다. 까마귀 한 마리를 눈 깜짝할 사이 해치운 사나이는 다시 걷기 시작한다. 모래벌판을 지나고 모래언덕을 넘는다. 본능적으로 습기 묻은 바람이 불어오는 쪽을 향해 걷는다. 해가 기울 무렵 푸른 숲이 나타난다. 오아시스이다.

호수 주위에서 사막의 동물들이 평화롭게 물을 마시고 휴식을 취한다. 사막 한가운데서 만났을 때는 먹고 먹히는 생존경쟁을 벌이지만, 이곳에서는 모두가 한 가족이다. 극한상황에서 힘겹게 살아남은 존재들이기에 서로가 서로의 작은 행복을 깨뜨리지 않는다. 누구도 강하다는 이유로 독식하려고 하지 않는다. 이것이 살아남은 자에 대한 예의이다. 짧은 휴식이 끝나면 삶의 터전인 척박한 사막으로 돌아간다.

타락천사도 짐승들 틈에 끼어 물을 마시고 얼굴을 씻는다. 몸의 모래를 털고는 그늘에 누워 눈을 감는다. 한 여인이 있었지. 이름이 수심린이었어. 수가 린을 찾다. 이상한 이름이지. 날 좋아했어. 그래서 모든 걸 내게 주고 떠났어. 대신 마음을 가져갔어. 난 마음이 없어. 기쁨도 슬픔도 그리움도 외로움도 아무 감정도 느낄 수 없게 된 거야. 어때, 대단하잖아. 덕분에 질기게 달라붙던 오욕칠정을 초월할 수 있게 되었지. 이젠 그 어떤 것도 날 움직일 수 없어. 내키는 대로 할 뿐이야.

잠시 휴식을 취한 타락천사가 일어나 옷을 턴다. 지평선 위 붉게 부풀어 오른 태양을 향해 미련 없이 걸음을 내딛는다. 수심린을 잃고 홀로 사막을 헤맨 지도 벌써 나흘이 되어 간다.

타락천사가 실눈을 뜬다. 석양을 등에 지고 한 사나이가 걸어온다. 한쪽 소매가 헐렁헐렁 바람에 날린다. 긴 그림자가 앞서 주룩주룩 친근하게 다가온다. 타락천사가 싱긋 얼굴의 근육을 비튼다.

타락천사: 기다렸다, 회색무사.

회색무사: 호오, 이젠 칭얼거리지 않는군. 갑자기 성숙해진 건가.

타락천사: 네가 아무리 그래도 동요하지 않아. 날 괴롭히는 것은 마음이라는 생각이 들더군. 그래서 없애 버렸지. 태초의 자유를 찾은 거야.

회색무사: 마음을 없애고 깨달음을 얻으셨다? 그럼 네 마음이 없다고 생각하는 그것은 뭐지?

타락천사: 말 그대로 생각일 뿐이야. 사고(思考)라고도 하지.

회색무사: 사고는 마음의 작용이 아닌가.

타락천사: 느낌이 없어진 마음은 껍데기이지. 사고기능만 남은.

회색무사: 사견(私見)에 빠져 가짜 깨달음을 얻었군.

타락천사: 날 격발시키려 해도 소용없어. 그 증거를 보여주지.

타락천사의 검이 회색무사를 찔러 간다. 과연 아무 감정이 담기지 않은 섬뜩하도록 차가운 수이다. 회색무사가 가까스로 피한다. 회색무사의 눈빛이 신중해진다. 검을 치켜들며 공중으로 뛰어오른다. 높이 솟아 태양 속 흑점이 된다. 타락천사도 마주 솟는다. 두 개의 포물선을 이루며 교차한다.

내려선 두 사람이 비틀거린다. 타락천사는 옆구리에서, 회색무사는 어깨에서 피가 흐른다. 순간 두 사람이 돌아서며 달려든다. 스치며 지나친다. 두 줄기 피가 튄다. 동시에 빙글 돌며 서로의 심장을 찌른다.

두 사나이가 바람 속에 마주 서 있다. 옷깃이 펄펄 날린다. 시뻘겋게 부푼 태양이 지평선에 아랫도리만 담그고 멈춰 선다. 핏빛을 머금은 공기가 안개처럼 피어난다. 하늘 위로 까마귀 떼가 까맣게 모여 원무를 춘다. 모래결이 사르르 사르르 경련한다.

두 사람의 등 뒤로 검이 삐져나와 싸늘하게 반짝인다. 하나의 검은 빨갛게, 하나의 검은 하얗게.

타락천사: 알겠나, 이게 마음이 있고 없고의 차이야.

회색무사: 자네가 이겼다고 생각하나.

타락천사: 살아남은 자가 이긴 거지.

회색무사: 과연 그럴까.

타락천사: 잘 가게.

멈춰 선 회색무사를 두고, 타락천사가 서서히 물러선다. 회색무사의 가슴에 꽂혔던 검날이 모습을 드러낸다. 핏물이 툭툭 흐른다. 타락천사의 등 뒤로 삐져나왔던 회색무사의 검날도 모습을 드러낸다. 옷만을 뚫고 지나간 하얀 날이 빠지며 선뜻 빛난다.

타락천사의 검은 팔과 일직선인 반면, 회색무사의 검은 팔목에서 바깥쪽으로 휘어져 있다. 손목을 틀어 둔각을 이룬 탓이다. 타락천사의 얼굴이 일그러진다.

타락천사: 왜 마음이 바뀐 거지?

회색무사: 자네를 사랑하니까.

타락천사: 어째서 마지막까지 날 부끄럽게 하는가.

회색무사: 잊지 말게. 깨달음에 이르는 보편적 진실은 사랑일세.

회색무사의 몸이 바람에 흔들리다가 힘없이 고꾸라진다. 타락천사가 다가가 복면을 벗긴다. 낯익은 얼굴이 외롭게 웃고 있다. 까맣게 잊었던 자신의 얼굴이다.

타락천사가 멈칫거리며 물러선다. 자기의 얼굴을 더듬더듬 어루만진다. 헤벌어진 입 속으로 중얼거린다. 그럼 나는 누구지. 나는 누구인데 나를 죽인 거지. 내가 나를 죽였으니, 나는 죽은 건가 산 건가.

주춤주춤 뒷걸음질치던 타락천사가 제 발에 걸려 엉덩방아를 찧는다. 앞에서 자신의 모습이 희미해진다. 엉덩이를 끌며 뒤로 물러난다. 자신이 바람에 날려 무로 사라진다. 일어서서 뒤돌아 뛰어간다. 곤두박질치면서 달려간다.

히오 히오 히오, 마음이 없는 놈을 보았소. 히오 히오 히오, 자기를 죽인 놈을 보았소. 마음도 없고 몸도 없으니 나는 내가 아니오. 나는 내가 아니니, 내가 아닌 나는 누구인가. 하늘이 나인가, 바람이 나인가. 허공마저 내가 아니니, 차라리 꿈속의 나인가. 꿈속의 나이라면, 꿈을 꾸는 나는 누구인가. 히오 히오 히오, 마음이 없는 놈을 보았소. 히오 히오 히오, 자기를 죽인 놈을 보았소.

덩실덩실 춤을 춘다. 표정 없는 얼굴이 입을 헤벌리고 이쪽저쪽 바라보니 영락없는 탈바가지다. 넝마 옷 속 팔다리를 이리 실룩 저리 실룩 흔드니 두말없는 미치광이다.

타락천사의 넋두리와 춤은 밤새도록 이어진다. 정처 없이 헤맨다. 별들이 킥킥거린다. 달이 구름에 몸을 숨기며 좋아라고 쫓아간다. 바람이 앞질러 가며 놀린다.

푸른 밤이 엷게 풀어진다. 사막이 끝나고 풀밭이 펼쳐진다. 먼동이 트는 하늘 아래 장난감 같은 마을이 보인다. 굴뚝에서 퐁 퐁 퐁 아침밥 짓는 연기가 피어오른다.

타락천사가 사막을 헤매듯이 도시를 몽유병자처럼 돌고 또 돈다.

아무리 걸어도 아무리 돌아도 도시를 벗어날 수가 없다. 도시는 또 다른 사막이다. 똑같은 풍경만이 계속된다. 건물도 사람도 차들도 모두 신기루이다. 갈증에 허덕이며 정처 없이 헤맨다. 걷고 또 걷다가 지쳐 쓰러질 때면 단 하나 나만의 오아시스로 돌아간다. 고시텔의 작은 방으로 돌아와 몸을 눕힌다.

작은 방은 우주가 된다. 아스라이 먼 허공을 부유한다. 온갖 영상이 스쳐 지나간다. 부끄러워 잊고 싶었던 과거들이다. 장면은 잔인하도록 생생하게 펼쳐진다. 그것은 고문이다. 수치심에 작고 작아져서 먼지가 된다. 찾을 수가 없다. 내가 나를 찾을 수가 없다.

차라리 잘됐다고 생각한다. 그깟 놈 잘 없어졌다고 생각한다. 그러다 문득 슬퍼진다. 잃어버린 내가 불쌍해 눈물이 흐른다. 놈은 어디서 쪼그려 앉아 얼굴을 묻고 있을까. 놈의 아픔이 절절이 느껴진다. 어깨를 두들겨 주고 싶다. 용기를 주고 싶다. 아무것도 네 잘못이 아님을 이야기해 주고 싶다. 그러나 어디에 숨었는지 보이지 않는다. 안타깝고 후회가 된다. 왜 그리 냉정했을까, 왜 좀 더 잘해 주지 못했을까. 도대체 놈이 무얼 잘못했다고 그리 미워하고 경멸했을까.

그래, 놈이 싫었다. 비열하고 저급한 놈이 나라는 사실을 인정하고 싶지 않았다. 때문에 더욱 모질게 대했다. 그럼으로써 놈과 차별화를 하고 깨달음을 얻고 싶었다.

이젠 알겠다. 놈이 없는 나는 내가 아니다. 놈과 나는 분리될 수가 없다. 그와 나는 심장이 하나라서 놈이 고통스러워할수록 나의 가슴도 찢어지게 아프다. 놈을 찾아야 한다. 지금쯤 놈은 어디에 숨어서 울고 있을까.

사건이 있은 후 은희는 보이지 않았다. 방의 불은 항상 꺼져 있었다. 나는 은희의 할머니 앞에 나설 용기가 없었다. 애만 태우다가 할머니를 미행하기로 했다. 아침부터 기다린 끝에 외출하는 할머니 뒤를 밟았다. 할머니는 도시 외곽의 병원으로 갔다. 정신병원이었다.

할머니가 돌아간 후 면회신청을 하였다. 외사촌 오빠라고 둘러댔다. 은희가 나왔다. 얼굴은 더욱 하얗고 동공은 먹을 쓱 묻힌 듯 초점이 없었다.

"나야. 알아보겠어?"

내 말에 번져 있던 동공이 한순간 수축했다.

"기린 오빠."

은희가 희미하게 웃었다.

"그래, 포장마차에서 술도 먹고 재미있었잖아."

동공이 꿈꾸듯 풀어졌다.

"그날 일은 미안해. 내가 잘못했어."

동공에 물결이 일더니 푸른빛이 감돌았다.

"개새끼, 너도 나 먹고 싶지. 다 줄게, 먹어 봐."

옷을 벗어젖히려 했다. 간호사들이 달려들어 말렸다. 남자 간호사를 보고는 공포에 차서 소리 질렀다.

"싫어, 무서워. 아악!"

발버둥치는 은희를 다소 거칠게 끌고 나갔다.

나는 주먹을 쥐고 벌떡 일어섰다가 힘없이 주저앉았다. 밝은 한낮에는 기운을 쓸 수가 없다. 겁 많고 비열한 나를 숨길 데가 없다. 빛 속에서는 나의 모든 것이 속속들이 드러나기 때문이다.

속절없이 돌아서서 병원을 나왔다. 햇빛이 쨍쨍했다. 너무 환해서 낯설었고 꿈을 꾸고 있는 것 같았다. 잊자, 어차피 은희는 제정신이 아니었잖아. 몇 번 술을 먹고 함께 다녔을 뿐이야. 키스 한 번 하지 않았다고. 네가 책임질 일은 조금도 없어.

하얀 햇빛 아래 멈추어 섰다. 대명천지에 내가 부끄러웠다. 티없이 푸른 하늘 위의 누군가가 비웃는 것 같았다. 죽고 싶도록 자신이 싫었다. 도대체 넌 어떻게 된 놈이기에 그토록 이기주의적이고 야비한 거냐. 넌 내가 아니다. 내 영혼에 끼어든 악마의 하수인일 뿐이다. 불쑥불쑥 나인 양 생각을 내지만 진정한 내가 아니다. 정중히 부탁한다. 내게서 떠나가 다오. 그렇지 않다면 내가 너를 버릴 수밖에 없다.

그 날 이후 도시를 맴돌았다. 신기루 같은 도시를 돌고 또 돌았다. 돌아와서는 꿈을 꾸었다. 망망한 우주 속을 헤매는 꿈이었다. 결국 2차원의 게임 속에서, 3차원의 현실 속에서, 4차원의 꿈속에서 나는 무엇인가를 찾아 끝없이 헤매었다.

오늘도 자리에 누워 눈을 감는다. 육체는 피로에 지쳐 까부라지지만, 영혼은 다시 떠날 준비를 서두른다. 이제 곧 4차원의 여행이 시작되기 때문이다. 잠시도 쉬지 못하는 내 영혼이 불쌍하다. 좀 쉬었다 찾아도 되련만 스스로를 볶아대며 안달한다. 2차원의 타락천사와 3차원의 김기림이 혼란에 빠져 방황하는 것을 보며, 그 돌파구를 4차원에서 찾으려고 하는지도 모른다.

드디어 영혼이 스르르 풀어져 나간다. 몸이 이완되는 아스라하고도 포근한 느낌에 빠져든다. 가장 기분 좋은 순간이다. 육체와는 가는 한 가닥 영혼으로만 연결한 채 무한대의 공간으로 뻗어간다. 마음만 먹으면 상상의 세상을 얼마든지 창조해 낸다.

꽃이 만발한 낙원으로 들어선다. 각지에서 온 영혼들이 모여 노는 곳이다. 각각의 영혼들은 아우라에 싸여 아름다움을 뽐낸다. 깨달음의 경지에 따라 빛의 색과 모양이 다르다. 경지가 높을수록 밝고 크다. 스쳐 지나칠 때면 서로 우아하게 인사를 한다.

언덕 위에 유난히 밝은 빛을 뿜는 영이 보인다. 순결한 흰색으로 주위를 밝히며 일렁인다. 영의 주인이 누구인지 저절로 깨닫는다. 기쁘다. 달려가려다가 멈칫 선다. 나의 빛이 초라하다고 생각한다. 쓸쓸이 돌아선다.

기린 오빠. 흰 영이 부른다. 부끄러워하지 마. 오빠도 충분히 아름다워. 다만 죄책감 때문에 크기가 작을 뿐이야.

네게 몹쓸 짓을 했어. 나는 겁 많고 비열한 놈이야.

오빠는 잘못이 없어. 우리가 공동창조를 한 거야. 이 세상 어떤 것도 우연은 없어. 전생에 껴안지 못한 것을 껴안기 위해, 우리 영혼의 빛으로 감싸 안기 위해 함께 그 상황을 창조한 것뿐이야. 그러니 죄책감을 느낄 필요가 없어.

위로하려 하지 마. 나는 자신이 부끄러워. 밉고 싫어졌어. 네 앞에 있을 자격도 없는 놈이야.

도망친다. 순식간에 낙원이 사라지고 암흑의 우주 속을 유영한다.

분명 암흑 속인데도 빛을 잃은 영들이 보인다. 두려움에 싸인 영, 죄책감에 싸인 영, 자기혐오에 싸인 영, 분노에 싸인 영들이 바람에 날리는 깃발처럼 흐느낀다.

안 돼. 다시 도망친다. 우주를 곤두박질친다. 푸른 별이 보인다. 지구이다. 순간적으로 육체에 뛰어든다. 충격으로 몸이 펄쩍 튀며 눈을 뜬다. 낯익은 천장이 보인다.

둘

마을은 100호 남짓하다. 크고 화려한 기와집이 있는가 하면, 아담하고 소박한 초가집도 있다. 여러 모양의 집들이 주변 산수와 오묘하게 어울려 평화롭고 아늑해 보인다. 산을 등진 마을 앞으로는 평야가 펼쳐지고, 강이 휘감아 돌아 남해로 빠진다.

이른 아침, 다 해어진 마의를 입은 외팔이가 마을에 나타난다. 표정 없는 얼굴로 덩실덩실 춤을 추며 노래를 한다. 히오 히오 히오, 마음이 없는 놈을 보았소. 히오 히오 히오, 자기를 죽인 놈을 보았소. 마음도 없고 몸도 없으니 나는 내가 아니오. 나는 내가 아니니, 내가 아닌 나는 누구인가. 하늘이 나인가, 바람이 나인가. 허공마저 내가 아니니, 차라리 꿈속의 나인가. 꿈속의 나이라면, 꿈을 꾸는 나는 누구인가.

마을 사람들이 둘러서서 구경을 하며 수군거린다.

— 젊은 사람인데 맛이 갔군.

— 근래 넘어오는 사람일수록 더 심해지는 것 같아요.

— 사도들의 횡포가 그만큼 심하다는 뜻이겠지.

— 오랜만에 주민이 느니까 반갑구먼요.

— 아직도 넘어오는 사람이 있다니 놀라워.

— 타락천사라…… 이름이 수상해. 혹시 사도가 보낸 첩자가 아닐까?

— 글쎄, 듣고 보니 그도 그렇군.

— 그래도 사도 체면이 있지. 저렇게 망가진 사람을 보내겠어.

— 원래 교활한 놈들이잖소.

— 아무래도 사도들의 낌새가 심상치 않아. 이번엔 무슨 음모를 꾸밀지 걱정되는군.

— 자기네 뜻대로 조종할 수 없는 유일한 곳이니까 눈엣가시겠지.

— 가만히 앉아 당할 우리도 아니지요.

— 아무튼 유비무환이라고 주의하지 않으면 안 돼.

수군거리는 마을 사람들 속에서 염소수염을 기른 유생차림의 중년 문사가 앞으로 나선다. 수염을 쓰다듬으며 점잖게 말을 건넨다. 이름 황벽(黃碧), 312전 311승 1패, 서열 27위.

황벽: 나는 이곳 불이촌(不二村)의 촌장 천수조(千手爪) 황벽이라 하오.

타락천사: …….

황벽: 예까지 오느라 욕봤소. 허나 때가 때이라 무작정 반길 수만은 없구려. 이름이 타락천사라는 것은 알겠소만, 진짜 당신은 누구요?

타락천사: 나는 내가 아니오.

황벽: 당신이 당신은 아니라니, 그럼 말하는 당신은 누구요?

타락천사: 내가 아닌 나요.

황벽: 허어 이런. 한가로이 말장난할 때가 아니오. 아무래도 위험인물이 아니라는 게 밝혀질 때까지 활동을 제한해야겠소.

타락천사: 나는 내가 아니니 나 아닌 나를 잡아 두시오.

황벽: 난 인내심이 그다지 강하지 않다오. 결례를 용서하시오.

말이 끝나기가 무섭게 황벽이 팔을 뻗쳐 온몸의 혈을 동시에 찔러온다. 천수조라는 별호에 걸맞게 타락천사의 몸은 수많은 팔들에 둘러싸인다. 황벽의 입가에 여유로운 미소가 흐르다가 그대로 굳는다. 타락천사의 몸이 잔영과 함께 사라진다. 저만큼 물러선 타락천사가 모습을 나타낸다. 완벽히 피하지는 못해 옷 여기저기에 구멍이 뚫려 있다.

타락천사의 입꼬리가 실쭉 올라가며 눈빛이 차가워진다. 허리에 찬 검의 손잡이를 잡으며 발검 자세를 취한다. 황벽도 진중한 눈빛으로 양손을 교차한다. 손톱이 삐죽 솟아오르며 황금빛으로 빛난다.

'쇠매가 하늘을 날면 황금비 쏟아지네, 사냥감아 닫지 마라, 너는 한낱 노리개일 뿐.'이라는 노래가 남국에서 떠돌듯이, 수많은 고수들의 무릎을 꿇린 황벽의 독문절기 금응황우(金鷹黃雨)의 자세이다.

황벽이 양팔을 날갯짓하며 높이 솟아오른다. 사냥감을 노리는 매처럼 유연하게 내려오며 덮친다. 순간 하늘에서 황금빛 비가 쏟아진다. 아니, 빗줄기처럼 촘촘히 퍼붓는 것은 날카로운 손톱들이다. 타락천사가 가볍게 찌푸리며 하늘을 향해 검을 긋는다. 빗줄기와 마주치며 우르릉 푸른빛을 내뿜는다. 비가 말끔히 갠다. 황벽이 놀란 얼굴로 내려선다. 옷소매가 너덜너덜 갈라지고 피가 엷게 번진다.

황벽: 강호에 몸을 담아 삼백여 번을 싸웠지만, 비를 그치게 한 건 그분 이외에 당신이 처음이오.

타락천사: 그분이라……

황벽: 존자.

타락천사: 존자검치, 검치존자…… 성녀…… 가인…… 난 가겠소.

타락천사가 불현듯 서두른다. 몇 걸음 걷다가 비틀거리며 쓰러진다. 황벽이 달려가 상태를 살핀다. 상처는 없다. 대신 공력이 바닥이다. 지금까지 움직인 것만도 신기할 정도이다. 그냥 놔두면 죽는다. 사도가 보낸 첩자가 아니라는 게 증명된 셈이다.

황벽은 타락천사를 안아 자기 집으로 옮긴다. 의원을 불러 치료하게 한다. 의원은 술을 먹이고 혈에 침을 꽂아 기의 순환을 돕는다.

타락천사는 쉽게 깨어나지 못한다. 땀을 뻘뻘 흘리며 악몽을 꾼다. 칠흑 같은 어둠 속에 불어오던 모래폭풍, 진홍빛으로 내리꽂히던 번개, 톱니바퀴 아가리를 지닌 환형괴물, 자신을 까마득히 날아 올리던 회오리바람, 무한대의 사막에서 느꼈던 절대고독, 빙글빙글 웃던 회색무사, 끝없이 덤벼들던 원주민들, 반쯤 썩어 해골이 드러난 강시들, 깨달았다고 생각했던 독존의식, 자신의 검에 쓰러진 또 하나의 자신, 그리고 자신의 생명을 주고 천 번째 별이 된 여인 수심린…….

눈을 뜬다. 영원보다 길고 깊은 꿈을 꾼 것 같다. 끝없는 어둠 속에 홀로 누워 있다. 너무 익숙한 상황이므로 이젠 아무렇지도 않다. 어쩌면 고독에서 즐거움을 찾는 경지에 도달했는지도 모른다. 가만히 누워 느낌을 느낀다. 내면으로 침잠해 들어간다. 흩어졌던 영혼이 모이며 새로운 마음을 연다. 허공에서 불빛이 비친다. 가까이 다가간다.

밖이 소란해진다. 비명소리와 병장기 부딪히는 소리가 들리고, 창밖이 붉게 밝아진다. 안타깝다. 깨달음을 얻을 수 있는 좋은 기회인데 방해를 받고 있다. 포기할 수 없다. 다시 마음을 가다듬는다. 느낌을 느끼려 애쓴다.

콰악. 창호지문이 반으로 갈라진다. 붉은 귀면탈을 쓴 괴한이 검을 들고 뛰어들며 다짜고짜 내려친다. 타락천사가 이불을 던져 씌우며 몸을 피한다. 괴인이 이불을 반으로 가르는 틈을 타서 머리맡에 있던 자신의 검을 집어 든다.

두 사람의 눈이 마주친다. 약속이라도 한 듯 동시에 천장을 뚫으며 솟구쳐 오른다. 지붕 위에서 결투가 벌어진다. 상대의 검은 낭창거리는 연검이라서 막아도 뱀처럼 사악하게 휘어들어 상처를 입힌다. 타락천사는 상처를 입을수록 무심해진다. 더욱 다가들며 검을 날린다. 어느덧 괴인의 목에 구멍이 나며 밑으로 떨어진다.

지붕에서 본 마을은 아수라장이다. 넘실대는 화염 속에서 마을 사람들은 귀면탈을 쓴 괴인들과 사투를 벌인다. 주민들도 대단한 고수이지만 괴인들도 그에 못잖은 실력을 지녔다. 타락천사의 몸이 독수리처럼 날아 내리며 괴인들을 향해 짓쳐 든다.

싸움은 새벽녘 괴인들이 물러감으로써 막을 내린다. 주민의 피해가 크다. 모두 114명 중 사망 21명, 중상 15명. 적들의 사망자 수는 주민 사망자 수의 2배에 이를 것으로 추정된다.

마을 사람들이 불을 끄고 중상자를 돌보는 등 뒤처리를 하고 있을 때, 황벽이 술병을 들고 타락천사에게 온다. 몸 여기저기 피가 배고, 오른쪽 손톱 2개가 부러져 있다.

황벽: 당신 도움이 컸소. 갑작스러운 일이라 놀랐을 게요.

타락천사: 도대체 저들은 누구요? 보통 솜씨가 아니던데.

황벽: 사도의 친위대라 할 수 있는 염라귀들이오.

타락천사: 그들이 왜 이곳을 공격하는 거요?

황벽: 우리가 사도를 인정하지 않기 때문이오. 사도들은 천사에서 신으로 승격하려는 야망을 품고 있소. 신앙의 대상이 되어 사람들의 숭배를 받기 원하는 거요.

타락천사: 사도가 이 세계에 직접 관여하는 것은 금기 아니오?

황벽: 왜 아니겠소. 창조주께서 처음 세상을 만드셨을 때는 꿈도 꿀 수 없던 일들이 벌어지고 있소. 도대체 창조주께서는 사도들의 횡포를 왜 보고만 계시는 건지 모르겠소. 떠도는 소문으로는 창조주께서

세상의 타락상에 실망하여 손을 뗐다고도 하고, 사도들에게 제압당하였다고도 하던데 모두 사실이 아니기를 빌 뿐이오.

타락천사: 설마 그럴 리가 있겠소.

황벽: 하도 해괴한 일들이 벌어지니 하는 말이오.

타락천사: 불이촌의 주민들께서도 환상사막을 건너오셨소?

황벽: 그렇소.

타락천사: 대단한 경지에 오른 분들 같았소.

황벽: 처음에는 하나같이 당신과 똑같은 꿈을 안고 왔지요. 부끄럽게도 제일 먼저 온 게 바로 이 황모요. 딴에는 무예의 궁극을 보았다고 믿던 나였으나 존자 앞에서는 수레 앞에 대드는 사마귀처럼 초라하기만 했소. 내 뒤를 이어 온 사람들도 마찬가지였소. 우리는 이곳에 마을을 세우고 불이촌이라 이름 지었소. 이유는 짐작하시리라 믿소.

타락천사: 불이, 진리는 둘이 아니다. 곧 진리의 세계에 들어서는 문이란 뜻으로 절의 마지막 문을 불이문이라 이름 붙인 것으로 알고 있소. 불이촌 또한 같은 의미가 아니겠소.

황벽: 그렇소. 부처와 중생, 생과 사, 만남과 이별, 찰라와 영겁, 깨달음과 깨닫지 못함까지 결국은 하나라는 의미이지요. 이 의미를 진정 아는 자만이 존자를 뵐 자격이 있소.

타락천사: 알든 모르든 나는 존자를 뵈어야겠소.

황벽: 그게 쉽지 않소. 하늘의 절대자는 창조주 한 분이듯이 지상의 절대자는 검치존자 한 분뿐이오. 우리는 존자를 세속의 번거로움으로부터 지켜드릴 의무가 있소.

타락천사: 그래도 가겠다면……?

황벽: 우리가 내놓는 관문을 통과해야 할 거요. 그 정도 관문도 넘지 못한다면 존자께 폐만 끼칠 뿐이니.

타락천사: 좋소. 그 관문이라는 게 뭐요?

황벽: 상황에 따라 마을주민들이 의논하여 정하고 있소. 중요한 것은 점차 어려워져 간다는 거요.

타락천사: 언제쯤 알 수 있겠소?

황벽: 보다시피 상황이 안 좋소. 어느 정도 수습이 되려면 하루는 걸릴 거요. 자세한 이야기는 그때 합시다.

타락천사: 기다리겠소.

너무도 당당한 타락천사가 부럽다. 어떤 근거에서 비롯된 자신감인가. 환상사막을 건너며 부쩍 강해진 건 사실이지만 궁극의 경지에 다다른 것은 아니다.

대화로 미루어 불이촌의 주민들은 모두 타락천사와 같은 과정을 거쳐 여기까지 온 자들이다. 숱한 역경과 고난 속에서 스스로를 단련함으로써 높은 경지에 오른 사람들이다. 그런 자들이 내놓는 관문 또한 예사로울 리가 없다. 하지만 타락천사는 이미 예전에 나의 통제를 벗어났다. 두고 볼 수밖에 없다.

로그아웃을 하려는데 허물어진 담장에 기대어 술병을 기울이던 타락천사가 고개를 돌려 바라본다. 타락천사의 눈에 비웃음이 어린다.

어찌 못 믿는가. 내 영혼의 근원은 그대가 아니던가. 나는 잃어버린

본래의 나를 찾았는데, 그대는 왜 못 찾는가.

그제야 하염없이 찾던 것이 달아나 버린 나라는 놈인 것을 깨닫는다. 놈은 미움과 경멸을 참지 못하여 어디론가 숨어 버린 것이다. 지금 나라고 생각하는 것은 진짜 나가 아닌 가짜 나이다. 교묘히 허세와 위선과 거짓 등으로 꾸며 내세운 불량복제품들이다. 그 불량복제품들이 원래의 나를 쫓아버렸다. 가짜 나들이 주인 행세를 한다.

그런데 타락천사는 본래의 나를 찾았다고 주장한다. 자신만도 못하다고 감히 창조자를 비웃고 있는 것이다.

충동적으로 로그아웃을 한다. 왠지 부끄럽고 화가 난다. 정말 나는 타락천사보다 못한 걸까.

그렇지 않을 것이다. 타락천사의 영혼과 나의 영혼은 하나로 이어져 있는데, 타락천사가 깨달은 것을 내가 깨닫지 못했을 리가 없다. 단지 타락천사는 그것을 의식 밖으로 끄집어내고, 나는 잠재의식 속에 감추어둔 차이일 터였다.

답답함을 참지 못하고 뛰쳐나간다. 포장마차로 가서 술을 마신다. 외롭다. 은희와 함께 마실 때는 즐거웠다. 지금쯤 무얼 하고 있을까.

벌건 눈으로 은희에게 달려드는 최가의 모습이 떠오른다. 이전에도 믿던 남자친구로 말미암아 윤간을 당하여 여린 영혼이 분열되었던 은희이다. 7살 영혼에게 얼마나 끔찍한 일이었을까. 얼마나 잊고 싶었으면 술꾼이 되어 밤거리를 헤매었을까.

조금씩 나아가고 있었는데, 진흙 속에서 연꽃이 피듯 영혼이 말개지고 있었는데 나로 말미암아 다시 산산이 부서지고 말았다.

이게 무슨 공동창조인가. 이따위 경험을 해서 무엇을 얻을 수가 있단 말인가. 성경이나 불경에서와 같이 프타아의 말 또한 말의 잔치에 불과하다. 아무것도 책임지지 않는 말의 잔치. 믿으면 좋고, 믿지 못하면 깨달음이 부족해서 그렇고. 모두가 개소리다. 모두가 개소리란 말이다.

포장마차를 나와 거리를 걸으며 고래고래 소리를 지른다. 여자들은 놀라서 피하고, 남자들은 한심한 듯이 쳐다본다.

"이거 누구야. 미친년 오라버니 아니셔."

골목에서 커다란 그림자 넷이 나타난다. 한 놈이 앞으로 나선다.

고개를 치켜들어 바라본다. 내 키보다 머리통 하나는 더 큰 놈이 빙글빙글 웃는다. 나도 웃는다. 놈의 얼굴을 아마 평생 잊지 못할지도 모른다. 철들어 생애 처음으로 두드려 팬 놈이니까. 묘하게 피가 끓는 흥분이 되살아난다.

"불알은 괜찮나."

나지막하고도 차갑게 되묻는다.

"뭐야, 씨발."

놈이 그 날의 악몽이 되살아나는지 주춤 물러서며 동료들을 돌아본다. 숫자에 의지하려는 비겁한 수작이다.

"야, 이 난쟁이 똥자루만 한 게 비겁하게 불알을 치고 내뺀 놈이야."

동료들이 나를 보고 놈을 본다. 한심하다는 표정으로 놈의 머리를 때리며 한마디씩 한다.

"에라이, 나가 죽어라. 덩치가 아깝다."

"쪽팔리지도 않냐, 새끼야."

"너 내일부터 우리 아는 체도 하지 마."

머리를 맞고 타박을 들으면서 놈이 억울하다는 듯이 소리친다.

"아, 그때 만땅 취했었다니까. 취해서 제대로 걷지도 못하는데 저 새끼가 비겁하게 치고 내뺀 거라니까."

"그럼 지금 복수하면 되겠네."

동료의 말에 놈이 마음을 다잡고 나서며 싸움자세를 취한다.

술기운이 날아가며 마음이 차분히 가라앉는다. 놈의 눈을 똑바로 본다. 눈빛이 두려움으로 흔들린다. 예전의 경험이 두려움을 불러일으키고 있다. 놈은 이미 진 것이다. 하지만 덤비지 않을 수 없을 터이다. 그 나이에 친구들의 놀림감이 된다는 것은 죽음과도 같으니까.

놈의 다리가 날아온다. 제법 절도 있고 강한 돌려차기이다. 몸을 낮추어 발을 머리 위로 흘려보내며 바싹 다가든다. 놈의 다리가 돌아가자 허리가 빈다. 반대로 몸을 돌리며 팔꿈치로 허리를 쑤신다. 갈비뼈 밑 급소에 명중한다. 놈이 헛김을 뿜으며 주저앉는다. 그대로 턱을 올려 찬다. 비명도 못 지르고 뻗어 버린다.

놈들의 눈에 놀람이 어린다. 서로 마주 보더니 한꺼번에 달려든다. 순간 내면에서 확고한 소리가 들린다. 이길 수 있어. 발로 벽을 박차고 뛰어오른다. 몸을 돌리며 앞장선 놈의 목젖을 발끝으로 찬다. 떨어져 내리며 덮쳐오는 다른 한 놈의 명치를 정권으로 정확히 가격한다.

단숨에 세 놈을 쓰러뜨리자 마지막 남은 놈이 비슬비슬 물러선다. 눈치를 보다가 후다닥 돌아서서 달아난다.

"이봐."

놈이 그 자리에 달라붙는다.

"친구들 데리고 가."

놈이 얼른 달려와 친구들을 돌본다. 서로 부축하며 황급히 사라진다.

그 자리를 벗어나서도 아무 감흥이 없다. 당연한 결과라는 느낌이다. 이성으로는 이게 아닌데 하면서도 내면 깊은 곳에서는 결과를 이미 알고 있던 것 같다. 맞다. 타락천사가 의식적으로 갖고 있는 것을 나는 잠재의식 속에 놓아두고 있다. 표면으로 떠오르지만 않았을 뿐 이미 나의 것이다.

비행기 조종사가 컴퓨터 시뮬레이션을 통하여 조종술을 익히듯이 나는 옥기린과 타락천사를 통하여 수많은 결투를 경험하며 싸움의 묘리를 터득했다. 어찌 싸움의 묘리뿐이겠는가. 그들이 겪은 그리움, 고독, 절망, 사랑 등을 모두 고스란히 간직하고 있을 터였다. 타락천사의 의식이 성숙한 것처럼 나의 의식 또한 성숙했을 터였다.

결국 2차원의 타락천사를 통하여 3차원의 내가 성숙할 수 있었다는 말이 된다. 그렇다면 3차원의 나를 통하여 4차원의 누군가가 성숙할 수도 있으리라. 그는 바로 3차원의 김기림이라는 캐릭터를 만든 사람, 곧 나의 게이머가 아닐까.

그럼 묻겠다. 나의 게이머여, 그대는 나의 삶에서 무엇을 얻으려 하는가. 그 어떤 목적이 있기에 이토록 나를 괴롭히는가.

셋

뒷산에 해가 걸리며 노을이 내린다. 폐허 같던 불이촌도 얼추 정리가 끝나 제 모습을 찾는다. 공력이 높은 고수들이라 일하는 것도 빠르고 효율적이다.

촌장 황벽을 선두로 사람들이 마을 뒤 언덕을 오른다. 언덕 위 묘지에는 돌을 다듬어 세운 100여 기의 묘비들이 열을 지어 서 있다. 20여 기의 묘비들은 깨끗하여 방금 전에 만든 것임을 말해 준다.

묘비에는 비명(碑銘)이 새겨져 있다. 글자체도 다르고 깊이도 다르다. 붓으로 쓴 글씨, 지력(指力)으로 파낸 글씨, 검끝으로 새긴 글씨 등 각양각색인데 하나같이 웅혼한 기상이 흐른다.

군자검(君子劍) 서인후지묘(徐仁厚之墓)
연화보살(蓮花菩薩) 장미인지묘(張美人之墓)
흑살객(黑殺客) 무영지묘(無影之墓)
패왕(霸王) 독고승일지묘(獨孤乘馹之墓)……

사람들 뒤에 서서 묘비명을 보던 타락천사의 얼굴에 놀람이 인다. 하나같이 비욘드월드 초창기부터 일세를 풍미하던 호걸들이다. 특히 군자검 서인후와 흑살객 무영은 서열 10위 안에 들던 초절정고수이다.

새삼스레 모여 선 사람들의 면면을 살핀다. 일견 평범해 보이던 사람들이 엄숙한 의식 앞에서 본모습을 드러낸다. 전전생 옥기린 때 흠모하던 고인들의 모습이 눈에 띈다. 우내삼현(宇內三賢)의 하나인 탄허대사(呑虛大師)도 있고, 의형제 간인 천지쌍웅(天地雙雄)도 눈에 띈다. 모두 초절정고수이다. 비욘드월드의 내로라하는 고수들이 다 모인 것 같다.

유난히 노을이 아름다운 저녁이다. 하늘은 방금 태양이 내려앉은 산등성이 부분만 노랗고, 멀어질수록 분홍에서 주홍으로, 다시 진홍으로 짙어지다가 보랏빛으로 타오른다.

상돌 위에 놓인 향로에서 연기가 피어오르고, 사람들이 차례로 꽃송이를 바친다. 묵념이 시작된다.

갑자기 바람이 분다. 먹구름이 하늘을 덮으며 몰려온다. 흙먼지가 날린다. 어둠 속에 푸른빛이 번쩍인다. 우르릉, 우르르르. 하늘이 흔들린다. 바람이 거세지며 빗줄기가 쏟아진다.

사람들은 미동도 하지 않는다. 그만큼 마음공부가 됐다는 증거이다. 묵념을 끝내고 나서야 긴장한 얼굴로 하늘을 응시한다. 타락천사도 밀려오는 거대한 기운을 느낀다.

일순 비바람이 그치고 붉은 달이 떠오른다. 달 주위로 핏빛 구름이 빙빙 맴돈다. 점차 구름이 불어나며 마침내 하늘 전체가 빙빙 돈다. 우르르 우르르. 거대한 맹수가 울부짖듯 하늘이 운다. 찌릿찌릿. 새파란 번개가 하늘을 조각낸다. 지축을 흔들며 목소리가 들려온다.

나는 좌천사 대염라명왕이다.

어찌 하늘의 뜻을 거스르는가.

너희에게 마지막 기회를 주니
믿음을 맹세하며 엎드려 경배하라.
복종하는 자만이 삶을 얻으리라.

사람들은 서로의 얼굴을 바라본다. 마침내 사도가 직접 나선 것이다. 지금까지와는 비교할 수 없는 위기가 닥치리라. 아무도 삶을 장담할 수 없다. 몰살을 당할지도 모른다. 그러나 무릎 꿇는 자는 없다.

— 결국 우리를 없애고 존자마저 몰아내어 비욘드월드를 완전히 손에 넣겠다는 수작이군.

— 우리 천지쌍웅 형제는 숱하게 생과 사의 경계를 드나들었으되 하늘을 우러러 한 줌 부끄러움이 없었소. 사도들이 이제는 신을 자처하기에 이르렀으니 차라리 죽을지언정 굴복할 수는 없소.

— 나무아미타불, 창조주께서는 어인 연고로 사악한 자들이 저토록 참람함을 그냥 두고 보신단 말인가.

— 우리 모두 목숨을 걸고 존자와 성녀를 지켜 드립시다.

마을 사람들은 하나같이 결연한 저항의 의지를 보인다. 다시 하늘에서 소리가 들려온다.

나는 사랑으로 계시를 주었으나
미혹하여 깨닫지 못하는구나.

너희들의 우매함이 이와 같으니
하늘과 땅의 분노를 어찌 막으랴.
죽음의 심부름꾼이 찾아가리라.

우르르릉. 하늘이 운다. 피에 물든 달빛에 주위는 음울한 검붉은빛으로 휩싸인다. 화르륵 화르륵. 하늘에서 푸른 유성우가 쏟아진다. 꽃불 같은 유성우 속으로 불개를 거느린 귀면탈의 무리가 나타난다. 얼핏 보아도 1000여 명은 돼 보인다. 불개들은 두 눈에서 형형한 불길을 내뿜으며 날카로운 송곳니 사이로 침을 철철 흘린다.

선두에는 3명의 무사가 서 있다. 칠지도를 든 중년인과 도끼를 든 백발노인과 쇠몽둥이를 든 눈코입이 제멋대로 붙은 노인. 초대 무성 괴수수와 백수광부와 무면이다. 세 사람이면서 하나인 셈인데, 이 요사스러운 짓 또한 사도들의 장난임에 틀림없다.

공격명령과 함께 귀면탈과 불개들이 땅을 차고 하늘을 날며 무서운 기세로 달려든다. 격전이 벌어진다. 붉은 달 주위로 구름이 돈다. 푸른 유성우가 펄펄 떨어진다. 흙먼지가 일고 핏물이 튄다. 고함소리와 비명이 어우러진다. 땅이 울부짖고 하늘이 눈을 가릴 정도의 처절한 접전은 이튿날 한낮이 되어서야 비로소 윤곽을 드러낸다.

마을사람들은 10여 명이 남았는데, 그나마 제대로 몸을 움직일 수 있는 사람은 천지쌍웅 중 천웅, 탄허대사와 타락천사 3명뿐이다. 황벽을 비롯한 나머지 사람들은 손발이 잘라지는 중상을 입거나 공력이 떨어져 운신이 힘들다. 반면 공격해 온 적은 대부분 죽거나 중상을 입었으나, 처음부터 구경만 하던 세 사람과 그 뒤의 20여 명의 정예 귀면탈들은 아무 피해도 입지 않은 상태이다. 객관적으로 열세이다.

괴수수와 백수광부와 무면이 앞으로 나선다. 셋이서 어깨를 대고 삼각형으로 서는가 싶더니 슥 합쳐지며 몸통은 하나이되 세 얼굴에 여섯 팔을 지닌 삼면육비(三面六臂)의 괴물이 된다. 하늘을 향해 한바탕 웃고는 손가락으로 가리키며 소리친다. 말을 하는 사람에 따라 얼굴이 휙휙 돌아간다.

괴수수: 지금이라도 엎드려 목숨을 비는 게 어떠한가.

백수광부: 몇 놈 남지도 않았는데 깨끗이 해치워 버리자구.

무면: 무슨 사설들이 그리 긴가. 말 안 듣는 개들은 그저 몽둥이찜질이 약이라네.

탄허대사: 어허, 이런 요상한 일이. 내가 상대해 주마.

탄허대사는 원래 괴력난신(怪力亂神)을 극도로 혐오하는 불제자인지라 참지 못하고 달려든다. 공중에 둥실 떠오르며 금강지를 연달아 날리는 동시에 선장을 휘둘러 목을 베어 간다. 웅혼한 공력의 소유자답게 공기 끊어지는 소리가 힘차다. 괴물도 물러서지 않고 도끼로 금강지를 쳐내고 칠지도로 선장을 막고는 쇠몽둥이를 휘둘러 공격한다. 여섯 손이 절묘하게 배합을 이루어 마치 3명의 초절정고수가 합공을 하는 느낌을 준다. 탄허대사는 점차 손발이 어지러워지며 수세에 몰린다. 보다 못한 천웅이 으헝 고함을 지르며 합세한다. 그래도 2

대 3의 싸움이다. 얼마 못 가 또다시 위기에 빠진다. 연이어 펑 펑 하는 소리와 함께 탄허대사와 천웅이 부상을 입고 비틀거리며 물러선다.

냉정히 구경만 하던 타락천사가 앞으로 나선다.

타락천사: 죽지도 살지도 않고, 한 놈도 세 놈도 아닌 괴물아, 나를 기억하는가.

무면: 네놈은 검치의 제자였던 놈 아니냐. 몰골이 흉하게 변해서 잠시 못 알아보았다. 이보게 광부, 이놈이 전전생에 자네 도끼에 맞아 눈물, 콧물을 뿌리며 도망치던 옥기린이란 애송이의 후신일세.

백수광부: 하하하, 겉멋만 잔뜩 들었던 울보에다 겁쟁이가 환생했단 말인가.

괴수수: 가만 검치의 제자라고? 그럼 더욱 가만둘 수 없지.

무면: 자네들은 나서지 말게. 전생에 저놈과 빚이 있다네.

백수광부: 설마 저놈의 손에 목숨을 잃었다는 건 아니겠지.

무면: 저놈 손에 직접 당한 것은 아니네만…… 이봐, 내 목을 찔렀던 계집은 어디 있느냐?

타락천사: …… 온 우주에 있지. 하늘과 땅과 내 가슴에.

괴수수: 결국 죽었다는 이야기군. 네놈도 뒤따라 보내주마.

타락천사: 촌장께서는 이 괴물을 없애는 것으로 관문을 대신해 줄 수 있소?

황벽: 좋소. 촌장의 권한으로 승낙하겠소.

무면: 감히 우리 목숨을 가지고 거래를 하다니!

괴물이 성큼 한 발을 디딘다. 온몸에서 산 같은 무형의 기운이 일어난다. 타락천사는 답답함을 느낀다. 전전생의 옥기린 때 스승에게서 느꼈던 그 기운이다. 정신이 바짝 든다. 산을 베어야 한다. 그렇지 못한다면 검치존자를 찾아가 보았자 또다시 패배할 것이다.

무면의 쇠몽둥이가 날아들며 괴수수의 칠지도가 찔러 오고 백수광부의 도끼가 찍어 온다. 타락천사도 지지 않고 무위검을 펼친다. 세 개의 무기가 공격해 오지만 사실은 하나이다. 이 세상 그 어떤 것도 시차는 있기 때문이다. 타락천사의 검은 바람이 눈송이를 날리듯 빗줄기가 나뭇잎을 때리듯 자연스럽게 펼쳐진다. 격식이 깨지며 자유를 얻는다. 집착이 사라지며 마음을 얻는다.

괴물의 공격은 신랄하고 빈틈이 없다. 세 명의 초절정고수가 한꺼번에 덤벼드는 셈이니 산 같은 압박은 더해만 간다. 몸 여기저기에서 피가 튀지만 타락천사는 차분하다. 검으로 산을 벨 수 있는가. 불가하다. 바람으로 벨 수 있는가. 불가하다. 천둥과 벼락으로 벨 수 있는가. 불가하다. 그럼 무엇으로 벨 수 있는가. 마음이다. 산을 벨 수 있는 것은 마음뿐이다.

타락천사의 눈에 산이 한순간, 아주 한순간 작아진다. 벤다. 마음속에 들어온 산을 힘껏 가른다.

세 얼굴이 못 믿겠다는 듯이 자신의 가슴을 내려다본다. 대각선으로 스멀스멀 붉은 선이 그어지다가 쏴아 피보라가 튄다. 상체가 몸통에서 스르르 밀려 내리며 이등분이 된다. 뒤에 선 귀면탈들이 놀라 서로를 바라보다가 소리 없이 물러난다.

타락천사의 입가에 하얀 미소가 매달린다. 처음으로 보는 인간다운 미소이다.

의자에 몸을 깊숙이 묻는다. 피로로 온몸이 이완되며 까부룩 가라앉는다. 하지만 마음은 상쾌하다. 충만된 환희의 느낌이 자랑스럽게 벅차오른다.

타락천사가 삼면육비의 괴물을 베는 순간 구름 걷힌 창공을 본 느낌이었다. 구름이 걷히자 창공이 나타났다. 아니, 창공은 원래부터 그 자리에 있었는데 구름이 걷힌 것뿐이다.

이젠 알겠다. 내 마음은 원래의 그 모습 그대로 그 자리에 있었다. 다만 먼지가 쌓여 빛을 잃었을 뿐이다. 미움이라는 먼지, 두려움이라는 먼지, 욕심이라는 먼지, 죄책감이라는 먼지, 분노라는 먼지, 이 먼지의 종류는 얼마나 많은가.

먼지를 털어 내는 순간 본래의 내가 모습을 드러낸다. 그래서 석가모니는 본래진면목이 부처라고 하였으며, 예수는 천국이 네 마음에 있다고 하였다. 또한 프타아는 당신이 도달해 있는 길로 가는 빠른 길은 없다고 하였다.

먼지를 털어내는 방법은 무엇일까. 인류가 생겨난 이래로 수많은 선각자들이 이에 대해 답해 주었다. 귀담아듣지 않았을 뿐이다. 예를 든다면 절대자에 대한 믿음을 통한 방법도 있을 터이고, 선을 통한 깨달음을 방편으로 하는 것도 있을 터이다. 그 어느 것도 꼭대기에 오르는 방법이 다를 뿐 정상에 이르면 보이는 것은 똑같다. 프타아는 특히 자신에 대한 사랑을 강조하였다.

사랑하는 이여, 그건 바로 자기 자신을 사랑하는 겁니다, 당신의 바깥에 있다고 판단한 모든 것이 하나의 반영임을 알아야만 합니다. 당신이 자기 자신의 모든 면을 받아들일 때, 판단과 하나가 되어서 화내는 것도 괜찮게 여기고, 분노와 고뇌로 눈물 흘리는 것도 괜찮게 여기고, 당신들 모두가 상처 받은 가슴으로 죽어가고 있음도 괜찮게 여기게 될 때 — 그때 진실로 변화를 창조하게 될 겁니다. 사랑하는 여러분, 대상이 무엇이냐는 중요하지 않습니다. 항상, 항상, 당신입니다. 항상, 항상 당신에게로 되돌아옵니다.*

사랑에 대해 무슨 말을 해줄 수 있을까요? 그것이 없다면 당신은 생존을 위해 싸울 뿐이고, 그것을 지니면 당신은 위대하고 창조적인 마스터가 되어 당신 주변에 전체성을 반영하게 된다고나 할까요. 하지만 사랑하는 이여, '그건 다른 누군가를 사랑하는 게 아니고, 바로 당신 자신을 사랑하는 것입니다.' 왜냐면, 당신이 자기 자신을 사랑하고 존중하며 살지 않는다면, 당신이라는 존재는 이 3차원 현실의 모든 면에서, 모든 색조로, 모든 방법으로, 모든 빛깔로 표현하고 있는 근원임을 진정으로 이해하지 못한다면 — 그리하여 그 모든 것이 괜찮은 것임을 이해하지 못한다면 — 어떻

* 《프타아테이프》〈하〉 139쪽

게 당신 밖에서 사랑을 표현할 수 있겠습니까?*

예전에는 그저 말잔치에 불과했던 말들이 빛을 담고 마음을 연다. 그래 이제 나와 화해를 해야 할 시간이다. 그러려면 도망쳐 버린 진짜 나를 찾아야 한다. 구석구석 살핀다. 전에는 마음이 작다고 생각했다. 그러나 지금은 넓어서 어디가 어딘지 헷갈리기까지 한다.

마음이라는 것은 주인이 마음먹기에 따라 푸른 바다의 좁쌀알처럼 작아지기도 하고 온 우주에 가득 찰 수도 있다고 한 어느 선각자의 이야기가 맞는 것 같다. 가짜 나의 멸시와 미움으로 말미암아 작아질 대로 작아져서 도망친 진짜 나라는 놈은 어디에 꼭꼭 숨었는지 보이지 않는다.

가부좌를 하고 내면으로 침잠해 들어간다. 내면은 시간과 공간을 초월한 다차원적인 곳이다. 고향집이 떠오르는가 하면, 초등학생인 내가 친구들의 놀림에 울고 있기도 하고, 청운의 꿈을 안고 상경하던 때의 기차 모습이라든지, 노을을 보며 감상에 젖던 사춘기의 내 모습이 파노라마처럼 흘러간다. 하지만 아무리 찾아도 나라는 놈은 보이지 않는다.

찾다가 지쳐 멍하니 천장을 바라본다. 천장이 흐물흐물 번지며 눈이 나타난다. 오래간만에 보는 눈이다. 애틋함이 담긴 빛으로 바라본다. 저 눈빛이 싫다. 모든 걸 다 안다는 저 눈빛, 날 이해하고 사랑한다

* 《프타아테이프》〈하〉 183쪽

는 저 눈빛, 그리고 자기는 아무 잘못이 없다는 듯한 뻔뻔스러운 저 눈빛이 무엇보다도 싫다.

내가 찾아줄까. 눈이 싱그레 웃는다. 딴에는 화해의 제스처를 쓰는 모양인데 그러는 모습이 더 밉살스럽다.

당신의 도움 따위는 필요 없어.

왜 날 미워하지. 슬픈 눈이 된다.

당신을 믿을 수가 없기 때문이야.

무엇을 믿을 수가 없다는 건가. 안타까운 눈이 된다.

모든 것. 당신이 나의 창조자이자 게이머라는 것까지.

어떻게 그럴 수가 있나. 당혹한 눈이 된다.

어떻게 그럴 수가 있냐고? 넌 날 멋대로 창조했어. 미완성인 채로 대강 만들었지. 그리고 세상이라는 곳에 던져 놓고는 버둥거리며 고통스러워하는 나를 보고 즐긴 거야. 나는 네게 한낱 장난감 같은 존재였어. 너는 겉으로는 사랑하는 눈빛, 안타까운 눈빛으로 위장하고는 가증스럽게 뒤에 숨어 킥킥거렸지. 재미있다고 배를 쥐고 웃었겠지.

눈이 껌벅껌벅 한다. 화가 난 표정이다. 그러는 너는 무엇이 그리 잘났지. 넌 타락천사를 제멋대로 만들지 않았던가. 그가 고통과 외로움과 절망에 빠져 허우적거릴 때 넌 무얼 하고 있었지. 도움을 주고 위로를 주었던가. 모든 것은 그의 몫이라고 치부하고는 스스로가 이겨내야 한다고 말했지. 냉정히 바라보기만 했어. 그렇다고 해서 네가 그를 사랑하지 않는다고 말할 수 있나. 안타깝지 않다고 말할 수 있나. 네 마음을 알아주지 않는다고 야속해 했잖아. 나도 너와 같은 마음일 것이라고 왜 생각해 주지 않지.

가슴이 뜨끔하다. 그의 말이 맞다. 난 타락천사를 사랑하면서도 그가 고통스러워할 때 외면했다. 안타깝지만 스스로가 이겨내야만 클 수 있다고 믿었다. 타락천사는 기대에 어긋나지 않게 훌륭히 성장했다. 덕분에 나도 많은 것을 얻을 수 있었다.

타락천사는 내 진심을 몰라준다. 오히려 나를 미워하고 업신여긴다. 자기를 창조한 것은 나의 이기심 때문이라고 생각한다. 단지 즐기기 위해 자신을 고통 속에 던져 넣었다고 생각한다. 나약하고 겁쟁이인 내가 반대급부로 자기에게 혹독한 시련을 겪게 하여 억지로 강해지게 함으로써 대리만족을 하려 한다고 믿는다.

갑자기 눈을 보기가 부끄러워진다. 외면하고 밖으로 나간다. 술을 사러 편의점으로 간다. 문을 열고 들어서는 순간 가슴이 철렁 내려앉는다. 그녀가 앉아 있다. 예전 그 모습 그대로 책을 읽다가 고개를 든다. 멈칫한 것은 순간이었으나, 시간은 뒤로 물러나 과거가 된다.

그녀가 옅게 미소를 지으며 고개를 숙인다. 나도 당황하여 고개를 끄덕이고는 안으로 숨어 들어간다. 코너에 서서 두근거리는 가슴을 달랜다. 애타게 원하는 것은 애탈 때 오지 않는 법이다. 그것은 느닷없이 허를 찌른다.

원래 소주를 사려고 했으나 캔맥주로 바꾼다. 묵묵히 가격을 치르고는 얼른 나온다. 방으로 들어와서야 두근거리던 가슴이 진정된다. 목이 탄다. 캔맥주 세 통을 단숨에 마신다. 어찔해지며 붕 뜨는 느낌이 든다.

저 깊숙한 안쪽에서 까만 눈이 바라본다. 놈, 저기 숨어 있었구나. 너는 독 안에 든 쥐다. 관대한 마음이 되어 히죽히죽 웃는다. 모든 게 다 잘될 것 같은 느긋함에 싸인다. 그때 무언가가 마음을 아리게 탁 치고 지나간다. 잠시 마음이 어두워진다. 괜찮아. 모든 것은 내가 선택했고 아무것도 잘못된 것은 없어. 앞쪽에 빛이 비친다. 나는 빛 속으로 유영해 들어간다.

넷

먼동이 틀 무렵, 타락천사는 사람들의 배웅을 받으며 마을을 나선다. 주민들의 눈빛에는 기대와 우려가 복잡하게 뒤섞여 있다. 타락천사가 그들의 꿈을 대신 이루어주기를 바라는 기대와 검치존자의 신화가 깨져 혼란이 올지도 모른다는 우려.

마을을 벗어나서 산 속 오솔길로 접어든다. 새소리가 아침바람에 상쾌하다. 사슴이 착한 눈망울로 바라보고 토끼가 앞장서 뛰어간다. 바위 곁에 모여 핀 들꽃의 꽃잎에는 이슬이 맺혀 반짝이고, 잠 덜 깬 호랑나비가 비틀비틀 날기도 한다. 달려드는 하루살이와 얼굴에 걸리는 거미줄도 전혀 성가시지 않다. 모든 존재하는 것은 그 자신이 주인공이고 자신들의 드라마인 삶에 충실할 뿐이다.

산등성이에 올라선다. 앞에 눈이 시리도록 푸르른 초원이 펼쳐진다. 은빛 시냇물이 초원을 구불구불 가로지른다. 바위에 걸터앉아 땀을 들인다. 하늘은 청명하고 바람은 신선하다. 다사로운 햇볕이 보이지 않는 천처럼 부드럽게 감겨든다. 심호흡을 한다. 아름다운 세상이다.

다시 초원을 지나고 강을 건넌다. 둥근 산이 이마를 내밀더니 부스스 일어선다. 초원은 뻘건 황토로 바뀐다. 이랑이 긴 밭이 보인다. 파릇파릇 새싹이 돋는다. 빨강과 초록의 색의 대비가 강렬하다. 멀리 대나무숲을 배경으로 아담한 초가집이 서 있다.

타락천사가 걸음을 멈춘다. 심장의 박동이 미세하나마 빨라진다. 중추신경이 자르르 전율한다. 주위의 공기는 평온하다. 아무런 적의도 느낄 수 없다. 그런데도 긴장하는 것은 마음이 허상을 만들어 내기 때문이다. 검치존자에 대한 옛 기억이 스스로 두려움이란 그림자를 창출한다.

두려움을 억지로 밀어내려 해서는 안 된다. 감정이란 부정하고 멀리하려 하면 할수록 더 달라붙으니까. 대신 마음의 빛으로 감싸 받아들여야 한다. 두려움도 나름대로 유효한 것임을 인정해야 한다. 사랑하는 마음으로 자신을 믿는다. 내가 모든 것을 창조하니 모든 것을 변화시킬 수 있음을 안다. 결과야 어떻든 모든 경험에는 지혜의 진주가 숨어 있음을 안다. 심장의 박동이 평상으로 돌아온다.

초가집은 울타리도 사립문도 없다. 댓돌에 신이 없는 것으로 보아 빈집이다. 집 뒤쪽으로 돌아간다. 밭에서 자그마한 노인이 호미로 김을 매고 있다. 얼굴에 주름살이 깊은 평범한 농부이다. 노인이 타락천사를 돌아본다. 목에 둘렀던 수건으로 땀을 닦으며 일어선다.

타락천사: 영감님, 여기 검치존자라는 분이……

타락천사의 눈이 커진다. 노인이 검치존자임을 깨닫는다. 1년 전만 해도 중년의 사나이였는데 흰 머리의 노인으로 변해 있다. 검치존자가 빙그레 웃는다.

검치: 날 알아보는 것을 보니 환생한 분이시군.

타락천사: 연이 아직 끊기지 아니했나 봅니다.

검치: 먼 길을 오셨네. 전생에 내가 업을 지었던가.

타락천사: 아무리 윤회를 해도 지금 여기의 내가 있을 뿐이지요.

검치: 옳아, 과거에 누구였는가는 중요치 않지.

타락천사: 모습까지도 변화시키다니 대단하군요.

검치: 세월이 흐르면 늙는 것은 당연하지 않은가. 더구나 사이버 세계에서는 시간이 빨리 흐른다네.

타락천사: 제가 온 이유를 알고 계시리라 믿습니다.

검치: 자신마저 베었으면서 무얼 더 잡으려 하시는가.

타락천사: 무성이 되려면 당신을 꺾어야 하니까요.

검치: 무성이라…… 그깟 허명은 얻어서 뭐하려고 그러나.

타락천사: 제게는 소중한 일입니다.

검치: 그래, 나름대로 절박한 이유가 있겠지.

타락천사: 도전을 받아주시겠습니까.

검치: 어쩔 수 없군. 잠시 시간을 주게.

검치존자가 앞장서고 타락천사가 뒤따른다. 검치존자가 부엌으로 들어가 물 한 바가지를 떠다주고는 방으로 들어간다.

타락천사는 목을 축이며 마당을 둘러본다. 아담한 화단에 꽃들이 아기자기하게 피어 있다. 장독대 위의 크고 작은 독들이 햇살에 몸을 나른히 맡기고 깜박깜박 존다. 빨랫줄에 걸린 옷들이 바람에 날린다. 눈부시게 하얀 치마를 보는 순간 가슴이 싸하게 아려온다. 이 근처에 가인이 있다.

방에서 검치존자가 나온다. 깨끗한 옷으로 갈아입고 손에는 검을 들고 있다. 두 사람은 마당 앞 공터에 마주 선다.

타락천사가 검을 빼든다. 마음을 검에 담는다. 그가 검이고 검이 그가 된다. 틈을 노린다. 예전의 검치존자는 위엄이 넘쳤다. 마주 했을 때는 산을 앞에 둔 것 같았다. 온몸에서 예기가 뿜어져 나와 상대를 질식시켰다.

지금의 검치존자는 한낱 노인일 뿐이다. 자연과 어울려 자연 그대로 서 있다. 이기겠다는 욕심도 질지 모른다는 불안도 보이지 않는다. 허공의 공기처럼 모자람도 넘침도 없이 존재할 뿐이다.

시간이 흐른다. 타락천사는 산이라도 벨 자신이 있다. 하지만 공기를 어떻게 벤단 말인가. 이미 검치존자는 피안 너머에 서 있다. 도무지 투지 자체가 일어나지 않는다. 오히려 마음이 차분해지며 평화로워진다. 햇살이 몸을 통과한다. 세상과 하나가 되는 개운함을 느낀다. 검을 내려 검집에 꽂는다. 검치존자가 빙그레 웃는다.

검치: 싸울 의사가 없나 보군.

타락천사: 가인을 한번만 만나게 해주십시오.

검치: 그러세. 마침 저기 오시는군.

중년여인이 빨래를 담은 바구니를 들고 대밭 뒤로 나타난다. 수수한 차림의 촌부(村婦)이다. 낯선 남자를 만났음인지 수줍은 미소를 짓는다.

그 미소를 보는 순간 타락천사의 가슴이 쾅 울린다. 곱게 세월이 내린 그 얼굴은 분명 가인이다. 타락천사의 그리움이자 꿈이었으며 삶의 목표였던 여인이 눈앞에 있다.

가인은 가볍게 고개를 숙이고는 안으로 들어간다. 검치존자가 넋이 나가 있는 타락천사의 어깨를 툭 친다.

검치: 이보게, 모든 건 허상일세. 가인까지도.

타락천사: 육체와 영혼 모두에 새 생명을 주신 분입니다.

검치: 비욘드월드에서 가장 심혈을 기울여 만들어진 캐릭터가 가인이지. 그녀는 이 세계 사람들에게 희망과 용기를 주는 역할을 맡았네. 하지만 실제로는 프로그래밍 된 캐릭터일 뿐이었네.

타락천사: 지금은 그런 것 같지 않습니다.

검치: 내가 영혼을 주었네. 허허, 대단하게 생각하지 말게. 프로그램에서 벗어나 의지대로 움직일 수 있게 되었다는 뜻일세. 그녀에게도 게이머가 생겼다는 의미이지.

타락천사: 비욘드월드는 절대로 해킹이 불가능한 것으로 알고 있습니다. 사도들조차도 개인적으로는 프로그램을 바꿀 수 없지요.

검치: 불가능이란 없네.

타락천사: 혹시 존자께서 창조주의 화현(化現)?

검치: 편한 대로 생각하게.

타락천사: 창조주라면 어째서 사도들이 이토록 비욘드월드의 이념을 능멸하는 데도 보고만 계십니까.

검치: 누구나 초인적 권한과 힘을 갖게 되면 신이 되고 싶어 하지. 그다음 순서는 타락과 부패일세. 그게 한계야.

타락천사: 방관한 잘못도 없다고는 못하겠지요.

검치: 옳은 말일세. 인간의 신이 그렇지 않던가.

타락천사: 잘 알면서 왜 보고만 계십니까.

검치: 신이 되기 싫기 때문이라네. 하지만 창조한 책임도 있으니 정화시켜야겠지. 인간의 신처럼 욕을 먹어서야 되겠나.

가인이 밖으로 나온다. 전전생에 처음 보았을 때와 같은 순결한 흰 옷을 입고 있다. 검치존자의 곁으로 가 선다. 검치존자를 바라보며 방그레 웃는다. 검치존자가 고개를 끄덕이며 가인의 손을 잡는다.

검치: 이제 우리는 떠날 때가 됐네. 잊지 말게. 내가 그와 하나이듯 그와 자네도 하나일세. 근원과 영혼이 이어져 있으니 외로워할 필요 없네.

타락천사: 안녕히 가십시오.

검치: 비록 게임이지만 유익한 경험이었네. 자네도 그러길 바라네.

가인이 손을 흔든다. 두 사람이 빛에 싸여 둥실 떠오른다. 하늘이 아름답게 물들며 음악이 흐른다. 찬란한 빛 속으로 멀어져 가더니 화면에서 사라진다.

타락천사는 그 자리에 그대로 서 있다. 깊이 생각에 잠긴 모습이다. 타락천사의 모습을 숨죽이고 지켜본다. 가슴이 짠하면서도 조마조마하다. 그가 나를 부정한다면 어떻게 될까. 결국 실패한 게이머가 되고 말겠지. 자신의 피창조물로부터도 인정받지 못하는. 그렇다면 정말 슬픈 일이다.

어둠이 내리고 별이 뜬다. 남극성이 십자 형태로 찬란히 비친다. 타락천사가 고개를 들어 정면으로 바라본다. 당신을 믿겠소. 묵직이 말한 타락천사가 돌아서 뚜벅뚜벅 걸어간다.

기쁘다. 가슴이 따끈해지며 눈물이 흐른다. 타락천사는 무책임하고 이기적인 창조자를 용서하고 화해의 손길을 내밀어 주었다.

이제는 내 자신과 화해를 할 시간이다. 어딘가 숨어 있는 진짜 나를 찾아야 한다. 놈은 꼭꼭 숨어 있다. 다시는 상처를 받고 싶지 않다는 표현이다.

예전에는 놈을 언제 어디서나 찾을 수 있었다. 편협과 이기가 전부였던 마음은 작디작았다. 놈은 숨으려고 해도 숨을 데가 없었다. 그래서 가짜 나들, 곧 위선에 찬 나, 허욕에 찬 나, 죄책감에 찬 나, 미움에 찬 나, 두려움에 찬 나 들로부터 고스란히 멸시와 미움과 왕따를 당했다.

프타아의 메시지를 읽고, 타락천사가 역경을 극복하는 것을 보는 동안 마음이 열리며 커져갔다. 그에 따라 놈을 찾기가 어려워졌고, 숨는 방법도 교묘해졌다. 이제 와서 놈을 찾기란 막막하다.

놈을 찾을 수 없다면, 놈이 찾아오도록 하면 된다. 파티를 열자. 마음속에 있는 모든 사람을 초청하여 흥겨운 파티를 여는 것이다. 호기심 많은 놈이니까 반드시 찾아오리라.

마음에서 불가능은 없다. 멋진 정원이 딸린 저택을 상상하자 그대로 생겨난다. 카리브해의 코발트빛 어둠이 내려앉는 초저녁, 정원의 등이 하나 둘 달처럼 켜진다. 잔디 위에는 하얀 탁자가 늘어서고, 하인들이 부지런히 음식을 나른다. 한편에는 실내악단이 앉아 악기를 조율하고, 얼음조각가가 끌과 망치로 멋진 독수리를 조각한다.

이윽고 손님들이 등장한다. 은희, 편의점 그녀, 타락천사, 옥기린, 수, 수심린, 가인, 검치존자, 은희의 할머니, 우리 어머니, 포장마차 아저씨, 아정, 옥부인, 회색무사, 좌백, 용대운, 장학량……, 최형, 무면까지 모두 등장한다. 선한 역이든 악한 역이든 연극이 끝나고 무대에 올라 인사할 때는 똑같은 배우일 뿐이다. 역할에 충실했을 뿐 옳고 그름은 없다. 극의 재미와 교훈을 주기 위해 최선을 다했을 뿐이다.

서로 인사를 나누고, 악단의 연주와 함께 파티가 시작된다. 칵테일을 마시며 담소하는가 하면 춤을 추기도 한다. 모여서 사진도 찍고,

게임도 한다. 모두가 즐거운 표정이다.

투둑 투둑. 빗줄기가 떨어지다가 곧 세차게 퍼붓는다. 사람들은 떠들썩하게 웃으며 저택 안으로 들어간다. 현관문이 닫히고 저택의 창에 불이 환히 밝혀진다. 즐거운 음악이 흘러나온다.

정원 모서리 바위 뒤에서 한 사람이 일어선다. 비에 흠뻑 젖은 초라한 모습의 놈이다. 추위에 입술이 새파랗고 가늘게 몸을 떤다. 집을 바라본다. 원래는 자기의 집이었다.

놈은 슬픈 눈으로 집을 바라보다 쓸쓸히 돌아선다. 자기는 집에 들어설 자격이 없다고 생각한다. 자기처럼 나약하고 겁 많고 아무 쓸데없는 놈은 영원히 혼자 지내야 한다고 생각한다. 하지만 쉽게 발이 떨어지지 않는다. 자기도 남들처럼 행복하게 어울리고 싶다는 욕망이 스스로를 힘들게 한다.

살금살금 현관 앞으로 간다. 귀를 기울인다. 고요하다. 살짝 문을 연다. 어둡다. 훈훈한 공기와 맛있는 냄새가 유혹한다. 참지 못하고 한 발 들이민다. 점차 대담해져서 한발 한발 안으로 들어간다.

갑자기 불이 켜진다. 놈은 눈이 부셔 어쩔 줄 몰라 한다. 빙 둘러선 사람들을 보고 허겁지겁 물러서며 애걸한다. 잘못했어요. 잘못했어요. 저 같은 놈이 감히 끼어들려 하다니 죄송해요. 제발 용서해 주세요. 놈이 돌아서서 달아난다. 그 앞을 가짜 나들이 가로막는다. 그들을 본 놈의 얼굴에 절망감이 피어오른다.

우리가 잘못했네. 가짜 나들이 고개를 숙여 사죄한다. 그동안 자네를 괴롭혀서 정말 미안하네. 용서받아야 할 건 우릴세.

놈이 훌쩍이며 고개를 흔든다. 놀리지 마세요. 놀리지 마세요. 차라리 침을 뱉고 때려 주세요. 두 손으로 머리를 감고 몸을 오그린다. 작고 작아져서 아기처럼 된다.

아니 아니, 왜 내가 자네를 놀리겠나. 가짜 나들이 합쳐져 하나의 나가 된다. 조명이 꺼지며 놈과 나 둘만을 비춘다. 자네가 잘못한 것은 아무것도 없어. 자네를 미워하고 구박한 것은 내가 못났기 때문이야. 솔직히 자네가 부끄러웠다네. 그래서 가짜를 만들어 나를 포장했지. 이젠 아닐세. 가짜 삶은 슬픔과 상처의 연속이라는 걸 깨달았거든. 날 용서하고 받아주겠나.

내가 악수를 청한다. 놈이 눈물 젖은 얼굴로 의아하게 바라본다. 용기를 내어 머뭇머뭇 손을 내민다. 작고 차가운 손으로 내 손을 잡는다. 마음이 찡하게 아려온다. 놈을 꼭 껴안고 등을 두들겨 준다. 그래 이제 너를 놓지 않겠다. 네가 나임을 잠시 잊었다. 진실로 사랑한다.

조명이 밝아지며 사람들이 박수를 치고 폭죽을 터뜨리며 축하한다. 놈이 어색한 미소를 짓는다. 곧 행복한 얼굴이 되어 나를 안는다. 우리는 화해를 한다.

마음이 탁 트인 가을하늘처럼 상쾌하다. 어떤 일이라도 해낼 수 있을 것 같은 자신감이 생긴다. 샤워를 하고 새 옷으로 갈아입는다. 이제부터는 정말로 마음이 노래 부르는 대로 살 터이다. 모든 선택은 두려움이 아닌 사랑으로 하며, 그 결과가 어떻든 지혜의 진주가 숨어 있음을 믿겠다.

동쪽 하늘이 하얗게 열리는 새벽이다. 해 뜨는 모습이 보고 싶다. 고시텔 밖으로 나서는데, 편의점에서 코트를 입은 여인이 나온다. 그녀이다. 두 사람은 자연스럽게 나란히 걷는다. 예전에 꿈꾸었던 장면이다. 오히려 지금은 담담하다.

"그때는 고마웠어요."

그녀의 말투는 예전과 다름없이 또박또박하다.

"대단한 일도 아니었는데요, 뭐."

"저 다시 시골에 내려가요."

"오랜만에 만났는데 또 이별이군요."

"인연이라는 게 있으면 만나게 되겠지요."

그녀가 버스 정거장 앞에서 선다. 우리는 말없이 고개를 끄덕여 작별인사를 한다.

산으로 오른다. 그녀 때문에 조금 지체되었다. 속도를 낸다. 정상에 다다랐을 때 저 멀리 건너편 산 위로 해가 얼굴을 내민다. 볼이 분홍빛인 아기해이다. 술 한잔 마셨을 때의 은희 얼굴 같다.

오늘은 은희에게 가 보아야겠다. 아직 혼미한 상태라도 상관없다. 정작 그녀의 영혼은 티없이 순결하다는 것을 알고 있으니까. 그녀의 할머니도 찾아뵙고 정식으로 인사드려야겠다. 은희는 다시 일어설 것이다. 사랑이 모든 걸 가능케 할 것이다.

공기를 마음껏 들이마신다. 신선한 공기가 폐 속에 가득 찬다. 몸과 마음이 정화되어 하늘 속에 투영되는 듯하다. 용기를 낸다. 우주 밖 어디선가 지켜보고 있을 나의 창조자이자 게이머를 향하여 소리친다.

나도 당신을 믿겠소.

작은 태양이 온 천지에 빛을 뿌린다. 요술처럼 세상이 펼쳐지고, 그 앞에 당당히 내가 서 있다.

(大尾)

에필로그

이 글을 읽은 여러분은 이후의 이야기가 궁금할 것이다. 수심린의 창조자는 누구일지, 은희는 완쾌될지, 이왕이면 편의점의 그녀가 수심린의 창조자였으면 좋겠다고 생각하는 사람도 있을 것이고, 김기린의 정성으로 은희의 순결한 영혼이 나아 둘이 행복했으면 하고 바라는 사람도 있을 것이다.

이 글을 쓴 작가로서 답을 해야 할 의무가 있다면, 그 대답은 다음과 같다.

"모든 해답은 지금 당신 가슴이 노래 부르는 거기에 있다."

그렇다.

작가는 이야기 속에서 전지전능한 권한을 지니고 있으므로, 모든 결말을 마음대로 지어낼 수 있다. 책 속에서 이야기가 마감되었다면, 이후부터는 독자 여러분의 상상의 몫이다. 이 세상의 그 어떤 이야기도 정해진 것은 없기 때문이다. 독자는 이후의 이야기를 전지전능한 신이 되어 상상의 날개 속에서 원하는 대로 전개할 수가 있다.

마찬가지로 여러분은 삶 속에 각자의 이야기를 창조하고 있다. 행복한 이야기, 슬픈 이야기, 고통스러운 이야기, 신나는 이야기…….

이 모든 이야기를 당신 가슴이 노래 부르는 대로 쓰고 있는 것이다.

마치 꿈이 당신의 무의식 세계가 그려내는 대로 펼쳐지는 것과 같이.

그렇다면 누군가는 항변할 것이다. 소설과 현실은 결코 같지 않다고. 나는 이따위 재미없고 고통스러운 이야기는 꾸며내고 싶지 않았다고. 이건 결코 내 가슴이 노래 부르는 바가 아니라고.

과연 그럴까.

산을 오르는 방법은 여러 가지이다. 편한 길을 선택해서 오르는 사람, 험하지만 풍경이 좋은 길을 선택하는 사람, 아예 케이블카를 타고 올라가는 사람, 너무 위험하여 목숨을 걸어야 하는 코스를 선택하는 사람……. 여기서 가장 중요한 것은 누구나 자신이 선택한 각자의 길을 묵묵히 오른다는 점이다.

더 중요한 것은 모두가 정상에 도착했을 때, 죽을 고비를 겪으며 힘겹게 올라온 사람이 케이블카를 타고 편히 올라온 사람을 부러워하지 않는다는 점이다. 아니 힘들었던 만큼 산을 더 이해하고, 자신을 더 자랑스러워하지 않을까.

인생도 이와 같다. 그 누구도 삶이라는 게임 속에서 고통스럽다고 불평해서는 안 된다. 당신은 남보다 고난이도의 생존게임을 선택한 고수일지도 모르기 때문에…….